前行
不舍追问
行于所当行
关乎当下与未来

我从新疆来^{TM}

II

我从哪里来

库尔班江·赛买提◎著

من شىڭجاڭدىن كەلدىم

北京联合出版公司
Beijing United Publishing Co.,Ltd.

图书在版编目（CIP）数据

我从新疆来：我从哪里来. II ／ 库尔班江·赛买提著. —
北京 ： 北京联合出版公司，2016.11
ISBN 978-7-5502-7615-4

Ⅰ. ①我… Ⅱ. ①库… Ⅲ. ①纪实文学－中国－当代
Ⅳ. ①I25

中国版本图书馆CIP数据核字(2016)第219022号

我从新疆来II ： 我从哪里来

策　　划：章　丰
责任编辑：张　萌
特约编辑：古丽巴努　章　丰
文字编辑：宋亚荟
图片处理：如则买买提·赛买提
封面设计：张合涛
版式设计：刘　宽

北京联合出版公司出版
（北京市西城区德外大街83号楼9层　100088）
北京鹏润伟业印刷有限公司印刷　新华书店经销
字数168千字　787毫米×1092毫米　1/16　24印张
2016年11月第1版　2016年11月第1次印刷
ISBN 978-7-5502-7615-4
定价：68.00元

目录

序 | 言

王蒙：向着幸福，向着光明 / 03

白岩松：从生活与生命中来 / 07

库尔班江·赛买提：我从新疆来 / 13

陈建斌：一个勺子 / 003

李亚鹏：一个理想主义的创业者 / 013

佟丽娅：家乡，心底最温暖柔软的所在 / 033

王景春：礼行 / 043

马上又：一生少年 / 053

朗辰：一个非典型维吾尔族人 / 067

阿布来提·买买提：把童年的梦想带上天空 / 085

杨剑：一辈子做好一件事 / 099

艾珂竹：主持自己的人生 / 115

张志强：生活就是不停地付出和积累 / 129

艾力克·阿不都热依木：我就是"羊肉串" / 139

卡哈尔·拜西尔：教书育人的良心农夫 / 153

哈里旦·阿布都克里木：梦想是远大的，现实是残酷的 / 169

丫丫：荒野里的 Office Lady / 177

帕尔哈提·哈里克：真正的新疆本土音乐人 / 193

谢雅而：一个人的婚纱照 / 207

玛丽娜：梦想的家，梦想的他 / 217

马骏：在眷恋的土地上妥协梦想 / 225

茹仙古丽·艾力：一切还是会变好的 / 233

阿里木江·阿迪力：寻着自己的根去创业 / 247

祖力皮卡尔·买买提艾力：一个拳击手的匠人精神 / 253

欧特凯：新疆和上海文化的结晶 / 261

库尔班江·赛买提：很远的新疆和很近的新疆人 / 269

后 | 序

马戎：草原，我的一缕乡愁 / 295

汪辉：前行，不舍追问 / 301

库尔班江·赛买提：我从哪里来 / 327

王蒙

白岩松

序————
言

王蒙：我们是命运的共同体，我们是时代的共同体，我们有共同的感受与愿景，我们走在同一条向着幸福的道路上。

向着幸福，向着光明

王蒙

　　库尔班江的书《我从新疆来》，取得了很大的成功和反响。没有想到的是，他和他的伙伴锲而不舍、精益求精地接着用了四年时间，投入巨大的努力，在全国政协等多方支持下，做成了六集同名电视纪录片。它告诉我们，有那么多平凡的、优秀的各族新疆儿女，为追求自己的好些与更好些的未来，来到祖国各地，创业维艰，扎根当地，乘上了迅猛发展的现代化快车，成为全面小康新篇章的书写者，成为一个个中国故事的主人公，成为创造历史的弄潮儿，成为励志与奋斗、成功与曲折的当代英雄。

　　我支持这件事，我喜欢这一个个来自新疆的人物故事，我热爱新疆，热爱那里的各族人民，我希望为生活在新疆的各民族同胞正名。在一个有可能受到邪恶和疯狂的蛊惑的时期，我们需要的是：

多一些光明、多一些亲情、多一些走向幸福和美好的证词。

库尔班江一面出色地、发狠地工作着，一面思想着、前进着、攀登着。他并不满足于"就疆说疆"，他要的是更上一层楼。他的纪录片有一种不同寻常的纯净与质朴，他告诉我们的是对于人性的信任与期待，他要告诉我们平凡与不平凡，出色与怎样才更出色，困难与克服困难，还有相异与相同，还有你自己与你的周围有多少精彩的人生。

从库尔班江的纪录片，延伸出一本新书：《我从新疆来Ⅱ：我从哪里来》。它要为新疆作证，为中国作证，为快乐作证，为劳动、学习、创造和阳光作证。

他在纪录片中告诉我们，他不希望仅仅从民族的角度来触摸什么敏感的神经，他认为从地理民族学上看问题，回答"我从哪里来""我是哪个民族"，其实并不重要。不论来自哪个角落，都是从父母的爱或孤苦当中来，从童年的天真与淘气当中来，从少不更事的幼稚、贫乏与生疏当中来，从天生的善良与梦想当中来。所以你要加倍努力，要打拼，要克服陌生感，要接受别人目光的检验，有时候还会有误解与受挫，然后慢慢地改善它、改变它。生活不容易，奋斗不容易，更好的一切只能靠自己更艰苦的努力。你需要学习，需要长本事，需要聪明智慧，需要团结友爱。碰到麻烦要理性，要耐心，要微笑，还要咬紧牙关，坚持并且勇敢，精明并且妥善。尤其是，不走极端。

通过一个又一个故事，库尔班江告诉我们，人的愿望其实很简单，也很相近。我们都需要幸福、美好、小康，还有好的名声。要让你自己有成绩，让你的家庭因为你而更加和睦而且光彩，让你所在的社区和单位喜欢你，让你成为地地道道、高高兴兴、踏踏实实的中国人……

他说，他追求的不是敏感，而是简单，是因为简单而变得温暖。好！他在攀登新的高峰，我注视着他攀登路上留下的脚印，我祝贺他记录的这些朋友不但简单而温暖，更因专一做好自己的攀登而精彩。而他们的精彩是时代的精彩、中国的精彩。

生动使人信服，信服就自然远离极端，远离狭隘，远离民族地域宗教之类的隔阂，就不会给自己预设拒绝他人的标签。你中有我，我中有你，敞开心胸，豁见天地。

我从哪里来？从新疆来，从各地来，我们是一回事儿。我们是命运的共同体，我们是时代的共同体，我们有共同的感受与愿景，我们走在同一条向着幸福的道路上。

白岩松： 这就是真相，人生的酸甜苦辣，生活与日子的琐碎与艰辛，共同的记忆与一起走过的岁月，原本就是人与人相处的最大公约数。

图片由本人提供

从生活与生命中来

白岩松

一

两年前的一天，我突然接到一个从未谋面的小伙子——库尔班江的短信，问可否为他的新书《我从新疆来》写一个推荐语。

当时，我已知道他在做的事儿，只是那会儿，这件事儿远不像后来那么大动静，我先迅速地答应，然后开始沉思。

我从内蒙古来，我是蒙古族，情形虽有很大不同，但我能理解并钦佩库尔班江做这件事的必要性和勇气，所以，迅速答应。

但这件事儿能改变什么？应该改变什么？从四面八方来的人们，能不能更好地面对《我从新疆来》？我还没有答案，所以，要沉思。

几天后，我把推荐语用手机短信发给了库尔班江：

"看新闻时，新疆有时很远很陌生，看这本书时，新疆却很近很亲切。这些图片与文字里，没有别人，只有我们自己。这些故事会改变什么，我不清楚，但这些故事出现在我们面前，本身就是改变！"

二

书出来后，我托人送了新疆维吾尔自治区党委书记张春贤一本，又送给我大学同班的三位新疆同学一人一本，再然后，看到因这本书的出版，更大的改变开始了。这时，我猜想，库尔班江的另一种人生开始了。不仅仅是他选择了这件事儿，更是那么多让人百感交集的事情累加在一起选择了他。他，就别无选择。因为他之前人生中所经历的所有事情，好像都是为这一件事儿而做的准备。

那些差点坠落的惊险停止，那些和父亲卖玉石的经历，开始爱上相机与摄像机的一刻，师父、师爷的训练与开导，还有面容带给他的烦恼、歧视与委屈，深山老林里寒冷中与动物孤独的对视……

没有什么不可以转换成一种力量，然后把库尔班江安排到一个新的起跑线上。有人说：愤怒出诗人。如果再加上委屈、忧伤、爱与责任，就有了导演和更好的作者。想必这个时候，库尔班江已和过去的一切都完成了和解，因为当你的视线在关注别人的时候，心胸已被更大的东西撑开了。

别忘了，库尔班江正是《我从新疆来Ⅱ：我从哪里来》这本书中的第二十三位人物，而且占用的篇幅更长。虽然这本书中，总共只有二十几位主人公。

三

其实，我为《我从新疆来》写的推荐语，用在《我从新疆来Ⅱ：我从哪里来》这本书上同样合适，甚至更合适。

如果说《我从新疆来》是简洁的群像，那《我从新疆来Ⅱ：我从哪里来》就是一口又一口深井，或者说是二十多条更宽的河流。也就有了更多的细节，也就有了更多的共鸣。人生不易，那些挣扎、梦想，那些叹息与伤痛，还有偶尔的欣喜若狂和更多平静的日子。当然，最后都是不管经历过什么都依然向前走着的背影。这时，你很容易发现，大多时候，他们和我们没什么不同，甚至用"他们"这两个字就是个错误，他们就是我们。

这就是真相，人生的酸甜苦辣，生活与日子的琐碎与艰辛，共同的记忆与一起走过的岁月，原本就是人与人相处的最大公约数。有了它，天涯若比邻。不用它，而用另外一些字词与话语，咫尺天涯。库尔班江执着地记录下这些生命与生活，就是用最大公约数来拆墙，一堵无形的墙。这墙虽无形，却一不注意，就会变得又高又厚。库尔班江很好地找到了拆墙的工具。那我们呢？

四

恨是容易的，爱不容易；假如相爱容易，那相处就更难。

两个人之间都如此，那一群人之间呢？

几年前，我采访时任国家民委主任（中华人民共和国国家民族事务委员会）杨晶，这个蒙古族汉子，刚从新疆回来，忘了是回答我的哪一个问题，他突然激动起来："民族团结就像空气，有的时候，你不觉得怎样。可一旦没有了，你试试……"话未完，眼泪在他脸上缓缓流下，好一段时间，我俩无话，似乎都听得到空气流动的声音。

虽然落泪的镜头，后来，应他的要求，在节目中没用。但这一句话，却是我听过的最好的语言之一。

我从草原来，我知道这句话的含义。

库尔班江从草原来，发生过那么多事儿，他比我更知道这句话的含义。都曾为此落泪，可都知落泪只是开始，改变需要更多的理解与相处。相处难在交心，而要交心，则需要时常交出你我的生活。

《我从新疆来Ⅱ：我从哪里来》是一个大大的问号，但库尔班江一定不是想用这个问号寻找答案，而是为了告知答案：我们都从生活与生命中来。

五

真巧，这篇文章写完五天之后，是我们大学同班新疆同学做庄聚会的日子。喝新疆葡萄酒，吃大盘鸡和羊肉串还有馕，地点在北京的新疆办事处。写到这儿，饿了。吸引我的，当然不只是美食，更是美食背后的人。

是啊，有一段日子没见，又该好好聊聊了！

我从新疆来

库尔班江·赛买提

如果给你四年，你会用来做什么？

我会说，我要完成一个图片故事，做一本书，拍摄一部纪录片。

当人们将视线聚焦在我和《我从新疆来》这本书的时候，背后的很多故事已经在我心里燃尽，成为一小块坚实的砖头，垒在了我人生的道路上。

2012年，我还是中央电视台纪录频道《丝路，重新开始的旅程》摄制组的一个摄像师，因为拍摄需要，8月份要去吉尔吉斯斯坦。在此之前，我已经连续拍摄了六十多天，超过了一个摄像师要求的体力极限，但当接到拍摄任务，特别是在做了三年摄像助理后，终于有机会自己独立掌机的时候，我逞了一把能，坚持要去拍摄。刚在吉尔吉斯斯坦首都比什凯克下了飞机，我的左眼就黑了，但我没跟任何人说。过了两天实在是受不了，我才告诉了导演，大家赶紧把我送到了医院，在当地苏联式建筑风格的医院里，大夫说："我没查出你眼睛有问题。"我说我左眼已经看不见了，大夫又说："我没查出有问题，所以你眼睛肯定没问题！"无奈之下，我们就回去了。之后的几天里，我的左眼只能捕捉到一个很微弱的光源，看到的影像都像在看哈哈镜一样变形了。我问随行的翻译能不能找个眼罩，但在整个比什凯克都没找到这样的东西，我只好找了块黑布包住眼镜的左边，像海盗一样，又硬撑了将近一个月。回到北京，我忐忑不安地去了同仁医院，被和蔼的大夫骂了个狗血淋头，说我对自己太不负责。我那原本就受过伤、经历过一次手术的左眼因过度劳累造成了视网膜脱落和穿孔，要是再晚来两天就彻底废了。大夫很快给我安排了手术，我没告诉任何家人和朋友，一个人做了手术。

两个星期之后我才出院，因为眼伤，我被迫三个月都要低着头，更不能再接任何活儿，这让我这个不工作就浑身痒痒的人备受煎熬。每天都无法抬头问候天空，只能和大地大眼瞪小眼，我有了不少思考人生的机会。如果我的左眼废了，拿不了相机了，我该做什么？

当时，我来北京已经六年了，除了纪录片摄像这个本职工作，我一直在用相机记录新疆发展和变迁的点点滴滴，也做过好几次规模不小的摄影展，而且每次都是自己贴钱做。不为别的，就为了让大家了解新疆的美好风光和人文风情，也算是在暴恐事件之后，给人们一个了解真实的新疆的渠道。

但可惜的是，这些图片从来没有减少过我住酒店时被拒绝的次数，也没有降低警察因为我的长相而检查我的概率，更没有让房东对我更加信任，没能拦住我在大冬天就连人带行李被轰出去。我一直希望能用另一种方式告诉每个人，新疆人不是只有做生意的、卖土特产的，我想用一部讲述在内地的新疆人的纪录片，告诉大家真实的新疆人的样子，这部纪录片的名字应该言简意赅，直截了当，就叫《我从新疆来》。

视网膜在逐渐愈合，我也渐渐能平视这个世界了。我又开始蠢蠢欲动，想尽快拿起机器去拍摄，更想有机会完成《我从新疆来》。但我当时没有自信，觉得自己最擅长的是拿机器拍摄，而策划、导演、制片等工作自己做不了，希望找到更多人来一起做这个事情。我逢人便说自己的想法，新老朋友们基本上都听过我的策划，但没有任何人觉得可行，有的朋友听完之后说挺好的一起做吧，然后就没了踪影。很快我又接到新的活儿，为了生活，我也只能尽快投入到工作中。随着生活的回归，我经历了订婚、结婚，就这么过了半年，渐渐地，拍摄《我从新疆来》的想法也被放在了脑后。

2013年9月，我在土耳其和纽约做了一个月的背包旅行，原本是去度蜜月，陪我爱人圆她的梦，但最后成了我的一次自我觉醒之旅。我以前只是从别人嘴里听过土耳其，从电脑上看过纽约。我以为土耳其和新疆差不多，相对开放，实际封闭，环境很复杂；我以为纽约像电影里一样，有五光十色的曼哈顿，有混乱的布鲁克林。我在土耳其待了二十天，参加了一场国际摄影展，见到了仰慕已久

的马格南前主席和 VII 图片社的创始人，最具突破性的就是和他们面对面交流。我去了有几百年甚至上千年历史的清真寺，就静静地坐在里面，或者拿着相机四处拍摄，没有一个人过来拦过我，也没人过来强制要求我必须做礼拜。在清真寺外，我看到在同一个水池边做小净的夫妻。我去了土耳其东南部、靠近叙利亚的边境城市乌尔法，参加了一场库尔德人的婚礼，我一个在自己婚礼上都没有跳舞的人，在那场婚礼上开心地跟他们手舞足蹈。我在纽约住进了布鲁克林区最乱的一条街的一户人家里，我还去了唐人街、法拉盛这样久负盛名的华人聚集区。在十几天都不能自由交流的情况下，我一个连 abc 都没学好的人也不怕和路边的美国人借个火了，嘴上说不清楚，咱还有手可以比画。还有很多很多事情，是我以前从来不会想，更不会去做的，甚至包括在酒店的泳池边晒太阳，我都去体验了一把。

我在纽约的时候，北京发生了天安门暴恐事件，这也是第一次有暴恐袭击发生在边疆城市以外的地区，还是在首都的心脏位置。每个经历过或者有亲友经历过这种事件的人，听到这样的新闻都不会好过，我也郁闷了整整一天。第二天一早，一个朋友发来微信，说自己下班回家时直接被拦在了小区门口，保安不允许她进入，要求她马上搬走，只因为她是新疆人。她好说歹说，在房东的帮助下才回到了家，但小区给了她离开的最后期限。后来，我又接二连三地听说几位朋友都有这样的遭遇。

当我回到北京的家中，翻看自己旅行的这一个月拍摄的图片时，

上图：2013 年 10 月，纽约曼哈顿街头。

下图：2013 年 10 月，布鲁克林街头。

突然明白了一件事，那就是我对纽约和土耳其的印象和很多人对新疆的印象是一样的。我们都没有去过别人嘴里说到的和屏幕上能看到的城市，我们都觉得那个地方很神秘或很危险，哪怕新闻里说那个地方的某个胡同发生了抢劫，我们都能想象成是整个城市的治安都混乱了——在自己根本没去过那个城市的情况下。直到我真的站在那里的街道上，去感受、询问、体会那里的文化，去体验当地人的生活，和当地人坐在一起喝茶聊天，去了解他们的时候，我才明白，那些印象都是骗人的，自己的感受才是最真的。就像人们看新疆，多少美丽的风景和神秘的风情，多少美味的瓜果和能歌善舞的俊男靓女，其实都是脆弱的、不堪一击的画面。新闻报道里的新疆人通常也是民族团结的摆设和脱贫的样板，人们从来没有机会看到大部分真实的新疆人是什么样。他们在生活中也经常吃瓜果，聚会上总有歌舞，但同样有日常的喜怒哀乐和酸甜苦辣，和很多人一样担心着飙涨的房价，发愁着拥堵的交通，操心着社会的种种不公，刷着微博微信，关注着快乐大本营的新嘉宾，追着韩剧和美剧的更新。大家身处同一片蓝天下，生活也是一样的，虽然这是一个特别简单的道理，但人们就是想不到，就像我对纽约和土耳其的印象一样。

一年前那个拍摄《我从新疆来》的纪录片的想法又开始在我脑海中翻滚，我着手写了一个纪录片策划，把这些内容发给身边可能有兴趣投资的人，和他们见面、聊自己的想法。一个月下来，没有一个人愿意接这个项目，大部分人都在担心题材敏感，拍了也放不出来。也有人觉得这不是个人应该做的事情，是政府的责任，做了根本没意义。当然，还有觉得我能力不足，根本做不出来的人。几天后，我有了新的纪录片拍摄任务，策划也被塞进了电脑的某个角落。

2014年1月某日，小兴安岭原始森林深处，一伙扛着摄像机、三脚架、录音设备，用各路顶级防寒设备把自己捂得严严实实的男子，在深达膝盖的雪地里缓慢地行走着。零下四十多摄氏度的气温意味着挡不住的刺骨寒意，它可以肆意穿过价格不菲的防寒服，恶狠狠地截进每个人的皮肤，绕着骨头跳钢管舞，甚是酸爽。唯一不同的是，看钢管舞你还能感觉到下半身的燥热不安，但在深山老林的雪地里走个几分钟之后，蛋都已经冻了半截，你只会因为害怕再也感受不到燥热而不安。

这伙人来自中央电视台纪录频道《自然的力量》摄制组，是来拍原始森林中的动物的，这次我也是独立摄影之一。每天天还没亮就要钻进伪装帐篷，架好机器，镜头定准动物出没的地方。接下来就不能动了，喘气都要很小心，不然会把动物吓跑。每天在外面的拍摄时间都在七八个小时左右，甚至更长，正常人待半个小时就不行了。伪装的帐篷是不透气的，刚进去的时候还觉得有点儿热，没一会儿，从地下往上窜的冷气就会把帐篷变成雪地里的冰窖。人在里面还不能大喘气，更不能哈气，动物要是跑了，今天一天就算废了。一大早就会出现的是黑色松鸡，它们每天在天刚蒙蒙亮，也是最冷的时候开始谈恋爱。公松鸡在地上使劲儿唱歌，互相打打架，抢抢地盘，母松鸡每天早上蹲在树上，看哪个最吸引它，看准了就转身去交配，今天没看准就飞走了。我一直以为我的时间观念特别强，没想到黑色松鸡比我还强，不管今天能不能约到母松鸡，公松鸡都会准时在七点半飞走，也有稍微不愿意放弃的多唱个十分钟，但绝不会超过八点。第一天听到它们的歌声会特别兴奋，但黑色松鸡的地盘意识非常强，虽然我们的伪装帐篷是完全不会被发现的，但突然多出了一个庞然大物，松鸡会变得很警惕，结果连着几天都没拍到。那几天我也快崩溃了，这辈子都没那么期待过看鸟类的色情片，每天都在祈祷："你们这些鸟赶紧交配让我拍了吧！"有时候我们还会被松鸡耍。有只鸟发现了我的存在，偏偏选择在我镜头拍不到的地方待着，我能感觉到它就在帐篷外面，在离我很近的地方，但死活拍不到。到第十天的时候，才有松鸡下来交配，我们才终于拍到了想要的画面。

我师父王路是最拼的，有一次直接在外面守了九个小时。几乎每个人都有掉进冰窟窿里的经历，等你从水里出来，想尽快回到屋里换衣服的速度是一定赶不上裤子冻硬的速度的。每次去野外，吃饭对我来说都是件需要克服的事情。很多朋友都会倾向于出门的时候从家里带个馕、带点儿炒好的肉什么的，我那时候倔得很，出门绝不从家里带食物，嫌那种行为太娘炮，男子汉在外面就该有啥吃啥，再差劲也有方便面嘛。但那次我是彻底傻了，在东北的野外，接应我们的当地人只会做猪肉炖粉条，连方便面都没有，连着一个星期，我只能顿顿吃馒头配点儿炒鸡蛋。馒头已经冻硬了，稍微热一热，直接啃，再灌一大口热水。馒头就热水真是一种越吃越有的搭配，二者在胃里发生关系，馒头迅速膨胀，狼吞虎咽两个之后，整个胃就撑满了。你问我想不想家？这时候真的会想了，家里温暖的被窝，热腾腾的饭菜，平时觉得很单调，但当寒冷压迫到人类的本能时，哪个不比这馒头强呢？

当我们结束一周的拍摄回到县城时，我做的第一件事就是冲进当地唯一一家清真餐厅，先来上两大碗清蒸羊肉，再说别的。温暖的肉块一块块钻进胃里，头脑也逐渐恢复清晰，我突然问自己：我知道我喜欢折腾，但我真的要这样吭哧吭哧地扛一辈子机器吗？我不是不爱这机器，镜头就是我最爱的表达工具，但是不是应该有更好的方式、更好的条件来完成我的梦想和爱好呢？

我平时出差都跟我师父住一屋，没事儿就听他聊社会、侃人生。那次我向他表述了自己的想法，表达中带着浓浓的抱怨，对工作的抱怨，对体制的抱怨，对社会的抱怨，也有对自己的迷茫的抱怨。我也给师父讲了做《我从新疆来》这样一部纪录片的想法，师父重重地抽着烟，跟我说："趁年轻，能做自己想做的事就去做吧！"

那时候我已经跟着师父做摄像六年了，一开始，拍纪录片根本就没有摄像助理这个职位，是师父每次干活儿都坚持带着我，我才有机会学习。那时，一天的劳务费只有五十块钱，我就冲着能学到东西坚持了下来。第一年没少挨师父骂，年少轻狂的我也没少喝高了骂师父，他就听着，也没说把我甩了不带了。后来，慢慢地，我就把摄像助理这个工作做得炉火纯青了。每次师父往那儿一站，我就开始观察他的反应，一旦他在某个位置站了超过一分钟，我马上就会把机器扛过去架好。做摄像的这些年里，我跟央视纪录频道摄制组的老师们也都相处得特别融洽，每次出去工作都是我特别期待，也是特别开心的事情。虽然工作的时间并不稳定，收入也时有时无，什么时候能拿到哪次工作的工钱都不确定，但说实话，人会习惯一个环境，哪怕这个环境已经带给了你 80% 的痛苦，只要还有 20% 的快乐，就很难跳出来，人就是有这个本性。

师父的那句话让我陷入了思考，我想起十年前，我在赌博和纪录片的岔路口做选择的情景。一边是已经欠了五十万的赌债，但总是有种侥幸心理，觉得自己下一把一定会赢；一边是可以将自己的爱好作为职业的机会，一个可以去学习和成长的机会。我不知道我这人到底是什么命，说倒霉是真的倒霉，奇葩事儿我都遇到过，也没少吃亏；但说幸运也是真幸运，每次都能在悬崖边上勒住马。要不是 2005 年我选择投身到纪录片的世界当中，彻底放弃了赌博的不良嗜好，我现在可能早已经输光所有家当，不知道在哪儿流浪了。

来北京快十年了，其实我没有一刻是有安全感的，感觉自己永远在漂，永远在找，永远都要担心这个房东会不会把我轰走，下一个房子在哪儿。我睡过七块钱一晚的地下室床位，也住过七千块的公寓，即便结了婚安定下来，心里也很难一下子踏实，毕竟男人要养家。这样的经历虽然让人永远焦虑和紧张，但好处是会被逼成一个行动派。回到北京，躺进家中温暖的被窝，吃上了热和的拉条子，骨头里的寒意也慢慢散去了。在瞬间满足了所有本能的环境里，梦想可能会沦为一场梦。然而我没有忘记师父的话，翻出了当时写的纪录片策划，在家憋了一个星期，脑子里慢慢有了新的计划，此时，距离下一次奔赴原始森林还有两个月的时间。

我开始给在北京的朋友一个一个打电话，告诉他们我的想法，询问他们是否愿意接受采访，是否愿意分享自己的故事，是否还有别的很好的朋友可以介绍给我。我也担心朋友们可能会觉得这是个麻烦事儿，在这个敏感的社会，分享自己的经历并不一定会带来好事，但让我备受鼓舞的是，所有人都很支持，每个人都认为这是新疆人该发出自己声音的时候。我带上相机和借来的录音笔，开始记录他们的影像和故事。每次采访，我都会约在他们平时工作或者生活的环境，但并不会告诉他们我这次一定会拍下照片，为的是让每个人都能保持最自然的状态。采访的时候，我也会以自己在北京的故事为引导，让他们理解我的初衷。在企业上班同时开着餐厅的兄弟告诉我他对一家人团圆的渴望；在事业单位上班的朋友告诉我他为自己拥有一份热爱的工作，而且能给这个国家做贡献而骄傲；卖烤肉的大叔透露了自己坚持在北京生活三十年只为让儿子治好病的愿望；马上就要毕业的学生告诉我他想得到一份工作的渴望；以跳舞为生的姑娘告诉我她为了养家而耽误了自己的梦想；五百强的白领告诉我即便做了高管、做了母亲也要为自己的梦想而争取一把……

到了二月底，我已经采访了二十多个人，他们分散在各个岗位，多半儿是我开始拍摄之后才通过朋友介绍认识的，就是说，我去采访和拍摄的时候就是和他们的第一次见面。但每个人都非常坦诚，都把我当作认识了几十年的朋友，讲述了他们生活中的喜怒哀乐和酸甜苦辣。说真的，在认识他们之前，我的生活其实并不是很开放，或许是因为颠沛无常、充满挫折的生活经历，又或许是因为工作内容很偏，没什么人能理解我的想法，我也并不喜欢主动交朋友，总觉得没人能理解我，我也没办法理解别人。但在和这么多人沟通之后，我发现我和他们每一个人都有共通点，那就是无论身处顺境还是逆境，我们都有对自己的期待，对生活的渴望，还有希望得到社会认可的人生目标。这些感受让我更加相信这是一个会带来改变的图片故事，这些故事里没有被强调的民族身份和信仰，只有生存、生活和生命的精彩。

　　3月1号晚上，我在朋友的餐厅吃饭，分享着采访这些天来的心得。回家的路上，我在微博上看到了突发新闻：昆明火车站出事儿了！一路上，各路新闻客户端一个个弹出最新的消息，死亡人数在增加，事态越来越严重。我心里憋屈得不行，每个新疆人都经历过一次这样的事情，暴恐事件对社会、对个人带来的伤害不是每个人都能承受的，多少人因此失去了生命，多少家庭因此破碎，整个社会人与人之间的关系变得紧张，日常生活都受到影响。到了家，我开始猛刷微博，看最新的动态，我爱人还在安慰我说不一定跟新疆有关系啊，前阵子也出了烧公交车和幼儿园砍小孩儿的事情，都不是新疆人做的。但我自己知道，大部分社会治安事件虽然跟新疆无关，但一旦有一个有关，这个社会对新疆和新疆人所迸发出的敌意都会是非常严重的打击，而且是花很多年都难以恢复的打击。

　　一直到半夜一点，我心情都难以平复，微博上已经爆出犯罪分子的很多特征，但还没有最终确定。我躺在温暖的被窝里，心里却像在原始森林里一样冷，一夜都没有睡好。一般没有工作的时候我都会睡到中午，但第二天早上，不到七点我就醒了，翻开手机，看到了最不希望看到的："2014 年 3 月 1 日 21 时 20 分左右，在云南省昆明市昆明火车站发生一起有策划有组织的严重暴力恐怖事件。该团伙共有 8 人，均来自新疆。该事件造成 31 人死亡，141 人受伤……"后面我就看不下去了。

　　上午九点，我接到了一个电话。

　　"喂，你好，请问是库尔班吗？"

　　"我不叫库尔班，我叫库尔班江。"

　　"哦，还不都一样。"

　　"不一样，你会管张三叫小三吗？请不要叫我库尔班，我叫库尔班江。"我当时情绪已经很不好了。

　　"我是片区派出所的民警，我想问下你什么时候走啊？"

　　"什么意思？我走哪儿去？"

　　"就是什么时候离开北京？"

　　"我为什么要离开北京？我工作就在这儿，老婆孩子都在这儿，我凭什么离开北京？"

　　"我就是问一下，您别激动！"

　　"我能不激动吗！"

我放下电话，血直往我脑子里冲，虽然这样的问询对我来说早已不是第一次了。下午，面向楼道的窗户闪过三个人影，站在我家门口不动，悄悄说着什么。我爱人开了门，发现是社区大妈和两个民警。

　　"您有事儿吗？"

　　"没事儿，就问下你老公在家吗？"

　　"您有事儿吗？"我爱人又问了一遍。

　　"你老公没事儿吧？我们就问问。"

　　"没事儿，您有事儿吗？"

　　三个人开始后退，其中一个民警拿出手里的一个小设备对着我爱人不停地拍。

　　"您干吗呢这是？"

　　"没事儿，就是过来看看，排查。"

　　我爱人直接摔了门。

　　3月8号，早上一起床，我就发现马航MH370失踪的新闻引爆了各大媒体，手机又被刷屏了。中央电视台的一条微博引起了我的注意，公布的所有乘客名单中，一名中国籍乘客的名字被打上了马赛克。那时，关于昆明事件的新闻还很热，一时间各种流言四起："一定是穆斯林！""是中国籍乘客，搞不好又是新疆人！"我突然想起我的朋友，曾在中央美术学院进修的买买提江·阿布拉前阵子就在马来西亚，心中突然有个特别不好的预感。没一会儿，我就接到了朋友的电话，买买提江真的在飞机上！他是个非常勤奋和优秀的画家，在喀什艺术学院做老师，刚刚随团在马来西亚的画展上拿了奖。我发了条微博，贴上了买买提江领奖的照片和他的作品，希望给大家一个解释。央视后来虽然把马赛克抹掉了，但我心里的马赛克一下子很难抹掉。在没有核实清楚的情况下，仅仅因为户口所在地和民族就轻易怀疑一个人有问题，这是媒体应该做的事情吗？之后有好几个媒体都联系了我，我向记者很直接地表达了自己的看法，但是连记者都在问我，新疆人到底是什么样子的？在内地除了做小生意的新疆人之外还有从事别的职业的新疆人吗？

我更加觉得自己不能停下来了，我需要加快速度让更多的人看到和我一样在内地工作生活的新疆人。我联系好采访对象，背上包又出门了。当我去牛街采访卖烤馕的夫妇的时候，他们说自己接受过很完整的基础教育，汉语也很好，因为下岗所以来北京，起早贪黑只为了孩子能上个学。但在昆明事件之后，警察三番五次来打扰，要求他们马上搬走，好在他们的房东很负责，一直帮他们调解。但他们每天依然提心吊胆，生怕有一天不能在北京生活，没了收入，孩子就没办法再上学了。我的另一个朋友是在房山做村官的，我开车跑到他那边，做了采访、拍了照。在回北京的路上，我在六环就被拦下了，检查人员要求每个司机都要靠边停车，检查身份证和驾照，为了证实自己的身份，我还加上了自己的记者证。

一脸蛮横的检查人员拿着我的证件问："你哪儿的啊？"

"我身份证上没有吗？"

"我问你呢！"

"你自己不会看吗？"我情绪又上来了，声音都大了。边上一下子聚上来六个持枪的特警，我费了好大的劲儿才压住自己的火气。他拿走了我的所有证件，二十多分钟后才回来给了我，我已经抽完半包烟了。隔天去采访，我刚把车拐进长安街，余光就看到了拐角处的交警。开过两站地，等红灯的时候，一个交警走过来敲了敲我的窗户："麻烦您出示下证件。"他看了我的证件，向我敬了个礼，说："实在对不起，希望您能理解下，我们都是中国人，配合一下我的检查，麻烦您把车靠边，过一会儿派出所的人会来检查，核实一下您的身份。"我听见这样的解释，心里无比感动，赶紧靠边下了车。那位交警检查了我车上每一个角落，还有后备厢，还拿来金属探测器刷了遍车底。我递给交警一根烟说："师傅，您也是真的很辛苦，两站地前面的交警看到我，到您这儿还是麻烦您特地把我拦下来了。"交警看我态度不错，也不太好意思，说："我也是为了完成工作，而且特殊时期嘛，也是为了大家的安全。"我看了他半天，问了句话："那谁来保证我的，还有其他所有在北京和在其他城市的新疆人，所有踏实工作和生活的新疆人的安全呢？他们也没犯罪，也都是中国人啊！"他看着我，没有说话。

回到家，我开始加紧整理所有的图片和采访文字，把采访到的29个人的故事，包括我自己的故事整理成一个图片故事，就叫《我从新疆来》，发给了我认识的几个记者和网站的编辑。随后，我就整理好背包离开了北京，再次钻进了原始森林。

原始森林里没有信号，一进去就没了外界的任何信息，直到收到我爱人的信息，我才知道《我从新疆来》火了。《纽约时报》、《南方人物周刊》、网易都发布了《我从新疆来》的图片故事，在网易发布后，第一天的点击量更是超过了两千五百万。她还给我发了很多网上的评论："这些普通人的经历和我们都一样。""我们其实是一家。""希望每一个新疆人都加油。"等等，每一条都让我振奋，甚至有图书出版商联系我，希望我能借此出一本书。我师父也一直在关注这件事，当他看到这些成绩，就对我说："小库你就踏实地去拍更多的新疆人，采访更多的故事吧！做成一本书，再去做部纪录片！到时候师父再帮你！"正是因为师父的这句鼓励，我回到北京后，彻底放下了在纪录频道的所有工作，推掉了外面所有工作邀约，决定把《我从新疆来》做下去，做成一本书，做出一部纪录片。

　　微博上的评论和转发越来越多，有很多新疆朋友给我私信分享了他们自己的经历和故事。新疆籍女明星佟丽娅也转发了我的微博，在热心朋友的帮助下，我得到了佟丽娅的联系方式。在我发出采访和拍摄的邀请后，她说："我还担心你不会问我呢！我们新疆人就应该更多地发声！"身边的朋友们也陆续向我介绍了更多的新疆朋友，范围也逐渐扩大到了全国各地。我给自己做了个路线图，带上相机和录音笔上路了。

　　北京、上海、深圳、广州、福州、厦门、珠海、西安……每到一个地方，除了朋友介绍或者自己在微博上主动联系我的朋友外，我还会去当地的新疆餐馆跟老板聊天，让老板给我介绍他认识的新疆人。就这样，我前前后后联系、采访、拍摄了五百多个人，这其中有从小在新疆长大的地道新疆人，也有在内地长大的北漂新疆人的第二代，还有从没有去过新疆，但对新疆一往情深的，或者常年和新疆打交道，对新疆充满热爱的内地人。

直到现在都有人问我，你是怎么从五百多个新疆人里"选出"书里的一百个新疆人的？你的挑选标准是什么？说实话，书里的人物不是我选的，我也没有挑选的标准，并不是所有联系的朋友都会和我见面，也不是所有见了面的朋友都会答应被采访，也不是所有被采访拍摄的朋友都同意自己的故事被录进书里。有的在电话里就直接拒绝了这件事，觉得我是间谍。有的见面之后聊了很久才说，其实自己并不愿意被采访拍摄，就是想看看我是干吗的。有的约好了时间，干脆放了我鸽子，电话都不接。还有个自称是商人的大姐说她有办公室，要把我约到酒店房间，吓得我赶紧找借口拒绝。还有一个朋友，见到我之后就开始批评我，语气很不友善，说我是在浪费时间、浪费民族情感，说我的工作根本不能改变任何事情。还有一次在北京，我和一个朋友约好了采访的时间和地点，我早早就到了，他来了个电话说工作还没结束，要晚一点。一个小时过去了，两个小时过去了，三个小时过去了，最后过了七个小时，我爱人来了个电话，问采访怎么样，我说人还没来，我已经等了七个小时，她说这太没礼貌了，肯定是放鸽子了，觉得我应该放弃，但我心里还是想等等。九个小时后，那个朋友来了，非常不好意思，也觉得我是真心想做这件事，最终把他所有的故事都告诉了我，我们还另约了时间又聊了一次，还拍了照片。所以，书中的所有人物并不是我"挑选"的，而是自告奋勇站出来，希望向这个社会发出自己声音的人。

　　每次和采访的人见面，我都会先分享一些自己的故事，希望能够得到对方的信任，这办法通常都很有效。或许也正是因为我的坦白和真诚，每个人都把我当成情感的垃圾桶，多年来无处可解决的问题、不能表达的情绪、无处宣泄的情感，一并堆到了我身上。我就像一块海绵，吸收了他们每一个人的正能量，也吸收了他们的负面情绪，但毕竟我也只是个人，他们经历的我也都经历过，只是我早已经忘记了。一轮接一轮的采访让过去的心情再次被拾起，像铅块一样一个接一个压在我心上。因为是新疆人而租不到房子；因为户口不在当地而要走后门儿才能让孩子在自己身边上学；因为民族身份而找不到工作，是留下来打拼还是回到家乡……说实在的，谁都没有天大的冤屈，没有一个人是在抱怨，只有一个又一个微小的、对生活的期盼和希望，他们在感慨这是为什么。有一天我崩溃了，那是在上海，我完成了当天的采访任务，第二天就准备回北京了。回到酒店，夜已经深了，白天采访的沉重让我身心俱疲，这个时候警察来检查，态度特别恶劣，检查完我的身份证又突然要给我拍照片，还要检查我的行李。我要求他出示搜查证和红头文件，他一下子就跟我吵起来，说我阻碍公务，我完全没办法克制自己的愤怒，嗓门儿也开始放大，狠狠地踹了门，酒店的经理也跑上来，这才劝走了警察。关上门，我突然抑制不住自己的情绪，开始痛哭，甚至有想要跳楼的冲动。我给我爱人打了个电话，直言自己做不下去了，感觉没有什么活着的希望，她不断地安慰我，聊了半个多小时，我才平静下来。挂了电话，我从酒店出来，走到黄浦江边上。江风吹得我慢慢清醒过来，我知道我不会放弃，也不想放弃。回到北京之后没多久，我再次出门，一鼓作气采访了二十多个人，还和中国国家地理图书签了约，开始了《我从新疆来》这本书的整理和制作工作。

托朋友的福，我有幸在北京采访到了已故的第一任新疆维吾尔自治区主席赛福鼎·艾则孜的女儿赛少华女士，在她的建议和介绍下，我认识了前文化部部长、著名作家王蒙先生。我对王蒙先生的唯一印象，就是他在新疆那十六年的经历和每次听到都让人备感亲切的那句"新疆各族人民对我恩重如山"。第一次给他发邮件的时候，我斗胆向他提出为《我从新疆来》这本书写序的请求，没想到他马上就答应下来。我和王蒙先生一见如故，精神矍铄的老爷子说着一口流利的维吾尔语，我们也成了忘年交。受到王蒙先生的鼓舞，我开始向更多知名人士发出给《我从新疆来》写推荐语的邀请。我在摄影界的前辈和老师那日松也答应帮我写序，师爷陈晓卿帮我写了推荐语，还帮我找到了白岩松的联系方式。师爷当时还跟我说："白岩松从来没给任何人写过推荐语，估计没戏。"但在一个短信和一封邮件之后，白老师发来了《我从新疆来》的推荐语，我转给了师爷，他回了句："太棒了！我真的没想到！"我又想到了成龙大哥，因为他常年在新疆做公益活动，我相信他也愿意写推荐，虽然帮我联系成龙大哥的朋友听到我的想法觉得我是想给《一千零一夜》写续集。我找到了成龙大哥的经纪人，发了一个短信和一封邮件，两个星期后，经纪人发来了成龙大哥亲笔写的推荐语。陈坤、崔永元、杨锦麟、网易 CEO 丁磊、《南方人物周刊》主编徐列、《凤凰周刊》主编周宇、《人物》杂志主编张悦、大象公会创始人黄章晋，我都是用同样的方式，经过朋友介绍认识了他们，并得到了他们的支持。朋友越跟我说不可能得到支持，我越想去试一下，我更相信是《我从新疆来》里每一个人物故事的真诚，是他们每一个人对社会和谐的期盼，才让我得到了这些机会。

从七月到十月，一百多个人物，一共五十多万字的采访内容在我和编辑夜以继日的整理下完成了，整个书稿前后一共修改了五遍。封面、版式、打印、装订……当全新的、散发着书本香的《我从新疆来》拿到手里时，我感觉像是自己接生了个孩子。

2014 年 10 月 16 日，在人民大会堂北京厅，王蒙先生来了，全国人大副委员长艾力更·依明巴海来了，我的好朋友、《中国好声音》（现更名为《中国新歌声》）亚军帕尔哈提也来了，我的父亲还有家人都来到了现场。在所有亲朋好友和一百多家媒体记者的见证下，《我从新疆来》这本书在半年的时间里完成了所有采访、整理、编辑工作，正式在全国发行了。

那之后的一个月，各家媒体对我的采访络绎不绝，有时候一天就有三个。电视、平面、网络媒体争相发出邀请，中央电视台、北京电视台、新浪、腾讯、BBC、CNN、NHK 轮番上阵。我还回了趟新疆过古尔邦节，只因为有五家媒体想拍我家过节的情景。每天都有新的采访邀约，连《我是演说家》的编导也找到我，希望我去参加比赛，结果每天除了被采访拍摄之外又多了个背演讲稿的任务。原本我只是想去玩儿一票，结果第一场录制就晋级了，我拜了乐嘉为师，又开始了更加严苛的背演讲稿的征途。乐嘉老师还邀请我去了他的性格色彩的课堂，多少年没上过课的人又回到了用维吾尔语记汉语的状态。我觉得我这辈子都没那么忙过，一下子瘦了十公斤，脸颊都缩进去了。"年度摄影师""年度有态度人物""年度封面人物""年度作者"等各种奖项一个又一个降临到我身上，要知道我上学的时候都没拿过一个奖。

每个朋友都在跟我说"你火了"，好像没有人说"《我从新疆来》火了"，虽然我真正的目的是这个。慢慢地，连我自己都失去了重心和焦点。一个月过去了，突然有一天，好像所有的采访都戛然而止，也没有了新的邀约。我回到家，感觉脚底下突然空了，前一个月还在飞，突然就被摔在了地上，我有点儿蒙。

半年多的紧张生活一下子放松下来，我在家歇了一星期，每天重复着睡觉，吃饭，刷电影……有一天我爱人下班回家，看到满脸胡楂、陷进沙发里的我，听我念叨了一句"这新闻热点过得太快了吧"，就坐下来跟我说了一句："过去的成绩是不是该翻篇了？你的下一步呢？"

这一句话点醒了我，我才发现我真的差点儿就迷失了自己，忘记了自己最初的目标，最初的梦想。《我从新疆来》的纪录片才是我的最终目的。我又翻出了压箱底的纪录片策划，重新修改了一遍，这时候我已经认识了更多的人，也有更多的人了解了《我从新疆来》，我比一年前更加自信了，只是我发现这个社会并没有我想象中的对新疆那么有自信。

我找了更多更大的公司，希望可以为纪录片《我从新疆来》投资，虽然所有人都表现出比一年前更积极和浓厚的兴趣，但在多次商讨之后，还是因为害怕题材敏感而退回了策划。我想了半天，只是普通人的生活，这个敏感又是在哪儿呢？但我不想等了，我需要先做出一个样片，让人们看到，我要拍的纪录片一点儿都不敏感。

很多转折点都会在你坚持的下一秒出现，一个突如其来的事件给我增添了极大的信心，让我坐上了火箭——我得到了和全国政协主席俞正声会面的机会。2014年12月9日，在有关部门的安排下，俞主席会见了我和书中其他几位在京主人公，他见到我之后，握着我的手说的第一句话是："你也是不容易，书其实还可以写得更真实一些。"我开玩笑般地跟他说："这书要是写得再直白点儿，就出不来了。"俞主席还说，他已经向各个省市的一把手都推荐了这本书。我也直言不讳地向俞主席说明了我做这本书的初衷，以及这些年新疆人在其他省市工作生活时遇到的种种，如酒店拒绝入住、警察特殊安检等问题，俞主席非常耐心地听取了我们每个人的意见和建议，并告诉我们这些问题是需要大家一起去面对和解决的。我还向俞主席表达了正在筹备纪录片《我从新疆来》，并且准备制作一版样片的想法，他说希望我能尽快完成这部纪录片，他会非常期待。有了俞主席的支持，我更有自信把这件事做到底了。

　　幸运的是，在我第一次来北京时接待我的王艳宇老师的公司主动接下了这部纪录片的制作工作，并愿意做先期的投入帮我完成样片。我找到干娘李晓东做导演，找到师父王路做摄像，找到了录音大师杜晓辉，都是以前一起工作的老师们。我们组成一个团队，我又重新回到摄影助理的状态，唯一不同的是多了个制片人的重担，而且是要花自己腰包里的钱了。我们迅速出发开始了拍摄，以帕尔哈提、艾力克大叔、茹仙古丽这三个不同环境、不同社会地位的人为主人公，奔赴北京、乌鲁木齐和吉木萨县三地，用了两周的时间完成了样片的拍摄。回到北京，王老师又帮我介绍了资深的剪辑师，用了一个月的时间完成了样片的制作。

　　这期间，我也各处联系着有投资可能的对象，因为俞主席和我会面的消息在新闻联播的播出，主动联系我的人也有不少。其中有一个民营企业的大老板，开口就说要投资一千万，远远超过我所需要的资金，我美得不行，乐呵呵地就去跟老板见面了。见面后聊得也非常好，就在我以为胜利在望时，这个老板提出了一个让我直接止步的要求，他说："你看你能不能安排这样一个故事，让你书中的一个在五百强工作的主人公因为对自己的公司不满然后辞职，到我公司来上班。这样你也可以拍下我公司的环境，采访一下我，你看我也是非常支持少数民族员工在内地工作的。"我静静听他说完，回道："我很欣赏您的编剧能力，您看，要不等我下次想拍电影的时候，咱们再聊这个事儿吧。但就算我拍电影，我可能也不会这么编故事。谢谢您对我纪录片的支持。"说完我就跟他告辞了。

回家的路上，我努力平复自己心中的愤怒和憋屈，或许是因为现实的讽刺和残酷，或许是因为每天都在为如何找到资金而奔波，我身心疲惫。我知道这世上没有免费的午餐，但我也希望能花钱买一份有营养价值的美食，送给这个社会。

也许是功夫终归不会负了有心且有计划和行动的人，也许还是我命比较硬，三个月后，我拿下了纪录片先期的一部分投资，虽然只够支撑完成所有拍摄工作，后期制作和宣传的钱还要再找，但这已经是个极好的开始了。王老师偶尔还会跟主创团队戏称："我们的每一分投资都是阿江拿命去争取的。"

2014年4月，我组建了一个六十多人的纪录片《我从新疆来》的拍摄团队，并且把主创团队召集到一起开了第一次拍摄策划会，随后在上海举行了开机仪式。6月，纪录片《我从新疆来》正式开拍了。

古人云：万事开头难。但古人从来不会告诉你有多难。我天真地安慰自己最难的早就已经过去，但谁知世事难料，最难的永远都在后面。

不管是采访、拍摄几百个人，还是编著一本书，更多的时候是我自己单打独斗，用自己的创意，自己思考，自己安排时间和步骤。拍摄纪录片《我从新疆来》时，我第一次承担了总策划、总导演和总制片人三项重任，要知道一年前我还只是个掌机的摄像！我请来王蒙先生和师爷陈晓卿做顾问，还在朋友的介绍下找到新疆籍导演和演员陈建斌来做艺术指导。按照我之前的想法，纪录片一共五集，还要单独拍一个纪录长片。拍摄中全部起用年轻导演，以现代人的思维方式，按照电影的拍摄手法来做，聘用费也要比一般导演的费用要高一点，出去拍摄的条件也一定要比过去好一些，设备用电影级别的，纪录长片还要有冲击国际大奖的准备。我在第一次策划会召开的时候说了自己的想法，说得自己热血沸腾，大家纷纷献言献策，踌躇满志，信心十足。两个星期后，五个组同时向北京、上海、广州、福州等地进军，开始了一个月的试机和前期拍摄的工作。

我们要求每个摄制组出去拍摄之前都要交一份拍摄计划，以求每个导演对具体要拍摄的内容心中有数、脑中有谱。人都还没走呢，拖延交稿子、交出来的内容完全没谱等各种各样的情况接踵而来。找钱特别难，但花钱非常简单。开机之后，钱像水一样流走，几乎每走一步都是一笔费用的支出，这都是我之前做摄影师的时候根本不会去想的事情。再加上前期素材拍摄回来之后，从导演到摄像都发现了很多问题，还有主人公因为个人原因无法再配合拍摄，需要换人。虽然这就是前期采访去试机的目的，但也让我对自己产生了怀疑，是不是因为我能力不足，所以选错了人？是不是我就没办法掌控这件事？

两年前，我是个只要完成自己的拍摄任务就可以回家休息的摄像，我不知道每次出差要花多少钱，不知道租机器要花多少钱，不知道人员劳务每天要花多少钱。每次出去拍摄，就算条件不好，团队里的每个人都一定是以拍出好画面为重，以自己热爱的工作为重，从来不会怠慢自己掌的这个镜头。直到我自己做上制片人，做上导演，我才明白掌控一个纪录片有多难。我要面对的是更加现实的社会，是更加现实的各种不同的人、不同的需求还有想法，难免会碰到只想混日子的人。

我从小就是个喜欢当老大、做大哥的人，当年做石头贩子时的那股子黑帮劲儿在我骨子里刻下了很深的痕迹。我一直把这部纪录片的拍摄当成每个参与进来的人都愿意而且主动一起做的事情，我也相信团队每个人都是这么想的。我一直想象着大家都满怀诚意，一心想一起做好一件事的那种大团结的团队工作景象，从没有想过这世界上并不是所有人都和我一样，并不是所有人都是无私无欲的勇士，每个人在利益面前都会有私心，而且，恐怕这世界上百分之八十的人都是这样的。我并不认为我对团队的每一个人充满信任是错，这个社会需要人与人之间的信任，但做事的时候更需要严谨的态度和严格的程序，这是对自己，也是对团队最大的负责。

沉浸在悲观的情绪里是做不成事的，我和主创的几位老师们商量之后，果断和团队中两个导演解除了合同，另外聘请了三个导演。在进入正式拍摄前，我重新召开策划会议，推翻了前面所有的思路，将五集片子变为六集，每集三个人，重新联系主人公，并重新安排导演。

正式拍摄应该就很顺利了吧？我也觉得可以很顺利，两个月拍完然后进入后期是我们订下的计划。但计划是一定赶不上变化的，既要配合主人公的时间，还要确保拍摄人员的时间能搭上。还有天气原因，到了夏天，飞机延误是每个摄制组都经历过的事情。我们有一个摄制组大老远跑到广州拍做滑翔伞教练的阿布来提·买买提的故事，正好阿布买了台新的动力滑翔伞，还没开始组装，摄制组激动地表示一定要拍下来，没想到新买的机器的一个非常小的零件是坏的，我们只好跳过这个环节，直接去茂名拍摄飞伞的镜头。我每天都能收到导演比前一天更绝望一点的短信："今天风向不对，又没飞成。"只能安排拍摄了阿布一些的别的活动，最后等了五天，愣是没等来风。摄制组有下一个要赶去拍摄的地方，无奈之下只好离开，打算之后再安排补拍。没想到，摄制组离开的第二天，风就来了。

像这样天时、地利都差一点儿的插曲真是不少，但对一个团队来说，最重要的是"人和"。经历了"导演风波"之后，我在和团队的沟通上更加小心了。越是这样小心，我的压力越大，越想要逃避。逃避其实是人的一种本能，与其说是压力太大，不如说是自己对自己能力的一种怀疑，问题出现得越多，越觉得自己的能力不足。我没有跟任何人提起这个感觉，我原本是希望让每个导演可以自由发挥自己的创意，但事实上这样根本行不通，必须严格以我自己的风格为主，而且必须严格监督所有计划的实施情况。

在紧张的拍摄期间，《我从新疆来》这本书在 2015 年也开始了维吾尔语版及其他新疆少数民族语言的翻译工作，在外文局新世界出版社的推动下，英文、日文、法文等外文版本也陆续发行。其实我跟很多人一样，一直以为把《我从新疆来》这本书翻译成外文是一种外宣的需要，只是想让这本书成为海外的人了解中国的一种方式，我甚至没想过会有多少人想看这本书。当然，如果这本书有外宣的作用，我也觉得是附加值。

《我从新疆来》英文版发行后，在一个华人朋友的推荐下，我得到了美国前总统吉米·卡特的邀请，参加他的基金会举办的中美文化交流活动。在准备的过程中，得知我会去亚特兰大参加这个活动的朋友又帮我联系了当地的常春藤学校埃默里大学，争取了一次在校内做交流活动的机会。六月下旬我就出发了，先是参加了卡特基金的活动，向卡特先生赠送了《我从新疆来》英文精装版和一顶维吾尔花帽，活动之余又完成了在埃默里大学的交流。因为这次交流活动的成功，全美其他常春藤学校也通过埃默里大学的中国学生会联系到我，希望我也能在他们的学校做一次交流。这个交流安排在了九月。第一场活动的公告发出后，又有三所大学联系我，表示希望做一次交流。最终，在二十四天内，我在哈佛、斯坦福、纽约大学等十二所大学完成了交流活动。

我从美国回来时，纪录片的拍摄也终于全部结束了，正式进入了后期制作。但这时，资金的紧缺让我和团队都急红了眼，前期的资金已经快要见底，后期制作和宣传的费用还一筹莫展。一个朋友建议我试试众筹，我那时候连众筹是什么都不知道，在网上查了半天才搞清楚。众筹可以是件很容易的事，来钱很快，但也不是件容易的事，因为这意味着一个艰巨的承诺。我尝试着联系了几个众筹网站，感兴趣的也有几个，有的希望把这件事当生意来做，用我这个众筹项目帮忙卖点儿他们平台的新疆土特产；有的并不理解这个纪录片到底是想表达什么。最后，一个很年轻也很擅长讲故事的众筹平台，开始众筹网，帮我完成了这次筹款，一共有2270人参与了这次众筹。我们也给参与众筹的朋友建了一个微信群，在交流中，我发现有很多人都不是新疆人，他们都认为《我从新疆来》表达了他们对社会的看法和心愿。有个朋友说："我是河南人，因为这个身份经常被人看不起，我希望能用《我从新疆来》这个项目向社会表达反对标签化和地域歧视的愿望。"

众筹结束后，我有了后期制作的费用，终于投进紧张的后期工作中去了。受到众筹的启发，我决定发起更多知名人士和群众的力量，向参与众筹的每个朋友和身边的所有朋友发出拍一个"我从哪里来"的视频的邀请，请他们在视频里说出"我是谁，从哪儿来，梦想是什么"这三个问题。最后，我收集到了来自全球各地的几百个视频，其中还有在中国工作的外国朋友专门拍摄的视频。这些视频经过剪辑之后，成了每集纪录片最后的花絮，甚至比纪录片本身的表达更加有趣味和力量。

拍着纪录片"马上又"做众筹，做完众筹"马上又"做后期，做完后期，我请来了著名的新疆人——音乐制作人、作曲家马上又。我和马上又相识是在人民大会堂的那场《我从新疆来》新书发布会上，虽然当时我因为过于匆忙都没能和他好好说句话，但在我再次和他联系，希望由他来制作纪录片的所有音乐的时候，他表现出了莫大的热情。在讨论中，我和他讲述了"我从新疆来"的故事，讲述了"我从哪里来"的概念，他听到之后，很快就和他爱人吴浩箐写下了一首歌，就叫《我从哪里来》。当他给我讲述了他的"我从新疆来"的故事之后，我能感受到，这首歌其实也是他自己对这个世界和人的一种表达。很快，他又动用了自己所有的资源和人脉，给这首歌拍了 MV（音乐电视），用倒放的方式讲述了人的旅程、人与人的关系和相通点。

这首歌完成时，纪录片的后期制作也接近尾声，我终于有机会看到了完整版的正片，肩上累积的所有压力都变成了满满的动力。

四年前，我还只是一个摄像，而现在我终于完成了自己制作一部纪录片的梦想，一部以新疆人的中国梦为主体的纪录片的梦想。我完成了自己想要的表达，完成了我和参与这部纪录片的几千人共同希望社会拥有的一种平等和友爱的价值观。

我从新疆来 Ⅱ

我从哪里来

陈建斌： 当我问自己为家乡做过什么的时候，至少可以说在普及新疆方言上，我做了一件事，用一部有品质、有影响的电影，让《一个勺子》，把新疆方言带到了观众面前。

陈建斌：
一个勺子

　　从哲学角度说，当你的工作和生活已经纠缠在了另一个城市，你就有了一个回不去的家乡，从这个意义上讲，这可能就是你动力的来源，但这并不会让你想要回到家乡去生活，因为太长时间不在那里，你已经无法适应那个环境了。只是每当半夜，看到朋友在朋友圈发家乡的美食，我就会崩溃，多少次我都在想，我耽误了多少顿这样好吃的饭菜啊！虽然我能在全国各地品尝各式各样的美食，但在心里就是没办法和家乡的美食相比，那个瞬间我会觉得惆怅。为了某些事情，人必须舍弃一些东西，那些东西未尝不是生命中的享受，未尝不是生命中的美好，它们在我心里统称为"故乡"，而我的故乡，就是新疆。

　　我在乌鲁木齐出生，家在小西门，我父亲在市体委工作，他是那种特别善良、特别老实、特别忠诚的人。父亲上中学的时候，成绩很好，他也非常想上大学，因为身体条件非常不错，被挑走去做了运动员，老实又忠诚的父亲觉得"既然组织上让我当运动员那我就去当吧"，他就这样成了运动健将，那是二十世纪五十年代时候的事情。后来我上大学，上研究生，其实也是希望替他完成这个心愿，完成他没有完成的梦想。

我爸妈都是老实人，但我小时候也没少揍我。我小时候非常调皮，胆子也特别大，现在想起当时的很多事情，我都觉得后怕。院子里挖地基，挖出一个防空洞，那其实是很危险的，我和几个小孩儿拿一个火把就钻进去探险了，在里头特别高兴，等我一出来，我看我妈就等在洞口，不用说肯定是劈头盖脸就把我一顿打。这样的事情，小时候没少干。

我们院子里有各种民族的人，我的小伙伴们也是不同民族的。印象最深的是院子里住的俄罗斯族，他家有个外婆，年纪很大了。她的小孙子，也就是我的小伙伴，我们当时老是逗他。有天，老太太在院子里洗衣服，我们对他说："你去亲一下你的外婆。"他就"噔噔噔"跑过去，抱着正在洗衣服的外婆就亲，我们看着就哈哈大笑。但现在想起来，在我的家庭环境里，情感的表达特别含蓄，没有跟父母拥抱、亲吻这样亲密的举动，才会觉得那样的表达很好玩儿，而这种含蓄其实是一种沟通和交流上的弊端。

我在体委的院子里长大，周围全是运动员，乌鲁木齐的冠军、全新疆的冠军、全国的冠军。我从小也想做运动员。十几岁的时候迷上了电影，才觉得当初对体育的喜欢其实并不是梦想，是在那个环境里耳濡目染得来的。

十七八岁的时候，我是一个影迷，还写过剧本，当时找了几个新疆电视台的朋友，一个会摄像，两个会表演，准备拍我的剧本，但是灯一打，我就蒙了，根本不知道该怎么拍。我才发现虽然老是看电影，但看到的只是幻觉，那时候才知道，我应该去专业地学习这件事。

在那个时代，对一般人来说，电影这样的文艺产品作为一个业余爱好就够了。当我说我准备当演员时，我爸觉得不可思议。而我只是觉得我想做这个事儿，并没有想到为了完成自己想做的事，需要付出那么多的代价。

这些付出的代价，包括 20 到 30 岁这之间，我没有正常的生活，没有在父母身边，没有吃到家里的饭，一个人在北京过着非常不堪的生活，很痛苦。为什么不好好待家里呢？家里有父母，有朋友，有一切你熟悉的，你会生活得比较安逸、舒服，为什么要放弃这个，非要跑到外头去呢？

1990 年，我考上了中央戏剧学院表演系，同班的来自新疆的同学还有李亚鹏和王学兵，我们都是新疆话剧团的定向培养生。

刚上大学的时候，同学会问我们"从哪儿来的""在新疆你们住在哪儿"。

当时同学都觉得我们是骑骆驼的，住在草原上，那个时候大家对新疆就是这个印象。

大学时期我很热爱摇滚乐，跟班里的男生组了一个乐队叫"小公驴"，叫这个名字也是因为新疆的驴很多，而且驴有股倔脾气，有冲劲儿。我们最爱唱的就是崔健的《花房姑娘》。

1994 年本科毕业之后，其他同学都把行李存在北京了。他们都做好了准备要再回来，只有我一个人把我所有的东西都拿回了新疆。他们做了"北漂"，我按规定直接回了新疆话剧团。我告诉自己，不去北京可以，但要去的话必须名正言顺地去，不是去混，也不是去漂。

那段时间我觉得自己是一个人在乌鲁木齐，特别想找人聊天，聊聊专业上的东西，聊些让我觉得愉快的事情。做不成自己想做的事情，哪怕有一个人能一起谈谈，都是莫大的享受。我遇到了一个叫朗辰的人，他是北京电影学院毕业的，在天山厂工作，我总去找他，一跟他谈起北京，聊起电影，我才觉得我是我。

那时候我拿着一个月300块的工资，整整一年就一部舞台剧找了我，看过剧本之后，我拒绝了。之后我从新疆大学找了文化课的老师，把每个月的工资都交了学费，开始准备研究生考试，第一次考就考上了。1995年我回到北京，到中央戏剧学院表演系开始了研究生的学习生活。本科毕业时带回新疆的东西我一样都没带走，全部留在了父母的房子里，我又背了个小包，告诉自己，从现在我要重新开始自己的生活。

那年我27岁，而我的中学同学都已经结婚生孩子了，我的本科同学有的已经拍了影视剧，小有名气。

研究生期间，每个月我都能收到家里发给我的汇款单，但我觉得不好意思，这么大了还在上学不说，还要家里给寄钱。从另一个方面来讲，那时候也算是无所事事，因为上研究生除了读书，确实就是没有什么事。但是我也非常感谢那段时间有一个非常好的读书环境，读了大量好的剧本，这些都成为了我之后的资源。

武侠小说里有两种路子，一种是练招数，很快就能用上，还有一种是练基本功，一时半会儿拿出来没用，非常慢，但一旦练成，就会非常厉害。我很庆幸我在学校遇到了很好的老师，传授给我的就是扎扎实实学基本功的派别。虽然在后来进剧组拍戏的实践过程中，遇到了很多麻烦，因为剧组里还是更加江湖的，需要跟不同的人搞好关系，我那个时候对这些事情不以为然，非常不喜欢，没有学过，也因此让人家觉得为什么我就不能融入那样的氛围里边。我秉承在学校学到的传统，而这个传统，过了五年、十年，才真正显示出力量，直到我自己写剧本，自己做导演，这些积累都是来自当初在学校学到的基本功。虽然这个过程很笨，很傻。有时候也会想，为什么当时不能聪明点，融入进去呢？我觉得我不是那样的人，也不喜欢那个方式，当时就坚持了自己的想法。

毕业之后开始拍戏，慢慢得到了认可和肯定。后来，没有人再问过我新疆的草原和骆驼。当每一个人把自己的事情做好，做到出类拔萃，先做到让自己有一个最好的成果，就可以让家人骄傲，就同样可以成为家乡的骄傲，那个时候你所代表的家乡才有意义。如果没有做到这一点，再说多少都是茫然。

从这个意义上来说，人人都是平等的。我是做电影的，全世界做电影的人都是我的同行，不论我们从哪里来，不分国家，我们都站在同一个起跑线上，都是要拍出更好的电影。

真正有价值的一个人，他一定是会对自己提出很高要求的，不会因为个人的出身，从哪里来，这个标准就发生变化。标准永远不会变的，只有一个，就是大家做这个事情能不能做得更好。如果你能做到更好，你代表的就是这个行业的巅峰，其实就这么简单。

我在北京生活了二十多年，很喜欢这里，就是因为这里不问出身，你从哪里来，无所谓，是什么人，无所谓，就应了那句话叫"英雄不问出处"。

刚毕业的时候，我还没有工作，更没什么钱，每次黄昏走在大街上，看到楼里的灯亮着，就真的太想有一个自己的家了。那个时候我还在租的房子里自己一个人住，每次回到房间，真的非常害怕。所以我特别愿意去拍戏，去剧组工作，只是因为没办法回来面对自己一个人在房子里的那种恐怖。但就算如此，我也从没想过搬上东西离开，我要努力拥有一个有闪烁的、明亮的、温暖的灯火的房间。

刚从新疆走出来的时候，我没什么伟大的理想和远大的志向，比如一定要为家乡做一点事情，这必须实事求是地说，完全没有。等到了有了合适的机会，当我真正有机会自己去拍电影的时候，在可以允许的范围内，我才做了一点事情。

时代总在变，并不是单一一个时代的问题，所有的时代里都会有这样的声音，就是我们是不是应该变得更聪明？聪明意味着什么呢？聪明就是成熟嘛。我们小时候会坚持很多东西，在长大的过程中，这种坚持会逐渐被遇到的大多数人说成是"傻"，于是慢慢我们麻痹自己，坚持梦想变成了一个傻子的做法。那我就把梦想搁那儿吧，老老实实赶紧找一个工作，然后顺顺当当地生活。

大多数人都是这样的，但是有很少的人，我必须要说很少的人，能够坚持自己的初衷。这个过程会遭受很多的挫折和打击，如果能够承受的话，也许有一天能够成就梦想。能够实现梦想的人真的很少，因为大家完全可以选择一条更容易、更轻松的路。就拿我自己举例，我同学的孩子现在都上大学了，我的孩子才多大？因为他们在谈恋爱、结婚的时候，我还在上学，在读研究生。在别人看来，所谓正常的人看来，我这个人真的是脑子有问题，按咱们新疆的话说，这个人是一个勺子。

陈建斌和作家王蒙在纪录片《我从新疆来》首映礼上。

我善良忠诚的父亲在别人看来就是个勺子，每次我听到别人议论我父亲说他很傻，我都觉得不舒服。难道善良、忠诚的人，在生活中就要被人欺负，被说成是笨吗？我并不赞同这个观点，这是我们现在这个社会生活当中一些特别不好的社会习气。

　　《一个勺子》讲的就是这么一个人，大家都觉得他傻，但之后勺子自己觉得自己是对的，拍这样一个电影是我做这件事的原因之一。另外一个原因是，电影虽然没有选择在新疆拍，但影片里用的是新疆方言。记得以前在天山厂拍的戏都是用的普通话，很多演员说不了普通话，就找上海电影制片厂给配音，硬生生配得像外国人。我们看到的香港电影用的是广东话，赵本山的小品用的是东北话，但新疆就没有一个正式的好的作品是用新疆方言的。当我问自己为家乡做过什么的时候，至少可以说在普及新疆方言上，我做了一件事，用一部有品质、有影响的电影，让《一个勺子》，把新疆方言带到了观众面前。在金马奖颁奖的时候，当他们读"获奖者陈建斌，《一个勺子》"，读的人只知道《一个勺子》是一部电影，但是我知道，那就是一句新疆方言。在华语电影的最高殿堂，我让新疆方言响彻，我自己心里知道，那个时候我很自豪，我为我的家乡做了件事。

　　电影《一个勺子》可以拍成很多种类型，可以拍得很唯美，那个很容易，但说实在的，最终做成现在大家看到的样子，是因为我想把它拍成这个样子，因为那就是我想做的人，想做的事。

李亚鹏： 正直、勇敢、朴实、善良，是我做人的一个目标。我现在是一个商人、慈善家，但最认可的一个定位是一个充满理想主义的创业者。

李亚鹏：
一个理想主义的创业者

　　我的微博名字叫"一号立井"，很多人都问我是什么意思，有时候会有网友拍一张乌鲁木齐的公交车站的照片然后"@"我一下，说："终于明白为什么你叫一号立井了。"我也没什么机会给大家解释，一号立井就是乌鲁木齐市六道湾一号立井煤矿，那是一个地名，是一个叫一号立井煤矿的单位，也是我出生和成长的地方。我生命的开始就是在那儿，之后14年这样一个很长的时间段都是孕育在那个地方，我不是说这里给了我什么，它其实给了我一切，给了我今天人生的一切，那是我生命的原点。

　　我和父母的命运似乎是冥冥之中的安排，我14岁离开新疆，我父母也是14岁离开了各自的老家河南和安徽。我爷爷和外公都是国民党，成分不好，一直隐姓埋名。我妈本来考上了师范，结果姥姥就不让她上。后来成分的问题还是被揭发出来了，家里受到歧视，日子不好过。我妈偷了家里20块钱，要离开那个地方。那时候有那首歌《我们新疆好地方》，我妈说那就去新疆吧，然后就跟另一个女同学两个人，一路搭车、扒火车、走路，到了石河子。我爸也在14岁从河南去了乌鲁木齐。后来我妈做了医生，我爸做了工程师，两人因为相同的经历，走到了一起。结婚的时候我妈还在石河子呢，怀上我之后才搬到乌鲁木齐。一直到1999年我爸去世，他们就一直在一号立井工作。我爸在矿务局，我妈就在煤矿医院。

我爸给我的教育是，你要做一个受人尊重的人。我老说的一句话，其实也是我爸给我的教诲，就是"人不可有傲气，但不可无傲骨"。他是我的人生偶像。

我爸在工作单位是一个标准的劳模，是那种几十年没有周末的工程师。我小时候就爱给他当助手，组装收音机、电视机什么的，帮邻居们免费做很多事情。那个时候电视机很难买，但是他有办法找到零件自己组装。我们家当时就自己先装了一台9寸的黑白电视机，然后用放大镜放大到12、14寸，院子里每天都有人来看电视。我爸在煤炭系统的国企做厂长，因为非常能干，总是像救火兵一样，被派到各个地方去工作。他不光做工程师，还做了很多其他的事情。原来乌鲁木齐矿务局有个机电实验室就是我爸组建的，这个实验室还办了好几个企业，给国家缴了上亿的税，但他也没有跟单位多要一分钱。也是因为这样，我爸特别辛苦，我妈说"如果继续这样就离婚"，我爸才被我妈逼着退休。

我爸是心脏病突发去世的，葬礼那天，他生前工作过的各个单位都来了人，一共四五百人，都是自发来的。他去世前给自己在河南的祖坟圈了块地，死后就埋在了那儿，那之后我每年都会去一趟。

小学五年级的时候，我就从一号立井附属的小学去了八一中学，军区那个学校。考初中的时候，我还是自治区十大优秀少先队员，当时的自治区主席接见过我们。小时候学习很好，考初中的时候是全市第三名，初一的时候我是班长，是团委书记，但我初中毕业却没有考上高中。

初三的时候，我突然开始打架。我不是那种挑事儿的孩子，但就是会打抱不平。我们年级有14个班，前面6个班是重点班，后面8个是普通班，我是重点班的头儿，普通班的头儿是个叫阿迪力的孩子。当时好像就为了一个穿什么颜色的军装做标志打起来的，打群架。最后没考上高中，我觉得很没有面子，因为我原来学习那么好。我妈也傻了，我从小她就没问过我学习的事，从来都不用问，我小学的语文、数学永远是双百，99都没考过，但我就是没考上高中。记得我妈跑到学校来找老师，所有的老师看见我妈都哭了，说我们怎么让亚鹏没考上高中呢？我在马路边远远地站着，看着她们，没法接受在自己的学校再重读一年。回到家，我跟我妈说，我要离开新疆。因为我姨一直在合肥当老师，我决定去合肥重读一年再考高中。

没考上高中这件事，让原本处在青春期很茫然的我一下子清醒了，重新充满了血性。爸妈也挺支持我的决定，觉得这孩子还是很有骨气。于是14岁，我就去了安徽，一个人在那儿念书。可能因为离开新疆比较早，那个时候家又远在乌鲁木齐，所以我每年寒暑假都一定要回两次家。那时候坐火车大概有四天三夜，那种很小的年纪就开始在火车上长途旅行的经历，让我对新疆有了特别深的感情。

不管是新疆，还是哪个地方，任何一个人对自己家乡其实都是很热爱的，但是新疆人确实跟别的地方的人又不一样，我真的是这么觉得。家园意识，在新疆人身上会尤为浓烈。可能是那个地方太特殊了，大家是来自五湖四海的，它形成了一种不同于其他的几千年就是一群人繁衍下来的地方的地域文化，一种多元的地域文化。我的祖籍实际上是河南和安徽，但我永远都是新疆人。而作为一个 14 岁就离开新疆的人，其实在我成长的过程中，经常会遭受一些貌似关怀的歧视。在合肥上学的时候，经常被问"你们家养几只羊""你们家住帐篷吗""你们住在草原上吗"等问题。小时候我也是自尊心很强，特别是每次都会被问"你怎么长得不像新疆人"，我一般就看着对方不说话了，要么干脆绝交不理了。

但我还是收获了很多朋友，我在那儿上了三年，不少同学通过我对新疆产生了极大的向往，还有好几个同学为了要跟我去新疆，跟家里决裂了。我记得很清楚，有个同学叫丁一强，我要回新疆，他也要跟我一起去，但他妈不让，他就晚上把行李一拿偷偷跑到我那儿，准备第二天跟我走。结果半夜他妈追过来，带他回去了，还是没去成。现在冷静下来想想，初到合肥我遇到的那些问题也许是貌似关心的歧视，但从事实上客观地讲，那也不是歧视，而是不了解。

1990 年我考大学，当时学的理科，志愿报的是航空航天大学。那年中戏在新疆有招生，是给新疆话剧团的定向招生代培的。我的初恋女友，她是要考中戏的，当时瞒着我，觉得我不会同意，被我发现之后就跟她分手了，还说她是爱慕虚荣。那时候小嘛。七月高考完的月底，她来找我，问我第二天能不能陪她去一下新疆话剧团。当时我们俩已经两个月没联系了。

她说："我马上要去北京了，你也要去哈尔滨了，你再陪我一次，去录个像。"我想了想就去了。

中戏是年初就开始考试了，陈建斌、王学兵他们文科的已经都考完了，老师觉得不太满意，就申请在理工科里面再招一次。那天就是考上的人录个像就没事儿了，但是有几百人去，乌压压一大片，都是理工科要进入考试的，考试要交5块钱，我也交了5块钱跟着进去了。

我最后一个进的教室，本来是准备陪女朋友录完像就走的，结果发现进教室之后老师开始点名了，我的名字排在第一个，还有十几二十个人站在那儿，我才明白已经开始考试了。

我跟老师说："我不是来考试的，是陪女朋友来考试的。"

他说："那你也不能无视我们的考场纪律啊！"

过了一年，那位老师告诉我，是我女朋友已经把我的照片给老师看了，老师觉得不错，他们就沟通好把我骗过去了。艺术院校是提前录取，他们把我的档案从理工科里拿出来，投到了中央戏剧学院。如果我不去上这个学，不服从录取分配，按照当时的国家规定，两年不让再考大学。我就这么被中戏录取了。

中戏我们班的同学都来自新疆，大家的感情特别好，超越了其他班级。从1990年到现在，我们每年全班都要请老师吃一次饭，25年没断过，这一点很让我觉得骄傲。我们对老师是从内心里非常感激的，多说无用，就得行动。

我这么一个理工科的学生，非要我做一个文化、艺术的活动，其实对我心理上是一个很大的障碍，或者说是挑战。我上大学时候的第一堂表演课，是要我们解放天性，玩老鹰抓小鸡，抓到谁之后，那个人就要从全班同学的胯下爬一圈。我死活都不爬，老师却故意抓到我，可能觉得我是理工科的，天性非常需要解放。最后全班同学都陪我站着，还有两个老师。老师给了我一个台阶，让另一个男老师在底下钻，说只要抓住他不用爬一圈了。他爬了一圈的时候，我实在受不了了，因为老师四十多岁，在那儿为了我爬，他经过我的时候，我就趴下去了，爬了一半就抓住了。

而我人生中最骄傲的一件事也是发生在大学的时候，那是我充满理想主义的年轻时代，我完成了一次理想的实现，给我自己人生第一桶正能量。我通过自己的努力，拿着学生证，敲了几十家公司的门去拉赞助，就为了在乌鲁木齐办一场摇滚演唱会。这不是一般的演唱会，我把唐朝请到了乌鲁木齐。

1990 年我刚到北京，就接触到了摇滚音乐。第一次看演出是唐朝的，当时他们那张专辑是在新疆采的风，里面很多音乐都有新疆的味道，让我特别震撼，同时又特别遗憾，因为我都过二十才接触到这个东西，这一点想法特别清晰和明确。

因为在艺术院校，有机会接触到演艺界、音乐圈的人，用了大概两年多的时间，我通过慢慢接触这个群体，才终于有机会跟唐朝的经纪人坐在一个桌子上说话。

他问我："你要干吗？"

我说："想办演唱会。"

他问："你是哪儿的？"

我说："我是中戏的学生。"

他又问了我几个问题，但是我真的是什么都不懂。他问："你知道办演唱会要多少钱吗？"

我说："我算了算大概要三万多块钱。"

他笑了，说："小伙子我跟你没法聊。我知道你是摇滚乐爱好者，下次我们演出的时候我就呼你 BB 机，带你去看，送你几张票吧。"

我解释半天，告诉他我不是为了要票，我是真的要办演唱会。我给他讲，我以前在新疆从来没接触过摇滚音乐，现在有机会接触到了，第一我是个歌迷，我很喜欢；第二我想在新疆办演唱会，让新疆人能接触到摇滚音乐，就这么个想法。我说我们新疆人都是特别有天分的人，但没机会接触，想让新疆的孩子也有机会看到摇滚乐。这个话可能让他有一点触动。

那时候离放假还有几个月，我找了他三四次，最后他也烦了，跟我说："李亚鹏你确实不懂，这事儿不是那么简单，你也没钱，还是个小孩儿。"

我说："我一定会干成的，反正不行最后就成扯淡了呗。"

他说："那这样吧，唐朝、女子眼镜蛇，还有王勇，一共三个乐队。"他开了个价，后来我才知道那是他当年给唐朝接过的最贵的一场演唱会，其实是想让我死心，就开了个特别高的价。

回到家我就傻了，无从下手啊！我才开始真的郁闷，觉得自己真是小孩儿，一腔热情的，最后拿到人家一句承诺，我手里还没钱。在家待了一个礼拜，天天就想怎么办。有一天我爸下班，从单位拿了报纸，看我又在那儿躺着，把报纸扔给我看。我一打开报纸就看见一个广告，说"乌鲁木齐飞燕文化公司成立"，打了一版。我想那个年代能做广告还做这么大版面，肯定挺有钱的啊！第二天我就照着地址找过去了，到了一看是一个"大哥大餐厅"，问了半天人家也不太搭理我，觉得我一个小孩儿也不是来吃饭的。那是一个挺高端的餐厅，不是小年轻去的地方。因为报纸上有董事长和总经理的名字，我就问名字，才发现餐厅的经理就是文化公司的总经理，我跟对方说我是中央戏剧学院的，他就有点儿兴趣了，才跟我聊。我才知道他们老板是在乌鲁木齐开了金店、卡拉OK，还有这个餐厅。这是个女老板，挺有名的，她想做个文化公司，暂时没什么人，就先找了这个餐厅的经理做文化公司的总经理。我给他讲了我要做演唱会，他就帮我约了老板。老板特别高兴，因为她刚成立这个公司，但是也不知道干什么，总算来了个比餐厅经理更靠谱的人。但她也不懂演唱会怎么做，就说很愿意支持我。她的公司在乌鲁木齐假日饭店有个办公室，让我就在那儿办公，还给我印了张名片，免得出去跟人谈事儿以为我是个骗子。

因为家离得远，我就干脆住在了办公室，每天看报纸、圈广告，每天背个包，买三个肉夹馍，挨家挨户去敲门，有的还得去好几次才能见一次。敲了大概有两个月，差不多有七八十家公司，最后真的敲出来快十万块钱的前期赞助。当年的万元户就已经很有钱了，我敲出了九个。

之后我跑到新疆话剧团，通过他们介绍找到文化厅，他们又把我介绍到乌鲁木齐演唱公司，我才知道这个事儿除了要有钱、要卖票之外还要批场地，要政府的批文。他们也是同样的态度，有钱就给出演出证，我也没瞒他，告诉他我已经拉到了这么多赞助，可以给他们演出费，下面再卖一些门票，还有设备场地的钱就OK了。他们那个经理都傻了，没想到我一小孩儿能做到这些。

之后开始筹备演唱会，我找了新疆人民广播电台的同学，去做了一次关于摇滚音乐的访谈节目，跟大家说这个演唱会的事情，留了地址，真的有中学生打电话找我，来当志愿者。当时那些招贴画、传单，都是我们自己写的，然后复印，去街上发。

前后用了三个多月的时间，最后这事儿真的就成了。演出那天自治区的领导都去看了，还把我叫过去问问，让他的警卫班来帮我去维持下秩序。因为人太多了，在南门体育馆，后来才知道出现了假票，里面已经坐满了，外面还有很多人拿着票在排队，我也傻了，毕竟没经历过。音乐响起来，我拿着个摄像机在拍，拍舞台也拍观众，当唐朝开始唱《国际歌》的时候，好多人都站起来了，我把手里的相机扔了，冲到台前十几个志愿者那儿，夺过一面写着唐朝的大旗，狂在那儿摇，差点儿被维持秩序的武警给拉出去，真的太激动了。

演唱会结束之后，我还要负责指挥拆舞台，我父母当时也来看演出了，我跟他们说了几次"再见"他们都没走。我过去跟他们打了个招呼，问还有什么事，我爸妈也没说什么。我爸这时候忽然上前两步，伸出手跟我握了握，然后他们就走了。那一瞬间是我人生中最美好的时刻，那一刻我的梦想实现了，而且我还得到了我家人的鼓励和认可。那是我父亲第一次跟我握手，而且是因为我长大了，得到承认了。那就是人生最完美的实现梦想的时刻。

暑假前我们都会跟老师说，今年暑假自己有什么安排。那时候我已经开始拍戏了，也是班里比较早就开始拍戏的，第一部电影就是男一号。暑假前老师问我会干吗的时候，我说我要回新疆办一个演唱会，老师听完也没多说。

后来我把赚到的三四万块钱做了海报和文化衫，在乌鲁木齐街头发掉了，只留了给我自己和王学兵一人一张的飞机票钱，回北京上课。都开学

李亚鹏演唱会资料图。

肖全 摄

了我们才回的，老师也很感动，说："你终于做成了。"

这事儿对我的人生真的非常重要，就像初恋对我们的爱情观会产生直接的影响一样，一个人跟社会接触的第一次碰撞，对你的人生观会产生直接的作用。那次就是靠我自己一个人的力量，做成了这个事儿。也是因为那一次的成功，在我身上产生了一种信心，让我敢于去做我想做的事情，甚至让我觉得自己的人生在很大程度上都是从那次演唱会开始的。

正直、勇敢、朴实、善良，是我做人的一个目标。我现在是一个商人、慈善家，但最认可的一个定位是一个充满理想主义的创业者。

我经常开玩笑说做演员是我上一世的记忆，但是在大多数公众的眼里，你永远都抹不掉演员这个身份，除非有一天我成了比令狐冲更伟大的一个人物的时候，大家才可能把那一段忘掉。演员这段生涯其实是我生命当中，从 1990 年到 2010 年这 20 年里，最美好、最年轻、最充满青春与活力而且非常值得怀念的一段时光。

在 1990 年之前，我从来没想过自己要从事演员这个行业，偶然的因素上了中戏，随着这个发展，有一天成为一个明星了。但是站在舞台上的那一刻，有时会突然发现自己内心依然不能享受这样一种场景。你就明白，虽然有很多理由，比如生存，或者说为了生活，你要在这条路上好好走，但站在舞台上，还是觉得它不是生命中最有价值的东西。所以从 2000 年开始，我每年就拍一部戏，我要去寻找自己人生真正的方向。

我现在实际上在做的是文化生意，一个是传统文化，一个是当代文化。而人们所熟知的我在做公益和慈善确实也是我生活中的很大一部分，包括两个基金会和一个医院。基金会所有行政办公和人员的费用都是我的这些

商业公司来支付。无论是从财务支出的角度来讲，还是从我自己的时间和精力支出来讲，都占了很大比例。

嫣然天使儿童医院是我们救助孩子的一个医院，面向世界营业，每年会把我们做完手术的贫困家庭的孩子带过来办一次夏令营。我也会定期跟患儿的家长做座谈会，也叫分享会，去分享我的一些经历给大家，给每个正在经历的家长一些心灵上的鼓励和支持。

嫣然天使基金的活动很多，2009年，我带着我们的婴儿天使医疗队，去西藏的阿力。原计划是先飞到拉萨，然后开车三天到阿力，在那里做七天手术之后，再开车回拉萨，坐飞机回北京。我们是国庆节的时候去的，距离新疆发生"七五事件"已经三个月了，气氛仍然很紧张。

有一天，我突然跟义工说："英雄再不走回头路。咱们来的时候开了三天，回去再开三天，挺辛苦的，而且这个景色都看过了。要不咱们再往前开吧，从这儿直接开新疆去，开到喀什。"

旁边司机就说那段路是最难开的，一千一百公里，有五座还是六座大山，而且海拔在五六千米。

其实那时候我已经跟喀什红十字会联系好了，我就跟大家说："喀什有二十多个孩子需要做手术，都是维吾尔族，咱们干脆就开过去，把这个手术也做了吧。"

大家笑了，说："李总你既然早就准备好了，还问我们干吗啊？"

那之前我从来没去过喀什，当时是无知者无畏。我们大概开了三座大山，天气突然变了，他们问要不要休息一下。可这一停下来，下山时就要封山了，要等好几天，我当时就做了一个特别鲁莽的决定。我说："我们就往前冲吧！"事实上我当时因为强烈的高原反应，脸已经肿得跟猪头一样了。后来我们就真的冲过去了。在山顶的时候，我们大概六七辆越野车，我在最后一辆，前面的都过去了，到我的时候，有辆十吨的大货车停在那儿，在打滑。当时已经在下鹅毛大雪，大货车不敢开，停在那儿，我们也过不去，那个路特别窄。我就下去给人家看我们红十字标志。人家让我们车上的人都下来，一人抱一个石头站在轮胎后面，防止倒车，然后一点一点地挪，最后挪开了，就差四五十厘米。我们的车过去了。我还差点儿从山崖掉下去，事实上已经下去几米了，又拿绳子给我拉上来的。现在再想真的是太危险也太鲁莽了，要知道就在一个月后，我们认识的红十字会的同事在那儿翻车，人没了。

我们就这么一口气开了二十多个小时，到了喀什。喀什那边接应的人都傻了，说："你们不是昨天才出发吗？怎么今天就到了？真的是太危险了！"我们司机都是藏族同胞，他们都说："李总你真的是可以！我们这么多年也没干过这样的事儿！"

这一路下来我们饿得不行，路上把吃的东西都吃完了，没地方买。到了喀什街上还都是坦克，而且已经大半夜了。我们决定先找点东西吃，再去地方上。长途汽车站附近还有一家新疆饭馆开着，有烤肉，我们悄悄地去，安安静静地吃，吃完赶紧就上车走了。

后来去了地方上做手术，手术做完，喀什的一个专员，一个维吾尔族同志打电话给我，一定要留我们吃顿饭。他当时就跟我们说："你们真的是太不容易了，这种时候还敢来。"之后我们吃饭、喝酒、聊天，那位专员跟我说："咱们新疆人都了解这件事，没有人心里不难过的，大家心里都非常沉重。什么都不要讲，就是穷，为了一百块就可以跟着人家走，根本就不用上升到什么宗教、政治，没那么复杂。一个道理，就是太穷了。"说真的，这些感受，这些话，只有新疆人自己明白。

我想我自己应该是一个很标准的，就是通常意义上的"我从新疆来"的那种新疆人，也是那种标准的有深厚乡情的人。我14岁离开新疆，到现在44岁，已经30年了，每年都会回新疆。一直到1999年我父亲在新疆去世，之后我把妈妈、哥哥都接到北京来，在新疆没有任何亲戚的情况下，我依然是每年回一次新疆。为了回新疆，会给自己找各种各样的借口和理由，当然这当中也包括去结婚和离婚。

我一直觉得新疆人给予我很多尊重，印象最深的是我离婚的时候，当时去办手续，法院的人还死活不愿意办，让我俩好好的。最后好说歹说，说清楚是我们已经决定的，才办完手续，特别有意思。出来我就发了个微博，因为说好了要公布的，免得让大家猜来猜去。之后王菲就上飞机回北京了，我肯定要多待两天再回去，就跟朋友去吃饭。在一个农家乐一样的露天花园里面，有好多人，我们也有十来个人，很多哥们儿来陪我。其实大家都看见我了，但没有一个人过来打招呼啊、合影啊，或者过来问我什么。等我们吃完饭起身走的时候，路过旁边的桌，他们站起来了，一桌人在那儿说："你是咱们新疆儿子娃娃！你是我们新疆人的骄傲！"我又往前走，就这样一桌一桌的，也没有见外的那种，拍拍我，然后说几句安慰的话。这种表达方式很可爱。

每个人都对自己的家乡有感情，但怎么去表达，怎么去爱自己的家乡？就像教育一样，不是每个人都知道应该去怎么做。我会选择带孩子去我父

母待过的地方，去农村，让孩子了解那儿。一方面是认识自然，另一方面是更加全面地了解这个社会。如果孩子只是待在一个地方，只是看到有限的一些东西，就太闭塞了。如果说在新疆是一种闭塞，那只在北京也是一种闭塞。我很想带女儿回趟新疆，找个小村庄待一段时间，但生生被几个朋友给拉住了，他们觉得不安全，不敢安排。但我心里是一直有这个计划，我希望这两年可以实现它。

我每一次回家都会去一号立井。三四年前，我听说我们家已经被拆了。我以为那个地方没有了，然而2015年回新疆的时候，在乌鲁木齐短暂停留，我又故地重游了一下，发现我家还在，那是种失而复得的感觉，让我特别激动，当时就流下了眼泪。我家有个院子，种了很多蔬菜和水果，草莓啊，辣椒啊，黄瓜啊，还有我养的猫、狗、兔子，再看到那个地方的时候，所有回忆都再次向我扑过来。

2015年，我是带着嫣然天使之旅的团队回去的。我们回到2009年去过的喀什的村子，看望了当时做过手术的家庭，看看做过手术的孩子们的情况。虽然和当地的医生还有村民只在2009年的时候见过那一面，但就是因为这一件事，让大家有了一个非同寻常的情感上的纽带，那种默契不需要用言语表达，我跟他们也不是礼貌地握手，而是拥抱。

之后，我带着团队去了伊犁，还带上了新疆籍的影星佟丽娅。她是伊犁人，也一直很关心新疆的公益和慈善，这次跟我们一起过去了。在伊犁，我们给一些孩子做了手术，做手术的孩子里有个10个月的女婴，是被一个牧民收养的弃婴。坦白讲，在我们接触的案例当中，很多都是被收养的，而收养的家庭90%以上都是特别贫困的家庭，这样的案例数不胜数。我唯一认识的一个相对富裕的家庭，是一对外国夫妇。我不想特意表述什么，我只是想说我看到的景象就是这个样子的。

每一次的天使之旅都会有遗憾，因为总是不能让全部的孩子接受手术。这有各种各样的原因，发烧，有炎症，营养不良，到临近那天不能接受手术，那对家长来说打击是很大的。好不容易来了个基金会，而且对他们来讲是来了北京的专家，最后孩子却不能做手术。这次天使之旅也有大概二三十个没能做成手术。这种遗憾是我们继续前行的动力。

我从小想过当工程师，当律师，还想过当一个政治家，没想过当演员。从小想的三样梦想没一个实现的，所以我不是一个事事顺利的人。我做的每一件事都需要经过一些坎坷，经过一些追求和验证才能知道自己应该做什么或者适合做什么。"嫣然"其实并不是我自己人生规划中的一件事，是因为女儿的到来促发了这件事情的发生，所以坦白讲，它可以说是我为我自己女儿做的一件事情。到 2016 年，嫣然就十年了，十年前我内心设定的目标，是用我毕生的精力完成一万台手术，我们现在已经完成了一万一千台，也就是说我的目标已经完成了。而在我眼前，嫣然也有两个选择，一种选择是我可以不做了，因为对我个人而言目标已经完成，我可以全力以赴去做其他我想做的。但我内心还是觉得要把它继续做下去，我们也要制定嫣然第二个未来十年的发展规划了。

实际上，在 2010 年，我找到了我觉得真正由心而发想要去做的一件事情，可以去做一辈子的一件事情，也是我觉得最能够体现我自己人生价值的事，就是书院中国。在那一年，我停止了拍戏。

书院始于秦汉，盛于唐宋，光绪变法之前，两千多年时间有 4700 家书院遍布中国乡村。中国人的文化生活、节气礼仪、祭祀、民风、民俗，所有的一切活动都在这一个平台，但不同于今天的学校。

今天社会上的诸多问题，包括教育层面的，有很多中国传统文化当中的素质教育和东方美学的教育内容我们都是缺失的。即便我们有简单的音乐和美术教育，但中西文化的区别仅仅是在音乐和美术上面吗？其实远远不是。这当中包括民风民俗，以及由此酝酿出来的某些气质，甚至节气。文化是需要孕育的，而书院是过去两千多年中能够孕育文化的一个最重要的，没有可以超乎其左右的平台。而一百多年前，在1903年，书院被废除。

在今天的现实生活当中，我们文化的缺失和对文化的诉求是客观存在的，这些年也有越来越多的传统文化元素以各种各样的形式慢慢地复苏。我所说的书院于中国，其实是一个多层面、多维度的事情，其中也包括公益书院基金会。我们现在已经做了七家公益书院，我们的目标和愿景是3000家，我也曾经犹豫过要不要去掉一个"0"，但就像马云说的：万一实现了呢？

佟丽娅： 每个走出来的新疆人好像都自然而然有这么一种责任感，想要
让大家更多地了解新疆、了解居住在这块土地上的人们。

佟丽娅：
家乡，心底最温暖柔软的所在

有人说，不管走得离家乡多远，味蕾还是会"出卖"你。新疆小白杏成熟的季节，不管我在哪儿，在拍戏还是在做别的工作，总会有那么一瞬，闪念跳转，回到儿时的院子，鼻息里满满小白杏的甜香，那是每个新疆人都再熟悉不过的味道。小时候最开心的就是跟着家里人一起晒杏干、做果酱，大人们说说笑笑，我们歪着脑袋看着玻璃罐子一点一点被塞满，想着即将入口的甜蜜。

人人都说新疆人豪爽、好客，其实跟生长环境也有关系。我们从小就是多民族聚居在一起，哈萨克族、维吾尔族，还有我们锡伯族，都能歌善舞也经常聚会。多民族聚居还让我们都成了拥有语言天赋的人。听爸妈说，因为奶奶不会说汉语，所以小时候的我跟奶奶说的是锡伯语，到了爸妈这里就变成汉语，去邻居家玩就自然而然说起了哈萨克语和维吾尔语。邻居们来家里也会说锡伯语、汉语，没人觉得奇怪或者突兀，我们可能生性不会去在意这些细节，最重要的是彼此的情感沟通和交流。后来我还知道一句俗话，"锡伯族天生有九个舌头"，就是说我们锡伯族特别有语言天赋。

再后来，我长大了，自然而然地就学起了跳舞。其实每个新疆人都特别会跳舞，就像每个巴西人都能踢两脚足球，这是骨子里的，自然流淌出来的。我们可能不会刻意去摆什么动作，也不会刻意去定一个节拍，大家聚在一起，就是跳麦西莱普或者木卡姆，跳着跳着就变成朋友，然后坐在路边一起喝格瓦斯。傍晚时分，忙碌了一天的人们就三三两两聚到广场上，或者去哪个朋友家的院子里，唱着歌跳着舞，别提有多开心了。你只要让新疆人听到音乐，唱两句、跳两步，什么烦恼也没有了，我们都是非常简单直接的人，用歌儿把话唱出来，用肢体把情感表达出来。

越努力越幸运。这句话像是根植在我的血液里，所以我不怕吃苦，也不怕折腾，我总是相信，如果你有一个梦想，不论多难，你一定要去尝试，到最后也许你不能一下子实现那个最大的梦想，但你的努力一定会给你搭好通往最大梦想的阶梯。你一定会有所得，你的付出不会被辜负。

在我当时的认知里，北京美得像梦一样。第一次去北京，就是1999年新中国成立50周年大庆，我代表学校在新疆的彩车上跳舞。10月1日那天，我站在彩车第二层，周围都是鲜花，抬头是蓝天，周围还有蝴蝶飞过，沿路的高楼在阳光照射下，像童话里的玻璃房子，整个感觉太梦幻了。我现在都能在脑海里回放那个画面，也就是从那时起，我对自己说："我要来北京，要来这个城市学习、工作、生活。"

2003年，中国歌舞团在新疆借调舞蹈演员，我被选上了，就真的来了北京。那会儿正赶上"非典"，演出很少，所以大家都领基本工资，没什么钱也没什么跳舞的机会，好多人都想放弃了，但我还是不愿意就这么认输。有一次实在觉得太苦了，想跟家里打个电话，但是一听到妈妈说："你好吗？那边苦不苦啊？要不要回来啊？"不知怎么的，一下子就有了力量，所有的难处都咽下去了。我跟妈妈说："我挺好的，真的。"第二年，我得到了在文化部春节联欢晚会表演的机会，还是跳独舞，我常说那是我在跳舞这条路上最"惊艳"的一次了。

可我还有心愿未了，我想要在北京念大学。那时候身边有同事在准备考中央戏剧学院和北京电影学院，我一下子被点燃了。参加完文化部春晚的演出，我回新疆过年，听到两所学校的专业考试要开始了，我转天就跟爸妈说"我要去考学"，拎着包就回了北京，辞掉团里的工作，专心准备考试。团里领导语重心长地劝我："大学毕业还是要找工作啊，那时候就不一定能回来了……"

可梦想，怎么能说放弃就放弃，可能我就是轴吧，认定了的东西，再难也要去努力看看。我离梦想就差一点点，如果这时候放弃了，肯定会后悔一辈子。说我是"破釜沉舟"也好，说我是"铁了心"也好，总之，那一瞬间我像是听到了命运转动的齿轮声。我知道，该是时候迈出那一步，然后看看它会带着我去往何处。

再后来，就是大家熟悉的我。高考之后，我顺利进入中央戏剧学院念表演系，四年的大学校园生活就如我想象中一样美好，所以到现在我和大学同学之间的关系还是那么好。我们都是看着彼此成长起来的人，看过彼此在第一堂课上傻不愣登的样子，看过彼此为了交作业熬通宵起大早，一起排过戏、一起出晨功，再后来看着彼此在各自的事业跑道上努力奔跑。

同学之间的情谊最难得，我们从天南海北来到北京，追的是同一个梦，这个梦的名字叫"北京"。

我一直觉得老天爷对我很好，总是会给我"掉馅儿饼"，但不会直接掉到嘴里，而是会掉在旁边，需要动脑筋花时间去够、去捡，听起来很容易，实际上却需要付出很多，而这一切我从不觉得苦，因为我有收获。我想每个来到北京追寻梦想的年轻人都是这样，我们都受到上苍眷顾，可以追逐梦想，努力去捡那个馅儿饼，甚至给自己烙一个馅儿饼，在这个过程中，我们付出我们的青春、热血、时间和才华，最终一定会换来一盏属于自己的灯，照亮我们的每一个夜晚。

每个中戏毕业的孩子都跑过组，我也不例外，所有能送资料的组，我都不会错过。跑组的时候觉得北京真大啊，坐公交车两三个小时也还是在这个城市里，送资料并不都会被接受，可如果不这么做，没有人会知道你。我们都是从一个一个小角色开始，一点一点成长，一步一步走上来。我第一次接到剧组主动打来电话约戏时，还以为是骗子，直到他们用各种方式耐心地证明自己，我才将信将疑地去了广州。结果那部戏的导演是尔冬升，角色也很棒。到现在我也非常感激并时常和尔冬升导演保持联系，他是我的恩人，带我走进了这个圈子。

在电视剧《北京爱情故事》里，我饰演沈冰，沈冰来到北京的第一个晚上，她的男朋友就带着她爬上楼顶，对着万家灯火的北京喊："北京，我要留下来！"后来好多观众给我微博留言，或者当面告诉我说，那个瞬间特别能打动他们，即使他们不在北京，在别的城市。因为那不是喊给北京，而是喊给自己心中的梦想，和那个为了追逐梦想不惜一切的自己。

电视剧播出之后，有一天晚上，我和朋友们在路边吃烧烤，突然听到楼顶上有人大声喊："北京，我要留下来！"那一瞬间，我心里五味杂陈。我想起在北京住过的第一个"家"，挨着铁道，听着火车轰隆隆的声音一夜无眠，再然后，我慢慢习惯，听着它睡去、听着它醒来，直到没有它反而不习惯。后来在电影《北京爱情故事》里，沈彦和陈锋住的那个小屋就像极了我在北京的第一个"家"。

我们都一样背着包坐着火车来到北京，从小小的蜗居开始，一点一点接近自己的梦，一点一点看到这个城市和自己不断的努力融合在一起，我很感谢最初的自己，也感谢这一路上遇到的所有善意，它们来自家人、师长、同学、前辈，甚至是陌生人。更重要的是，走得越远，越意识到身体里的力量来自于父母，来自于家乡，更来自民族的基因和传承。

我特别希望所有人都能知道我的民族——锡伯族，只要有机会，我都会认认真真、仔仔细细地跟别人介绍我们锡伯族、介绍我们新疆。每个走出来的新疆人好像都自然而然有这么一种责任感，想要让大家更多地了解新疆、了解居住在这块土地上的人们。每年只要有时间，我都会回新疆，有时候是回母校看看老师，有时候是参加我们锡伯族的活动。只要我有一份力，只要家乡和我的民族需要，我都去做，我想让更多的热爱艺术的新疆孩子们有机会去追求梦想、去实现梦想，像当年的我一样有机会来到大城市里看一看，思考一下属于他们的未来到底可以变得多绚烂多美好。

我从新疆来，新疆一直在我心里，它可能是成熟季节的小白杏，它可能是一支歌，它可能是孩子的一张笑脸，它也可能是爸妈的一句叮咛。与你一样，家乡永远是心底最温暖最柔软之所在。

王景春：我们应该站得角度高一点，站在人性的角度上，大家都是一样的，谁也没有特权，谁也没有歧视，大家都应该是相互平等的，而且是融合的。

王景春：
礼 行

　　我父亲是 1964 年当兵到新疆的，在乌鲁木齐。我妈是一九五几年，很小的时候，跟着我姥爷到新疆。1969 年，父亲已经在自治区人民政府当秘书了，就在那一年，在塔城有宝岛战役。都说老一辈人，特别是军人，对祖国，对自己所服务的单位，有一种特别强烈的责任感和使命感。那一年，他坚决要去边防一线，写了封申请就去了，去的是最苦的红山嘴边防站。这个边防站也是全军有名的，每年大雪封山的时间都在 8 个月以上，上下山都特别苦。他们要先开车开到喇嘛昭，然后换马，骑到席丹河大坝，从那儿踩滑雪板上去。就在这样一个艰苦的地方，我父亲待了 17 年。

　　那个时候，大家都是一个共体，是一样的思想，一样的意识，即便有个体的思想存在，也还是服从于共体之下。现在大家都是个体了，大家都有自己的思想，有自己的表达、自己的意识和判断，但在那个年代是没有的。

　　我生在阿勒泰，也是在阿勒泰长大。这里哈萨克族人很多，蒙古族也不少，维吾尔族相对少一点，还有回族的伯伯们。院子里少数民族多得很，我爸的性格也是比较开放，拜把子的兄弟就是个维吾尔族人，后来他兄弟的儿子和我也成了结拜兄弟。我爸的这些穆斯林朋友一到过年都互相拜年，汉族的春节他们来我家，那时候没有在外面吃饭的，都在家，吃饭、喝酒、玩儿，习以为常。

我爸在阿勒泰有很多朋友，哪一个民族都有，我家随时会有司令员来下象棋，或者穿着皮衣皮裤骑着马的山上的牧民到我们家住，有时候一住就住上半个月、一个月。很多人以为我家是少数民族家庭，因为家门口经常绑着马，其实是来做客的牧民的马。我爸妈都说一口非常流利的哈萨克语，俩人有时候说悄悄话就用哈萨克语说。我爸也正是因为这一口流利的哈萨克语，和当地的牧民保持了非常好的关系，他没有把自己当外来的人，而是用语言把自己融入进去。

我爸带我上过两次冰封山，这一路上有牧民看到我爸，就拦下他，请他到家里吃饭，一定会宰一只羊。

1986 年，我爸调回乌鲁木齐，要离开山区了，最后一次上山的时候，所有牧民都知道了，晚上骑着马在路边等着，一定要我爸去帐篷里面坐一下，必须要宰一只羊。这在牧民看来就是礼物，也叫"礼行"。

对于新疆的描述，我会用"礼行"这两个字。小时候我对"礼行"这个词也没有多大的理解，就知道一说"礼行"就是这个事不能干，那个事不能干。后来我用最简单的词来说明"礼行"，就是"规矩"，做人做事的规矩。礼，就是礼貌、讲理；行，就是行动；礼行，就是要求你要有礼貌的行动。对朋友，对老人，对孩子，都有一套规矩。比如，前面街上有个老人行动不便，马上就会有人去扶。小孩打架，旁边过来一个老人，喊一声，马上孩子就不打了，走了散了。我生长的阿勒泰，虽然说地方小，但一样会讲"礼行"，谁有个什么事儿，哪怕是街上的陌生人，大家都很热情地互相去帮忙、照顾，人情味儿特别浓，氛围特别温暖。这是新疆给我的最大的影响，特别是小时候，对我的影响特别大。

小的时候就想着在新疆上个班，有个工作，简简单单地正常地生活。但从小我就比较喜欢艺术，那时候跳舞、排节目，十几岁的时候就想过从事表演行业。可那时候觉得还比较遥远，而且家里人不允许做这个事情。父亲就希望我上大学，踏踏实实的。我很叛逆，不愿意按照他给我规划的这条路走，就想走我自个儿的路，想去学电影。我有过考专业院校的想法，同学朋友一听我这个想法，就说："你想一想，全中国得多少精英去考，咱们这新疆的考啥，别想这个事儿了，招生简章自己看一眼就行了。"

直到有一天，我认识了一个人，他叫朗辰，一个有汉族名字的维吾尔族兄弟。他说："景春你应该去上戏剧学院、电影学院，你有这个素质，完全可以考虑艺术学校。"我说："我不懂，你教我。"朗辰说："行，我可以教你，但是我要先去内地拍个纪录片，等我回来。"

我当时在新疆百货大厦上班，在鞋帽部站柜台，卖小孩儿的鞋。自从认识了朗辰，我每天就在柜台里面盼望他什么时候能回来。终于有一天，介绍我和朗辰认识的那个朋友跟我说朗辰回来了。我那天就请了假，饭都没来得及吃，跑去找他了，见到他特别高兴，那是 1993 年。当时跟朗辰一起学的还有我的两个朋友，我们三个人都考上了上海戏剧学院，那是1995 年。

第一次离开新疆是一九八几年，很小的时候，我爸到北京开会，顺道就去妈妈的祖籍河北看了一下。当时没什么特别的记忆。

自己有意识地，完全离开新疆，就是1995年去上海上学。刚到上海大概有两年多时间非常不适应，极其不适应，不适应上海的饮食、气候。饮食就是要每周末去浙江路的新疆餐厅才能吃一顿饱饭，要吃一块清炖羊肉，一个拌面，要么一个抓饭一个拌面，吃得肚子圆圆的回去。上海的气候和新疆特别不一样。新疆是一个四季分明的地方，冬天有冬天的样子，夏天有夏天的样子，春天也很美，感觉很丰富。上海相比就只有一个冬季和一个夏季。冬天湿冷湿冷的，不像新疆一进房子就暖暖和和的。第一年在上海的时候，我要盖四个被子，毛巾被、军大衣全部盖上去才能睡觉。

上了戏剧学院之后，我的眼界突然就开了，知道艺术到底是怎么回事，戏剧表演是什么样子。我开始想往更好的地方去，比如出国，或者继续学习。我学习成绩比较好，每年都有奖学金拿，各方面表现都不错，还是院级优秀毕业生，得到了留在上海的机会，上海电影制片厂把我要走了。这在当时是很难的一件事情，过程说出来很简单，但是付出了很多的努力和汗水。很多人会靠关系，我是靠自己，更没有人因为我是新疆的而照顾我。

上学的时候拍了几部戏，但都不是主演。第一次在电影里扮演男一号，是毕业之后。1999年，导演高峰拍摄电影《旅途》，讲的是一个解放军在新疆的长途客车上和各民族乘客一起勇斗抢劫的歹徒的故事，改编自真人真事。电影是在新疆拍的，和我之前拍片子感觉完全不一样，毕竟连空气都是最熟悉的。有个很有意思的细节，不像内地所有电影组开机第一天都要拜神、插香，在新疆，我们就宰了个羊，还找了个回族的老哥哥给诵了个经，这个过程就感觉特别"新疆"，而让我觉得特别熟悉。这部电影也把新疆特别漂亮的风情全给拍出来了，获得了全国"五个一"工程奖。

我刚去上海上学的时候，觉得自己是一个来做客的客人，所有的地方都不习惯。直到电影《旅途》拍完，工作分到了上海，户口到了上海，我还是有客人的感觉。有些东西就是改不了。那会儿买了车，没事儿就跑到浙江路去吃新疆饭。普陀那里开了一个新疆餐馆，就小小的两间，不大的房子，后来慢慢发展到非常大。老板是位阿吉（去麦加朝觐归来的人），每次我都叫他阿吉 Aka（维吾尔语"哥哥"），我们也成了好朋友。他还娶了个上海老婆，老婆一口上海话，也会说维吾尔语。他们的餐厅开了十几年，餐厅扩展到了 7 家。

似乎每个地方、每个民族的人，都有一个自我荣誉感和领地意识的范畴内的一种思想，大家都不能接受别人说自己的家乡，说自己的民族，但是自己说可以。一方水土养一方人，在那个地方长大的，儿不嫌母丑，狗不嫌家贫，人是忘不了自己的根的。新疆人也一样，社会对新疆的眼光有很多偏见，在这种偏见下新疆人会更容易愤怒。我曾经就跟人干过架，对方从没有离开过自己居住的城市，但是一听我从新疆来，就不停地说新疆不好。我说："我告诉你新疆是啥样子之前，你先尝尝新疆的拳头。"我摔了桌子，干了一架，之后拂袖而去。但是这样之后我反而觉得更加愤怒，因为我的做法不可能让对方了解新疆，还可能让他加深负面的印象。

我经常给朋友讲新疆的瓜果、风景，但现在我觉得，因为信息全球化，资讯非常发达，每个人都能通过不同的传播手段看到新疆的各种面，但最多就了解了漂亮的风光、山水，好吃的水果，对新疆的人们的生活，不太了解，还存在着非常多的误解。比如，直到现在我说我是新疆人，都会有人觉得"新疆人哪有长你这样的，你眼睛那么小"。我会告诉他新疆有 13 个民族，有汉族、维吾尔族、哈萨克族、蒙古族，告诉他每个民族的情况，最后再问他："您还觉得我不是新疆人吗？"

人们对新疆人的孤陋寡闻，有基础教育的问题，还有就是宣传的导向问题。跟新疆有关的宣传都是能歌善舞的人和沙漠，只是原生态的东西，现代文明都没有了，民族文化和人文风情的宣传也很单一。

即便人们对新疆不了解，新疆也一直还是很和睦团结的，但撕裂了这一切，让人们的不了解放大了无数倍，让原本的宁静和睦变得紧张的，是 2009 年夏天的那场悲剧。撕裂了新疆和内地的关系，还带走了我的一位亲人。

那天晚上，我就已经知道出事了，但是和家人一直联系不上。等到早上我妈打电话给我讲的时候，我是最后一个知道我有家人也不幸遭遇了这件事。我叔在医院里找到我婶，在认尸的地方。叔叔和婶婶那天在回家的路上听说有游行，但觉得没事儿，都是新疆人能有什么事？可是在延安路上，车被点着了，人一下来就被打……

我回去之后尽量不提这个事，提到了他也会难受。但事实上我叔和我爸爸一样，都是有很多的少数民族朋友，我叔也知道这件事是少数人的行为。但这件事就是让所有人都感到痛恨，是一个变化的起点。

当时我和朗辰大哥每天都会通电话，一见面就聊这个事情，他也非常难受，我能感受到。我从 20 岁就认识他，认识了那么多年，第一次看见他那么揪心，好像这件事情是他做错了一样，而仅仅只是因为他觉得自己的民族身份和那些犯罪分子一样。我跟他认识了那么多年，从来没有以民族做过区分，一直都是兄弟相称。这是个灾难，是个痛苦，无论是汉族还是维吾尔族，都有亲人因为这场悲剧离开或者受伤。但在当时那个环境，就变成了各种不一样的态度，有愤怒，有哀伤，最难过的是在那一刻，仇恨也被点燃了。人们有了一种帮派和对立面的概念。人们被一种完全无形的力量给分开了。

我身边从小一块儿玩儿的伙伴，回族、维吾尔族、哈萨克族，直到现在，到了内地，少数民族都是我的朋友，没有因为他是什么族就不跟他玩儿。我们多少民族就生存在这一个地区里，那种和谐的、友善的、交融的气氛，是其他地方的人感受不到的。

那几年新疆人很难受，而大家都明白这个事情，这就是一个悲剧。那一次之后，新疆人不愿意生活在悲剧当中，人们也能够认清楚这个问题的根儿是在哪儿，能把事情看得很清楚，看得比较开一点。虽然这个影响可能会是几代人。

前两年过古尔邦节的时候，我叔叔和婶婶的女儿发了一个维吾尔语的朋友圈，写的：祝我所有的穆斯林朋友们过年好！

不管有多大的仇，都不能把这个仇延续到你的朋友、你的同事，还有其他许许多多和你一样的普通人身上。只有当仇恨的火焰慢慢消失，人们才会回到正轨。但直到今天，火焰还在不同的角落，星星点点，此起彼伏，继续烧着。

前两天我又去了阿吉大哥的餐厅一趟，他们特别高兴，我还提前打了电话让他们给留个烤全羊。大哥说："烤全羊送给你。"后来他还告诉我，他在上海开的七家餐厅，现在就剩这一家了。我问为什么，他说："我也没办法，房东被施加压力，不让开了。现在仅剩的这一家因为时间长，十五年了，关系非常好，房东面对压力也死活都不肯让我们走。"我听完心里很难受，开餐馆能怎么样呢？每次吃饭还能看到表演，都是服务员自己上去弹个琴跳下舞，人家就是在用自己的劳动创造财富。上海以前没有新疆菜，因为阿吉大哥的这家餐厅开了以后，新疆菜成了上海的一个风潮，也成了上海的一个特色。

我一直觉得上海是一个包容性极其强的地方，印度人可以过来开餐厅，美国人可以开餐厅，中东人也可以开餐厅，为什么维吾尔族人就不能开餐厅呢？这真的是一个恶性循环。

我们不应该仅仅说"我们是新疆人，我们去给新疆代言"，我们应该站得角度高一点，站在人性的角度上，大家都是一样的，谁也没有特权，谁也没有歧视，大家都应该是相互平等的，而且是融合的，这个才是我们应该去做的事情。

并不是只有民族之间有差异，就连住在一个房子里的两口子都会有一些不同。我媳妇是成都人，我们的不一样主要就是生活习惯。我爱喝奶茶，媳妇不喝，但也从来不会说我不能喝奶茶。我从娘胎里出来就吃羊肉长大，爱吃手抓饭，我媳妇家现在就很喜欢吃手抓饭，连我丈母娘以前说吃不了羊肉，但我从新疆带过来的羊肉，做出来她就爱吃，抓饭也没问题。这些都是出自一个尊重，需要主动去接受，就能融合。一些人觉得新疆人都是暴徒，新疆到处都是暴恐，但更多人在自己接触、了解之后发现不是那样的。我们也不能太过于强调尊重，变得很多疑，很形式，自尊心变得特别强，伤害也就更多了。

其实我们每一个新疆人都应该做点事情，我们每一个人身上都有一个标签，你可以把它抹掉，但是我觉得这个标签基本上是人生当中抹不掉的。你出生的那个地方，你在那儿长大。你可能移居到别的城市，或者成为一个外国人，你可以说一口流利的当地方言，甚至说一口英文，但是你成长的记忆是抹不掉的，根上的东西是抹不掉的。那么既然抹不掉，我们为什么不去为这个标签做一些好的事情呢？

个体还不仅仅光是个体就行了，如果能把一个个个体的故事组织在一起，能展现出来的真实也就会更有力量。

从上海，后来到北京，直到现在这么多年，我还有喝奶茶这个习惯，自己都觉得奇怪，每天早上起来我会自己烧一壶奶茶。每次喝着热热的奶茶，我心里都会涌出一种感觉，特别希望时光倒转，回到十几年前、二十年前，所有一切都回到我小时候看见的那一片景象中去，所有人都在一起，大家都其乐融融。

马上又：在新疆和兰州生活的场景我从来都没忘记过，我知道自己有一部分定格在了那个少年身上，我永远会让自己有一颗少年的灵魂，他时时都在牵动我的心。

马上又：
一生少年

　　我小时候是个"问题儿童"，后来成了"问题少年"，然后是"问题青年"，现在是"问题青壮年"。问题儿童一般都没有童年，容易没有安全感，容易忧郁，这种问题够解决一辈子的，直到现在，我有时还会为此困扰，以前觉得很莫名，现在感觉到童年的快乐和忧伤都是无法挽回的。做《我从新疆来》纪录片配乐和主题歌《我从哪里来》，以及这首歌的 MV，我是非常投入的，因为我的童年，因为我想要表达的那些抹不去的记忆，那些在我心里藏了多年的故事。

　　我家是新疆乌鲁木齐的，我爷爷曾经是个很成功的驼队商人，祖籍在内蒙古的二连浩特，所以我有一部分的蒙古族血统。我父亲是一个非常优秀的舞蹈演员，舞蹈和音乐一样，没有"童子功"都是比较困难的，所以他为此付出了巨大的努力。我母亲是唱美声的，在新疆艺术学院，当时叫新疆艺校。我出生在这样一个家庭，身上承载着很多父母的梦想。

儿时，在乌鲁木齐住的那个院子，是回族和维吾尔族、哈萨克族混居的。吃水都是到压水的井里去取，很多接不上的水顺着斜坡流下来，冬天冻得很厚很大的一片，是孩子们的乐园，但是从来没有我，因为我要弹钢琴。有一次，趁着抬水，我表哥就带我滑爬犁，我特别激动，快乐得忘乎所以，刚好有一个维吾尔族老汉，做完礼拜往家走经过这里，我坐着爬犁滑过去，把铁钩子直接杵进人家靴子里了，这大概是我记得的上学前唯一一次调皮的经历。院子里的维吾尔族孩子、哈萨克族孩子、回族孩子都玩儿得挺好的，但我玩儿得很少，在人家眼里估计也有点儿另类，会弹钢琴，而且天天都是只弹钢琴。

3岁起，我就被放在钢琴前，家里的东方红牌钢琴是七十年代初买的，印象中那是一笔巨款。从那时起，我的童年里似乎就只有这台钢琴，时间就消失在这些琴键和音符里了，回忆中恍惚觉得自己好像是瞬间长大的，唯一的好处似乎也是专业上的，除了钢琴，我拉过小提琴，解决了我写弦乐时的问题；吹过巴松，又帮我解决了管乐写作的一些问题；手鼓又启蒙了我对节奏的理解——所以，我现在把童年看作一种交换，是和现在的生活的一种交换，也只有这样想，才能在某些时刻给自己一个出口，这扇门要强迫自己打开，开得越大，压力越小。

童年中的另一个记忆是坐火车很多。我母亲当时调动工作到了兰州市歌舞团，她带着我在兰州和乌鲁木齐之间两地往返，绿皮火车的气味我现在都能想起来。也可能是这样不断迁移的经历，使我从少年时期起，就带上了一种"浪迹四方"的色彩，似乎挺浪漫，其实都是人生最初的无奈，被动跟随父母接受环境的不断变化，到被迫辍学之后的"吉普赛人式"的生活阶段，这么多年过去了，还是不能给出很客观的评价，因为太被动太无奈，全是在懵懂中过来的。

　　小学五年级，我从兰州考上了北京的中央音乐学院附属小学，我从大人们的反应中感觉到这好像是件大事，那是 1982 年，我十一岁，从此在北京开始了几年的集体生活。我当时的班主任是张丽敏老师，2015 年春节我去看她时，她说："你还记得吗？你离开学校时送了我一件礼物。"我已经从心理学角度抹去了太多在学校的记忆，当然想不起来，张老师说："我可以给你看，但你不许要回去。"张老师拿出的是一把匕首，我一看就知道是我的，手柄是我自己缠的！我不记得当年被迫离开学校时，自己究竟是怎样的心境，为什么会把从不离身的匕首送给张老师？一定不是恨她，因为她和戴云华老师一直是我不能忘却的，曾经给我温暖和鼓励的人。我想，如果一个人肯割舍他最心爱的东西时，要么是因为爱要么是因为破碎，少年时的我，既辜负了一些爱，也承受着破碎带来的痛苦，是复杂得难以言表的情感。

　　现在，在同学聚会时，有一个不变的话题，就是他们"控诉"我在学校时的种种，当年对我的气愤和害怕都变成了笑话，我也觉得自己那时有些不可思议，但我真心觉得他们是带给过我快乐的人。

　　在我被迫离开学校后，回到新疆对于我就像是一场放逐，我开始肆无忌惮地放弃自己，父母的失望似乎也成了我放弃自己的理由。那时，我从不跟别人说我上过音乐学院，也从不跟人讲我会弹钢琴，甚至别人都不许问我。我对那时的回忆最多的，就是新疆的冬天真冷，铺天盖地的大雪像是永远不会融化。我漫无目的地游荡在乌鲁木齐、石河子、新疆石化这些

地方，亲戚家不会在乎多我这一个人的饭。在社会上，我也有了比我年长七八岁的朋友，没人问我是干吗的，也没人知道我的经历，我觉得自己是关上了一扇门，要在另一面墙上拼命挖一个洞逃出去，这种拼命的感觉支撑着我，用差不多两年的时间，完成了和"另一个我"的告别，这种方式很暴力，外在和内在都很暴力，既对别人也对自己。

就在所有人都认为，我将迎接一个混乱的人生时，我拼命要逃出去的墙上似乎出现了一道裂缝，虽然是以无从预料的方式。那时，我家邻居是那个地区派出所的所长，平时也就是点头之交，有一天，他突然来找我母亲，说："你家那个公子得管一管了！"我母亲吓坏了，以为她担心的事终于发生了，所长说："也没别的事，除了打架之外，主要是混的那些人不好，那个圈子不好，都是在我们那儿挂了号的，再这样下去你家公子也快了，早晚的事儿。"——因为他的这番话，我坐上儿时的绿皮火车，独自被送到兰州去了。

到了兰州，父母断绝了我的生活费，我一个人，住在母亲以前在那儿工作时分配的小房子里。没有了生活来源，我忽然要面对自己的基本生存需要，从那时起，我懂得了沉默，我可以和沉默相处了。大年三十的晚上，我自己在家洗衣服，心中充满了坚强的感觉，虽然坚强总是被迫的，好在我让自己找到了这个感觉。

八十年代中后期开始，各个文艺团体也开始改革，会组成很多演出小分队，那时叫"走穴团"。当时兰州市歌舞团里有认识我的叔叔阿姨，知道我上过音乐学院，弹过钢琴，问我电子琴能不能弹。我就照着谱子弹，跟他们"走穴"，演一场是五块钱。如果说出"命运"这个词的话，我觉得此时再恰当不过——我拼命要逃避的东西，在我最需要的时候，却给了我生存的机会和生活。之前，在学校学的都是古典音乐，在"走穴"的过程中，我听了很多流行歌曲，开始深刻地理解流行音乐，有句话叫"塞翁失马，焉知非福"，我就是这样。

九十年代初，别人介绍了一个在西藏拉萨的歌厅，说那里需要乐队，我还很年轻，觉得江湖就是为我准备的，结果到了拉萨就被收走身份证，走不了了，现在想起当时的种种，仿佛险象环生的梦境一样。我在那儿待了十个月，做了十个月的"弹琴矿工"，但是无意中却收获了一次心灵的震撼之旅。在大昭寺前，我第一次看到几百人一起磕长头的情景，看到一排一排磕头而过的信徒，皮袍带起的尘土，为他们增添了神圣的光晕；看到他们手里的念珠，捻得似乎发出了声音一样；听到他们嘴里发出嗡嗡的诵经声，空气似乎都在轰鸣——我在那儿一动不动地站了很久，大脑一片空白。我从小经历过很多次，在宗教节日里，非常多的人在清真寺做礼拜的场景，当看到另一种宗教呈现出这样的景象时，仍然觉得震撼。我想，信仰之所以能给人力量，有一部分就是因为它能在这种震撼中净化人们。

从拉萨回到北京，我曾经以为再也不会回来的这个城市，我是不是带着勇敢的心回来了？应该是吧，因为我给了自己一个回来的理由。我认识一个藏族大哥，用他的九万块钱，在亚洲大酒店的销售柜台，做起了藏族饰品的生意，那时，北京还没有这样的店。我根本就不懂得怎么做生意，既不知道货物是要清点的，也不知道该怎样管理服务员，我以为把货柜的钥匙给他们，每周末去结账就行了。所以，后来他们就自己进货，用我租的柜台卖自己的货，有时我去，看见顾客还挺多，就是不见货少，也有点奇怪，但别人一解释我也就相信了。所以，结果也就可想而知了。从这件事之后，我再也没有给自己做生意的机会，因为我知道，除了音乐，我其实什么都不会。在失败的生意面前，我并没有感到太大的挫折，是因为这时，我已经走进了"摇滚圈"，我第一次进正式的录音棚，录制了著名的《中国火1》，我认识到了，坐在巨大模拟录音台后面的"制作人"这个角色的重要性，这种感觉给我之后的工作埋下了很深的影响。

我可能无法摆脱血液中游牧民族的基因，又或者游荡就是我的宿命？在摇滚乐展现初次的耀眼辉煌时，我却离开了北京，没有原因，就是因为去成都演出，我觉得我喜欢这个城市。成都那时候是中国西部很前卫的城市，有很多乐队，我在那里认识了一群做流行音乐的朋友，他们中的很多人，如今依然是我的好朋友。我的流行音乐创作是从这里开始的，虽然那时我不会用"创作"这个词，但是，在当时的那个环境和氛围里，我却有了一丝归属感。如果说，"走穴"的生活让我认识了流行音乐，那么，在成都的三年，我理解了流行音乐。

对成都的熟悉并没有留住我，三年后我到了杭州，这个城市是我开始唱歌的地方，我对自己现在有一个称谓是"歌者"，只表达我自己，但在杭州我真的是个"歌手"，是当时不多见的弹着钢琴唱歌的人。我渐渐唱到了一个"酒吧歌手"的事业巅峰，客人会跟着我走，谁请我去唱，谁家生意就会好，我想在谁家几点唱、唱多久，都是我说了算。我似乎是刻意地，让自己用任性来宣泄一些压抑已久的东西，我像一个终于掌握了自己命运的狂喜的人那样，挥霍每一个夜晚，挥霍别人的喜爱，挥霍喜怒哀乐——在杭州的八年中，我几乎没有停歇地唱了八年，也经历了第一次婚姻。婚姻中的好与坏，有时候一辈子都无法评说，与爱无关，但与爱之外的所有都有关，信仰、信任、尊严、希望——我无法太多思考，以至于后来两人如陌生人，结束了那段关系。

婚姻破裂带来的巨大孤独感，让我在自我放弃和不得不坚强之间疲于奔命，我想躲开这个我认为曾经很疼爱我的城市，但我知道不能回新疆，也不可能去兰州，我问一个朋友，我想回到北京发展行不行，他似乎特别认真地说了一番话，不管在任何领域，一般都是要足够有才华和自信才会去北京。好吧！在杭州我总是被人说"有才"，那就去北京试试吧。我用差不多十年的时间，转了一圈，又回到了北京。特意没有坐飞机，而是买了火车票，一夜细数着车轮的节奏，和小时候一样，来到了北京。我没有目标，到了北京就一定要怎么样，这与以前来是非常不同的，这个城市不容我考虑，就先用陌生感笼罩了我，也有很多朋友，也喝酒聊天，但我总觉得这是别人的生活，与我无关。我强迫自己待下来，所以把租来的房子给装修了，其实还是用了比较粗暴的方式来解决自己，打击和欺骗自己的敏感，很多时候会让人表现出一些兴奋，我靠着这点兴奋住在北京。

那时，田震在做全国巡回演唱会，我在成都认识的好朋友郭亮介绍我去做乐手，我记得当时去第一次排练时，有点像考试，排完都说特别好。就这样，我慢慢开始新的工作，在乐手行业里渐渐开始有名气。2005年的许巍工体演唱会，音乐总监是我在音乐学院时的学长栾树，我们都是以同样的原因被迫离开学校的，这场演唱会是我乐手生涯的一个高点。第二年，还是栾树做总制作人，我录制发行了我的第一首歌曲《想念》，因此而开始有了现在的"粉丝"。也是因为好朋友梁芒的推荐，我在北京制作了第一首我写的歌曲《来了》，演唱者是景岗山，凑巧的是，他也是我音乐学院的学长，也是和栾树同时离开学校的，有时候人生经历中的巧合不能放在一起想，否则难免惶恐，但我更愿意让巧合成为惊喜，惊喜的瞬间，是一辈子永恒的快乐。

在做乐手的过程中，我也写歌也做编曲，也做音乐制作人，那时写了歌也不知道给谁唱，有一次，一个曾经挺有名的音乐人找我说，你的歌署我的名吧，肯定有人唱。我想拒绝，他拿了一张纸和一支笔给我，说，那你把你干过什么写下来——我也真的写不出什么来。我回家后给一个叫小虎哥的朋友打电话，他就问了我一句话：你生的孩子能姓别人的姓吗？这句话让我重新思考一个道理，什么叫"男儿当自强"。暴力没用，愤怒没用，自怨自艾更没用。

我在杭州的时候就接触过电影配乐，第一次是做一个纪录片配乐，也写过电视剧配乐。到现在，给电影、电视剧配乐已经成为一部分主要工作。我对创作配乐的理解是，如果说演员是用自己的表演诠释一个角色，作曲家就是要用音乐把每一个角色演一遍，并且还把画面之外的内容用音乐刻画出来，这是很费心思的一个工作，不但需要很复杂的作曲技巧，也要懂得电影语言和电影后期的知识，更要投入很多情感才能完成。在不断的创作过程中，我越来越感到我其实只是一个记录者，汉语里面叫"灵感"，就是音乐之神给你的一种感觉，我就是把它记下来。很多时候让我再去琢磨我当时是怎么想的、怎么写的，我都想不起来。

我参与配乐的电影和电视剧大概有四五十部了吧，有著名导演的作品，也有新锐导演的试水之作；有人们耳熟能详的，也有我自己到现在还没有看见播放的。因为配乐工作是在幕后，行业内的认可并不会让太多人熟知我。真正让我被大家认识了解，应该是《中国好歌曲》这个节目。这个节目和《中国好声音》是一个公司的，我在《中国好声音》那英那一组做音乐总监的时候，他们正在筹备《中国好歌曲》，那时有人跟我说不要去《中国好歌曲》，那个节目不好，如果想唱歌，要去就去《中国好声音》。我从 2003 年之后发行的几首歌都是自己写的，我非常明白自己从"歌手"到"歌者"的蜕变，这种清醒我也只有在音乐中才有，所以我知道《中国好歌曲》的舞台可能更适合自己。犹豫了很多天，有一天，我太太跟我说："去或者不去都没有关系，只要想清楚一点就够了：不要等到七十岁的时候，才后悔说当年有一个唱歌的节目，要是去玩儿一下就好了。"我用了很多个理由都没能说服自己，但这个理由让我最终下了决心，无论有多少人说我不应该去，但谁也不能替我抵挡以后可能的后悔，于是，我就这样走上了一个选秀节目的舞台，在那个舞台上，实现了一次作为"歌者"的展示。如今，我回过头来看，看到自己有一部分在那里完整起来。

我是 2001 年在朋友的聚会上认识了现在的太太，她叫吴浩箐，我对她一见钟情，她是一个既有知识分子气质，也非常有想象力的人，同时内心极其丰富，我时常会觉得她很神秘。并且我和她是同年同月同日生，这就是我说的人生那些巧合中，可以永恒的惊喜。她不但是我的惊喜，还陪我度过了深陷抑郁症的那几年，她既看到我最幸福的时候，也看到我最失控的时候。我们结婚时，我还一直在服抗抑郁的药。太太曾经对我说："爱情和勇敢是同样道理。"她非常喜欢看书，看的书多，思考也多一些，所以对我的包容度，还有对不同文化、信仰的包容度非常大。她对信仰的决定，也是我的永恒惊喜。我出生在传统穆斯林家庭，信仰与生活融为一体，虽然在婚姻选择上没有顾忌，但生活中的宗教戒条是要遵守的，太太跟我在一起之后，她用她的方式，选择了通过阅读书籍来了解我的信仰，直到有一天，她主动提出了希望入教。我觉得她是我们的宗教当中，非常难得的具有现代意识的女性，理智的信仰和满足人性的愿望这之间，她平衡得很好，所以，我觉得她信仰得既快乐又宽容。我记得她入教那年的宰牲节，我想为她宰一只羊，结果阿訇给买了一只谁都不要的老羊，不但肉不能吃，而且味道腥膻，弄得我心里特别不舒服，觉得很对不起她。但她还安慰我说，这只是特例，根本不代表一个宗教或者一个群体，她说："我相信是人变了，不是宗教变了。"事实上确实是这样。

我太太既是我的生活伴侣，也是我的工作伙伴，我们会共同面对所有的问题，"默契"两个字不足以形容我们的关系，她是我的音乐源泉之一。参加《中国好歌曲》，我很快就决定，要唱我在 2004 年为我太太写的歌曲《她》，歌词是很了解我们故事的好朋友梁芒填的，这首歌应该算是我的"爱情宣言"。

在我深陷抑郁去医院的时候，心理医生曾经告诉我，引发我抑郁的很大一个原因，是小时候跟我父亲之间的暴力关系。我从来没想过要责怪他，毕竟那个年代，谁会想到打孩子会对一个人造成一生的影响，而且太多的家庭都是这样，只是因为这个人是爸爸，那个人是妈妈。就因为这样一个关系，孩子必须压抑自己的所有想法，承受成人的压力，生命的平等和精神的自由一旦消散，人生将失去很多色彩。我没有跟父亲聊过这些，他岁数大了，我现在对他更多的是尊敬，父母身体好，家里人平平安安就够了。

我的原生家庭给我的另一方面的最大影响就是宗教。父亲是传统穆斯林，一天要做五次礼拜，要给他们买房子，第一条件也是要离清真寺近。在宗教方面不懂的我就会去问他，我们之间最爱沟通的也是这件事情。

我奶奶生前曾说："人有享不了的福，没有吃不了的苦。"一个人的潜力，不到被彻底激发时，是无法预料的，除非你根本就不想好好活着。我个人现在有生活、有工作、有家庭、有信仰，但我还是无法彻底摆脱记忆中的一些痛点，也是我经常跟我太太说的，要是能回去解决一下就好了。这话听起来很幼稚，但我相信每个人心里都有。我放在现实中，可能属于比较没有高远追求的人，是一年要挣多少钱？或是要上升到什么位置？我在这方面没有什么欲望，就连拿了奖我也不兴奋，但是我很认可现在的生活，每天就是工作，解决各种问题，用习惯去做一些琐碎的事情，就像小时候那些淘气都是没有出处的，这样容易感受到心里的小快乐。

前几年，我费了很多周折，把小时候练琴的那架东方红牌钢琴，从兰州运来了北京。打开琴盖，琴键上竟然留着一个个指痕，我再弹下琴键，感觉上面有自己的眼泪溅起来。我真的想回到那个年代，让自己快乐着欢笑着再来一遍。

我现在有一种尴尬，回到新疆，人们说我是北京人；家在北京，却说我是新疆人；身份证是兰州的，但也不在兰州生活了。所有新疆的朋友、兰州的朋友，甚至成都的、杭州的朋友，大部分时间都是遥祝健康。但是在新疆和兰州生活的场景我从来都没忘记过，我知道自己有一部分定格在了那个少年身上，我永远会让自己有一颗少年的灵魂，他时时都在牵动我的心。

给纪录片《我从新疆来》写配乐和主题歌《我从哪里来》，以及拍摄这首歌的 MV 时，我就是用了一个少年的热情来做这件事情。在这个工作圈子里，我从来不会去主动求人，但为了这件事，我把能帮我的朋友都折腾够了，要感谢他们对我的爱。我用《我从哪里来》这首歌，从某种意义上，完成了一次心灵的回归，回去看了看岁月中那个少年。我还有很多路要走，绿皮火车也好，飞机、越野车也好，"无论走多远，你依然新鲜"。在这首歌的歌词"我从哪里来，我到哪里去"里，是我从来没有想起过的著名哲学命题，在跟《我从新疆来》的总导演库尔班江第一次见面时，聊着聊着它便出现了，这应该也是我说的"神来之笔"吧。这首歌的歌词是我和我太太一起完成的，包含了对生活的理解，对人生的看法等等，是很真实的表达。

曾经那个孩子那个少年啊，如今已是勇敢的牧羊人——我是一生少年的马上又。

朗辰：越是有学问、有知识的人，越不会去看你的民族和信仰，只是看你的作品，看你的能力，看你的人。

朗辰：
一个非典型维吾尔族人

　　我最喜欢的导演是法国的戈达尔，我喜欢他的思维方式，正好我也有那样的思维方式，他对我的影响力非常大。他思考的很多问题都关于人的本性，关于人的生存，关于人的爱和恨。虽然他的电影特别难懂，看起来特别费劲，但对于我这样身世和经历的人来说，却很容易引起共鸣。

　　1969 年 2 月，我出生在距离乌鲁木齐十四公里的西山煤矿，在那儿生活了快十一年。我家一共五个孩子，我是老四。三岁的时候，大姐就开始教我认字，在我去上学之前，我已经认识很多字了，可以看一些儿童书。四岁的时候，第一次看《红灯记》。当时在煤矿的大操场的两棵树中间挂了块幕布，我看完就开始唱了。五岁父母离异，当时弟弟才刚出生一个月，这大概也是我成了一个不太活泼的孩子的原因吧。在煤矿工作的家庭基本都是汉族，只有我家和另外一户是维吾尔族，我们家也基本上不和他家交流。我到现在最感谢我父亲的就是让我完成了一个最基本的而且完整的教育，因为我听说那个年代很多维吾尔家庭的孩子到一定年龄就不上学了，辍学帮家里干活儿，但我父亲一直让我完成了教育。

我父亲是个老实人，在我看来就是一辈子也没惹过谁，至少是不卑不亢，不是那种典型的维吾尔人，也不太爱交朋友，不喝酒。唯一一次喝得酩酊大醉、号啕大哭，是周恩来总理去世的时候，那是他最敬仰的人，这也是我小时候最深刻的一个记忆。

那天，我爸逼着我和我二姐早上五点钟就起床，那会儿下着大雪，一下就一人多高的那种大雪。我困得一塌糊涂，踩着大人给开出的一条道，左拐右拐地去了煤矿的大食堂里头。那时候还不让开追悼会，我爸就让我们给周恩来总理的遗像磕头。我当时不愿意跪，小孩儿嘛，根本就不知道照片上的是谁，甚至都不知道那是遗像。结果被我姐姐"啪啪"两个大耳光，疼得赶紧磕了三个响头，哭得悲伤得不行，实际上是被打疼的。但后来因为这样的潜移默化，等我懂事，看了很多书之后，周总理真的成了我人生中最敬仰的一个人，没有第二。

那是个动不动就要揪一个人当"反革命分子"出来游街的年代。我父亲也被批斗过，还是被我大姐批斗的。那时候人已经被教化得只有简单的好和坏两种极端的态度，连我都觉得我爸是坏人，觉得丢人。但长大后，似乎所有人都忘了那段经历，我爸、我姐，连我，都不会再提起那段经历。

刚满上学的年龄，我爸就把我送去学校了，我也是迫不及待的。我从一年级到四年级都不知道第二名是什么感觉，一直就是班委。五年级的时候，我爸从煤矿转到乌鲁木齐市，我从一个小煤矿的子弟学校转去了市里的学校。刚开始肯定会跟不上，但也是在前十名左右晃荡，只是我的老师并不认为我是个有出息的孩子。其实在"新疆小偷""切糕党""暴恐"等这些概念出来之前，作为少数族群，甚至在新疆，都需要在不同的眼光底下长大。在那个年代，在新疆盛传维吾尔族人会喝酒、打老婆、闹离婚、不讲理，等等。我转学之后所在的学校没有几个维吾尔族学生，我是班里唯一的一个。当时的班主任老师，一个叫侯乃文的满头白发、很慈祥的老人，把我安排在了整个教室的最后一排，连同桌都没有。我坐的是最烂的一个桌子，每次往抽屉里塞书包的时候，要是不小心，里面的木刺就会扎到指甲缝里去。我没几天就明白他为什么这么安排了，他觉得我这样一个少数民族出身的孩子，怎么可能有好的学习态度，怎么可能学出好的成绩，只要在班里不打架、不闹事、不要不讲道理，所有不好的东西不要在班里发挥出来，对他来说就是"阿弥陀佛"了。把我安排在班里最后一排，这是最好的。

第一次期中考试，老师就对我刮目相看了。因为我是总成绩第一名。最好玩儿的是地理考试，我花了三分之二的时间就交卷了，全班同学都还在写，我已经写完走人了。之后同学跟我说，我走了没多久，老师就改完了我的卷子，当堂宣布："那个热合曼同学是一百分！"总成绩一出来，侯乃文老师立刻对我改变了态度，开始给我课外书看，我当了班委，同桌也有了，有什么活动老师再也不会刻意不通知我了。

因为来自离异家庭吧，父母不在一块儿，对我肯定是会有所影响。之所以那么努力学习，成为最好的学生，也是从小就想要学会保护自己，我读了太多太多的书，太勤奋，太想功课好了，这样老师可以喜欢我，那个时代能被老师喜欢是多大一个荣耀啊！这就是我寻求保护的一种方式，我觉得通过读书，通过学习可以改变命运，总有一天我要鱼跃龙门。我会想办法察言观色，看这个人是喜欢我还是不喜欢我。这也导致我在很长一段时间，甚至到了二十岁左右，性格都是分裂的。一方面我有豪爽的性格，热情的嘴脸，但同时又不得不采取保护自己、远离人群的方式，不会主动跟人打交道，自卑。

现在岁数大了，开始回顾当时的一些事情。当我翻开日记，再去看我过去写的一些诗的时候，我才发现我那时是生活在恐惧中的一个人，不断地去讨好，讨好的代价就是勤奋、功课好、学品好、人品好，只有这样别人才能说我好，别人才愿意跟我玩儿，对我好。一个破碎家庭的孩子，能想到的也就是这些东西，想不出更丰富的东西了。虽然我父亲离婚之后也再婚了，我也还是特别羡慕别人有一个健康、完整的家庭。

从转学到乌鲁木齐之后，我就开始喜欢历史。在转学前，在西山煤矿的时候，我是从来没感觉到过民族的概念的。我们那儿只有两家维吾尔族人，我也基本上不跟另外一家的孩子玩儿，因为他们学习太差了，而我的汉族小伙伴里没有一个人强调过我是维吾尔族家的孩子。

到了乌鲁木齐，才有人第一次跟我讲维吾尔族人怎么不好，王震是如何杀人的、如何收拾少数民族。所以，我开始找资料，我想要证明没有这样的事情，我明明是中国人，怎么能说我不是中国人，怎么可以说是因为我的民族被杀害怕了才投降了。当我查完所有的历史资料，我发现王震是个将军，不是屠夫，他杀的人在阶级斗争里都该杀，而且那会儿不光是在新疆，其他地方也一样，地主老财不也被杀了吗？

那个破烂的桌子，让我感受到被排斥，我能理解班主任是因为环境的影响给了我那样的待遇，他自己也没意识到，在他改变态度之后，他也成了我的恩师。

当我现在听到、看到一些人说维吾尔族人从小就教孩子仇恨汉族人，我觉得这个人肯定是疯了。

初中的时候，我参加了乌鲁木齐市中学生历史竞赛，获了奖。那会儿的奖品比较简单，就是老师备课用的那种活页夹。我用它写了我这辈子第一个剧本，是受当时看的一个电影剧本杂志的启发，照着写的，现在再看那肯定就不算是剧本了。因为从小就特爱国，看的历史书也多，我写的那个剧本叫《炎黄子孙》，故事发生在1773年，讲的是土尔扈特部落从俄罗斯回归祖国的事。剧本写了一年，我还特意压在了褥子底下。

初三毕业那年，1984年7月1号，就在那前两天，我继母的孩子把我辛辛苦苦写了一年多的这个剧本从褥子底下翻出来，拿剪子给剪了。照今天的说法这就是个熊孩子。我"啪"给了他一耳光，我父亲紧接着给了我一火钩子。火钩子，就是那时候生炉子用来掏炉子里滚烫的煤球用的。那一下直接打在我脸上，一下就肿了，继母还不解恨，我父亲直接把我赶了出去。

两天后的7月1号，是穆斯林的一个节日，我父亲要我去清真寺，我死活都不去，他也没吭气，自己去了，一会儿就回来了。我说我出去撒个尿，他说好，我就去了。那会儿都是公厕，旱厕，出来碰上我的生物老师，聊了也就十分钟，因为我是好学生，老师也爱跟我聊。十分钟之后我回到家，我爸问："这两个小时你去哪儿了？"那会儿才早上8点钟，我要真走了两个小时的话，等于早上6点就出门了，这哪儿跟哪儿啊？刚要辩解，就是一顿暴打，打得特别狠，还用上了十字镐，狠到我以为我父亲要置我于死地。他把我的脸压在地上的时候，我甚至听到了自己的骨头在咯咯响。这时候，门口围了几个人，我爸可能觉得不好意思了，脚一松，我起来就给了我爸一拳，然后捂着我流满血的脸，走了出去。我爸追到门口喊："你去哪儿！回来！"跟电影差不多，我慢慢地回头，用还能有一点视线的眼睛看了我爸一眼，转身就走了。

我去了我妈那儿，我妈也不敢留我，因为离婚后我判给了我爸，她怕我爸来闹事儿，给了我两块钱。我拿着钱去找大姐，上了公交车，所有人自动给我留出了两平方米的空间，没人敢靠近我，因为全是血。我其实是个虚荣心特别强的人，我现在都难以想象当时是怎么从我妈家去的我大姐那儿的。到了大姐家，她又给了我五块钱，因为我大姐嫁了个汉族人，也是费了很多周折，怕我爸来闹事儿，我就去了我一个同学韩军家里，在他家待了很久。得亏我人缘好，有一群这样的朋友，在那段时间，穿百家衣，吃百家饭，朋友的家人对我也特别好。那个年代，家里多个人也就是添副筷子的事儿，从来没嫌弃过我。

初三刚毕业的暑假，我开始找临时工做，新疆人民大会堂有我一份功劳，我在那儿干了两个月，做建筑小工，每天五块钱，一个月也有一百五十块钱。在那之前，我从没有赚过那么多钱，本来想买个吉他，三十六块钱，但知道我爸得了病，要做手术，我就把钱都给他了，自己留了二十多块。然后我报了个曲艺班，刘宝瑞的弟子殷文硕教的，二十块当了报名费。就这样，那个暑假在和家人断绝关系的事件中结束了。

1984年7月的那次节日，是我父亲第一次去清真寺，然后就跟我闹掰了。在那之前我父亲从来不做礼拜，他到六十岁的时候才算是信了伊斯兰教，还不是因为年纪大了想找个心灵归宿，而是因为换了生活环境，周围的穆斯林越来越多了，要适应生活环境。我家没有过饮食上的禁忌，大姐嫁给汉族人时我爸强烈反对，是因为来自社会的压力大，其他人会说"你自己的女儿怎么能嫁出去"。我父亲为什么会这样选择，我也不知道，我自己在那段时间也是个无神论者。

高中三年，我都自己在外面租房子住，一个烂到不行的房子。但这样的环境和需要自力更生的状况，并没有影响我学习，我一样还是尖子生。班里还有女孩给我写情书，用现在的话说当时也是一枚"小鲜肉"。1987年，我参加了高考，我应该是全国第一个不是委派的，而是靠参加全国专业考试考上北京电影学院的维吾尔族学生。现在肯定很多了，但当时就是前无古人。我本来没有立志要去学电影，就是意外在街上看到一张破报纸，看到北京电影学院录取招生的简章。我当时是学生会的宣传部长，就拍了张免冠照片，写了封热情洋溢的信，寄到电影学院去了。结果电影学院不但给我回了信，还给我寄了一张准考证。我一看要去西安考试，没钱去啊！后来，还是好人缘帮了我，我当时的一群发小，给我凑了一笔巨款，三百多块钱。他们都没让我坐火车，怕我坐久了下火车之后嗓子哑了影响发挥，给我买了飞机票。

考电影学院是个稀奇的事情，比考北大、清华还稀奇。当时谁都不知道上电影学院是什么概念，就觉得我优秀，我能考上。因为我写的作文从小学到高中都是范文，唱歌、演哑剧都很棒，在学校也是个红人。

走的那天晚上我们到了飞机场，俩同学还煞有介事地哭着告别，感觉

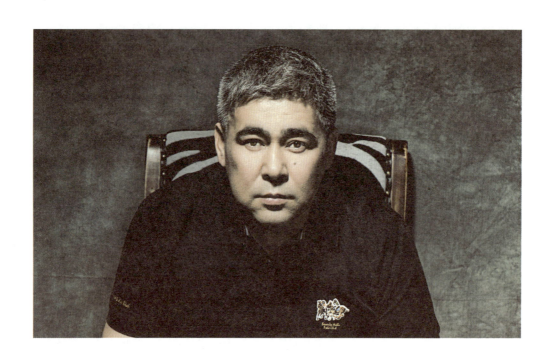

图片由朗辰工作室提供

我回不来了似的。机票上写的九点半，我们纳闷机场咋黑黑的，没人，找人一问才知道是当天早晨九点半的飞机，9：30和21：30的概念我们当时都不懂，飞机都飞走12个小时了。我们吓坏了，团委老师就带着我们去了当时在红山的民航售票处，讲了我所有的家庭情况，也讲了我要去干吗，最后，一分钱没扣，重新给了我一张票，临走时提醒了我一下："孩子，是早上九点半。"

离开乌鲁木齐的时候，我过完安检，从停机坪走到飞机那儿，还是那两个哭得不行的同学送我。当时送机的人可以走到大玻璃窗的那个位置，他们看着我走到飞机那边。我走了没几步，想回个头潇洒地跟同学挥一下手，突然看到了我那个胖胖的妈妈，我表情没怎么变化，头皮都麻了，赶紧挥了下手就转过来了，眼泪也流了满面。

我以全国专业课和文化课第一考进了北京电影学院表演系。大学上到第四个月的时候，我就开始改学编剧和导演课程了，这也是我现在能做导演的原因。

其实我原本想做律师的。小时候看过《少林寺》，爱上打抱不平，看完巴基斯坦的《流浪者》，里面的律师都是在为穷人打官司，我就想当律师。高考的时候录取我的其实还有中国政法大学和中国青年政治学院。那段时间电影学院一直没来录取通知书，招生办的人在我那个破到连窗户都没有、门打开也不会有人来偷东西的房子门口，等了我几个小时。要知道，那会儿是各路家长去招生办门口堵老师的年代。我那时候"又红又专"，还是班委。那个老师说我成绩这么好，不上重点大学太可惜了，第二天是重点大学最后一天报名，让我12点去招生办，带我见下政法大学和中国青年政治学院的老师。我说我没报，他说他们已经在调我的档案了。但命运还是让我等到了电影学院的录取通知书。

大学四年，我和张嘉译、刘奕君、张子健、王全安都是同学。四年功课不用讲，一直是学习委员，没人说我不会演戏，也没人说我文化成绩差。毕业答辩是 96 分，论文 95 分，表演成绩 92，必须是第一。到现在同学见了我还叫我学霸。

大学四年的学费也是我自己赚的，刚开始靠二十五块钱补助，这个每个同学都有的。同学都建议我申请助学贷款，但我不想欠别人钱，就自己找工作，去拍广告，从一天挣五块、二十块，到后来一天能挣八百块。这是一种生存的姿态，所有的努力都是为了减少我往前走的各种障碍。

1991 年，我从北京电影学院毕业，抱着拯救新疆电影的宏图大志，回到了新疆，进入了天山电影制片厂。

"你走了吗不是？回来干啥呢！"等到我明白透了这句话，再次离开新疆，也有五年了。

这五年发生了太多的事情，我失去了至亲的姐姐，又建立了自己的家庭。

我家五个孩子，爸妈离婚后我和大姐跟了我爸，二姐、哥哥和弟弟都跟了我妈。大姐和哥哥都是和汉族结的婚，大姐后来因为社会压力离婚了。二姐嫁了一个维吾尔族。二姐是我们家里面受教育最少的一个孩子，她大我五岁多，因为功课不行，身体又不好，一直没上学，上了也会退回来。所以到我上小学的时候，二姐还跟我同班。她永远是最笨的那个孩子，听不懂老师讲什么，只是坐在那里。我会帮她做很多功课。我这一辈子打架打得最狠的一次，就是为了我二姐。班里有个男生，说了几句侮辱我姐姐的话，我打到他鼠窜，用尽全身的力气在他身上发泄，那是我这辈子身体协调性和爆发力施展得最完美的一次。虽然二姐很笨，但真的善良到了极点，从来不与人为敌。她永远是家里干活儿干得最多的那个。她也是我们家长得最丑的孩子。父母永远把她当作一个奴隶使唤，但她没有过任何怨言，一直都很快乐，只要你叫她一声，她就会笑呵呵地看着你。我不允许有任何人欺负她。

但是就这样善良的一个女人，我的二姐，死于家暴。二姐嫁的男人没有什么文化，经常喝酒，每次喝醉都打人，二姐长期被虐待，我经常看到她鼻青脸肿。我不知道该做什么，我妈又不起任何作用，给嫁了汉族人的大姐施加压力，对嫁了维吾尔族人被家暴的二姐却不管了，我爸也不管她。

直到病理解剖结果出来的时候，我才知道我二姐是死于窒息，是因为肺部长期积蓄的脓水导致了窒息。而这个肺部的伤口源于早前的一次家暴，那个男人居然用锯条从锁骨捅进去，在肺部开了一个小小的窟窿，之后就开始感染。那段时间她总是咳嗽，也不知道为什么，实际上是因为肺部感染溃脓。最后一次被那个男人醉酒暴打，我二姐被摞倒在地上，胸口被猛踩。我外甥女当时都六七岁了，看到了所有的一切。二姐口吐白沫，最后人没了。

办案的警察放了男人，理由是我二姐是自然死亡。那男人托亲戚找关系被放出去了。我在刑警队看见了他，他一点儿事儿没有的样子，门一打开，他还准备对我笑。我扛不住了，抄起凳子就冲了过去，一直喊："我一定要杀了你……"

我坚持给二姐做了病理解剖，用了好几年才拿到了真正的病理解剖结果，证明二姐就是家暴致死，才把那个男人绳之以法。这期间我失望至极，在一些人心里，女人就是私人财产，女人没必要享受到爱情，我二姐就是命苦，遇到了坏人。

　　二姐最后一次跟我聊天，她说："啥时候能看你的电影啊？"可惜，我演的第一部电影《天地民心》还没公映，二姐就死了，死得太惨，下葬的时候尸体不完整，因为五脏六腑都被拿出来化验。我现在都不知道她埋在哪儿了，我没有去。那会儿我整个人都崩溃了，要是给我一把刀，我肯定自己解决那男人。后来是派出所的哥们儿拽着我，说："你的命比他值钱。"

　　二姐去世那天是1991年12月25日，耶稣的诞辰。直到现在，每年12月24日晚上12点的时候，我一定要做的事情就是往地上洒两杯酒，纪念我二姐。

　　二姐去世前，1991年11月，我和初恋女友结了婚。说实在的，因为年轻时颇有几分"姿色"，追我的女孩子很多，我喜欢的也不少，但真正确立恋爱关系，最终能走到一起的，就是初恋女友。她是我的中学同学。她父亲是1953年抗美援朝结束后就到新疆来守卫边疆的军人。岳父其实非常不喜欢我，他对维吾尔族人没有好感，但岳母很喜欢我，家里岳母说了算。我和我爱人在大学第一学期就确立了恋爱关系，那时候我在乌鲁木齐还没地方住，岳母就腾出了一间空房给我，每年寒暑假我还能有个落脚的地方，就是跟岳父没有任何交流。

　　毕业后，我回到新疆就结婚了。那个年代跨民族通婚也是有的，并没有现在很多人谣传得那么复杂。只是领证的时候，规定民汉通婚必须带家长来。我没辙，就叫我妈过来了，我爱人那边来的是岳父。

两个大人坐在边上不吭气。办事员是个维吾尔族的哥们儿，看了看我，再看看资料上写的北京电影学院毕业的，用维吾尔语说了句我听了太多太多遍的"我们民族这么优秀的人就让汉族人拿走了"。我岳父和我爱人是听不懂的，那个办事员又开始拿维吾尔语跟我妈叨咕了半天，我妈就开始要崩溃了，准备给我做思想工作，问我怎么办。刚想开口说话，我就瞪着我妈，她立刻改口，跟办事员故做生气状，意思是"我们大人都同意了你就别管了"。那个办事员一看，就开始给我岳父做思想工作，念叨了二十分钟，用一口没有语法的汉语，说："你看这个维吾尔族嘛，汉族嘛，结婚嘛，生活习俗嘛，宗教信仰嘛……"我岳父呆呆地听着。我感觉那个办事员把他会的所有的汉语差不多说完了，最后问我岳父怎么考虑。岳父没犹豫，说："给他们办了吧！"

那个办事员脸都绿了。他起身打开后面的一个放空白结婚证的柜子，那时候就是用两张很薄的纸，坐那儿开始非常慢地写，整个屋子安静得只有他的钢笔的声音。大概用了比他做思想工作还要长的时间，终于写完了。办事员交给我们的时候，用很不标准的普通话说："祝你们'姓普'（幸福）！"

1994年，我们有了一个女儿。起名字的时候选择随她妈妈的姓，随我的职业，没有选择给她起一个维吾尔族的名字。填民族身份的时候，我填的汉族，当时我爱人和护士坚决不答应，说填少数民族好，将来考试受照顾。我几乎没享受过这些好处，我说我女儿不可能需要靠加分上大学，坚决不同意。我爱人一向听我的话，但想都想不到，她还是瞒着我给女儿填了维吾尔族。

女儿从小就很少受到因自己的家庭情况带来的社会压力。相反，因为长得挺漂亮，还常有维吾尔族男孩儿跟她套个近乎。有时候，也有个别的熊孩子会奚落她一下，我女儿都忍着，从来不跟我讲。她知道要是讲的话，那孩子肯定会被我收拾。因为自己不会说维吾尔语，女儿一度挺忐忑。

女儿的功课也跟我小时候一样，在班里一直前三名，老师很喜欢她。

女儿的变化是在"七五事件"之后。7月5号是我女儿的生日，我那天恰好在北京，打电话回家想祝她生日快乐。爱人告诉我她还没回来，外边游行，道路给封了。我一直等着她回来能给我打个电话，一直到晚上八点多，我再打电话，爱人说女儿打电话了，拦到了出租车。从小学开始我就给女儿雇了接送的司机，不巧那天司机结婚回了老家。好在女儿拦下的出租车晚上九点多终于把孩子送回来了。爱人给我打电话，一直在哭，说大家在传杀了好多维吾尔族人。我还是先给女儿补上了生日快乐的祝福。之后的几个小时，不断地来了几个电话，我才知道是真的出事儿了。

原本7月7号我就要回去了，结果那天又出现另一波事端，我爱人哭着不让我回去。等我再给女儿打电话的时候，她已经不爱说话了。她那天什么都没有看到，但是那之后学校里就开始出现各种各样很恶劣的对维吾尔族人歧视的声音。她一瞬间开始维护维吾尔族人，跳出来说维吾尔族人不是他们说的那样。因为她功课好，全班同学安慰她，说不是因为她，是因为的确有坏人，让她不要多想。但是越安慰女儿心里越不平衡。

9月4号，乌鲁木齐全市大游行。因为我家的位置正好能看到人群，暴力驱散人群的场景都能看到。这一系列的事情对女儿造成了极大的触动。

原先我是准备给女儿改族别的，改成汉族，女儿也觉得这无所谓。但那之后，女儿撂话，就是维吾尔族，坚决不许改。虽说她从小遭遇到的更多的是来自维吾尔族人的非议，上大学之后也是，但她坚决不改民族的决定，和之前在班里站出来反对的语言，让我能感觉到，她捍卫的不是自己的民族，是她的爸爸。对一个孩子来说，民族是个虚幻的词，而父亲是真实的情感源泉。

高考的时候，女儿没有选择可以加分的民考汉的身份，最终以优异的成绩考入了中国传媒大学。

我和王景春、陈建斌都是在乌鲁木齐认识的。陈建斌跟我一样，从学校毕业就回乌鲁木齐了。那时候能聊得来的，特别是在电影方面聊得来的真是太少。我们都在电影方面的单位工作，认识之后就经常一起谈专业上的东西。王景春是1992年年底认识的，当时一家单位请我去导演一个小品，挑演员的时候，我出了个题目，每个人冲进来说"我家着火了"。王景春是面试的人员之一。他进来演的时候，我觉得他挺真挚的，就随口说了一句"你可以考一下上海戏剧学院"。真的就是随口说了这么一句，他就记住了这句话，不知道从哪儿打听到了我的联系方式，满世界地找我，要我教他。我还劝过他，说："学表演没出息，你看我都回新疆了。"他坚持一定要学，还说他爸爸是烈士，生前一直希望家里两个孩子能出一个大学生，但功课都不好。王景春当时是在百货大楼童装部卖鞋，一心想上大学，他的故事打动了我，我就答应了。他又找了两个同学，每天来我家上课，就这么教了一年多。

2013年，王景春从东京国际电影节拿了影帝回来，请我去了庆功宴。他进来就把我一抱，说："哥，你以后可以说你是国际影帝的老师了！"话说回来，我也真是教出了几个影帝的老师了。

在新疆待了几年之后，我待不下去了。如果继续，我只能在夜总会主持节目、唱歌，发小看见我都说："你怎么可以干这个？"1996年，我去了成都，和一个朋友合伙做了一个广告公司，干了九个月又回去了。之后我也帮乐队出过唱片，写过剧本，剧本还被领导拿走给自己儿子拍去了。在失意之下，我又去了北京、深圳、成都，接着拍了几个月的广告、MV。因为给吐鲁番葡萄节做了个策划，挺成功的，开始陆陆续续有人找我，最终有机会在新疆拍了我的第一个电视剧《为了你幸福》。

1998年，我的人生有了一个转机。那年我在北京拍《中华交警》，遇到一个台湾来的风水先生，聊了两个小时，他把我从一岁到当时的命都算了个遍，最后说我事业的转机是在三十三岁，然后给了我一张纸条，上面写的"朗辰"。我从酒店出来给家里人打电话，把名字就这么改了。

我不知道这算不算转运了，不久就有一个中央电视台的电视剧找我来导演，我毫不犹豫地去了。在这个电视剧的新闻发布会上，我的名字第一次在新疆被人以朗辰的形式叫出来。因为我在新疆已经演过好几部电影了，圈里都知道我，但是就是神龙见首不见尾。我是不太爱跟其他人打招呼的这么个人。发布会上我站起来的那一瞬间，就听见有不少人在下面"嗯"了一下。后来有个圈里的朋友聊起这件事，我问他当时听到我叫朗辰的时候是什么感觉。他说："失望，我们民族少了一个优秀的人。"

但其实到现在为止，我都没有改过我的民族。即便让我最失望、最痛苦、最纠结，同时对我事业影响最大的就是我的民族。我折腾到今天，才终于见到一些成绩，才终于开始在圈子里因为能力而被认可，开始能够接触到更大投资的东西，也有了自己的导演工作室。我付出了比我的同学、比我的同辈多出两百倍的努力才到今天，不论是早先做演员，还是后来做导演，很多时候我因为我的族群身份，而不能得到更好的机会，甚至自己的作品直接被拿走，就是因为不被认同。这不是因为我不努力，是因为一看这个民族、一看名字，就会有人出来说"你不懂我们的主流文化"或者"你的能力属于小众"。很多人说我是被汉化了，但我选择这条路，是因为我必须这么做，才能去面对我想要得到的机会，才能去面对其他层面的人。越是有学问、有知识的人，越不会去看你的民族和信仰，只是看你的作品，看你的能力，看你的人。

很多压力是这个社会给我们的，但很多人活了很久也不知道要如何坦诚地面对自己的环境。我的环境就是这样，在我前行的道路上，我必须要面对那个很不一样的环境，要面对因此带来的和别人不一样的问题。同时我也不能忘记我自己是谁，不能忘记我想要做的事情，我想要完成的梦想。坦率地讲，我能如此坦白地去选择这样一条人生之路，只有两个字：生存。

阿布来提·买买提：每当我在天上飞的时候，闭上眼，都会想起小时候在家乡一望无际的沙漠上，在一眼望不到边的蓝天下奔跑，想起想要在天空飞翔的梦想。

阿布来提·买买提：
把童年的梦想带上天空

　　我可以说是很幸运的，也可以说是很不幸运的，这两句话在我身上非常贴切。

　　我刚上初中，就被选到喀什艺术学校。不到一年，又被选到中央民族学院音乐舞蹈系。在那里刚毕业就被选到中央民族歌舞团。干了两个多月，被选到广东武警边防总队歌舞团。我一直处于被选择的状态。说幸运的话，我得到了别人花很多的代价才能实现的东西，比如稳定的工作、衣食无忧、有房有车，我不费吹灰之力，一不小心就都得到了。说不幸，我正在做的完全不是我自己愿意干的事情。

　　我有个观念是，人就活两万多天，我总得为自己选择一次。2002 年，已经三十而立的我，放弃了已有的优越生活，为自己选择了一次。哪怕是错误的，我也毅然选择了从小就渴望的、想拥有的那个梦，飞行梦。

　　我大概十四五岁就离开家乡了。我家在新疆喀什市巴楚县一个小县城，是一个靠近塔克拉玛干大沙漠边缘的小县城。小时候光着脚丫踩沙子，沙子的温度可以达到四五十摄氏度，能把鸡蛋烫熟。小时候最喜欢干的事就是游泳，我们那边水资源不是特别丰富，只要河里有水的时候，最喜欢的就是一帮朋友一起去游泳、抓鱼。现在很多人问我："你从沙漠出来还能游泳？"我说："我是一条鱼，游得非常好。"

我们那个地方是没有高楼大厦的，县城周围就是一马平川。蓝天、沙漠，没有大海。很自然地，有时候抬头仰望，就有很强烈的、发自内心想飞的欲望。我总是做梦，梦见自己在飞。那个时候我就很希望这个梦能够继续保持下去。

但小时候最大的理想是要成为一个出色的木匠。老的观念传统里面，男人应该掌握一门儿手艺。我们老家旁边有一个很大的木材厂，有很多木匠在那边，从小看得多了，对这个行业非常喜欢，所以就想成为一个木匠。受环境的影响，我连工具都买了，包括斧子、锯子，买了之后却一不小心考上了喀什艺术学校，念了没两年就被选到了中央民族大学音乐舞蹈系，所以这个梦想就到现在还没有实现。

1986 年，我从喀什坐火车到北京，三天四夜，坐的是硬座。因为我在新疆上的是民族学校，所以一句普通话都不会讲，汉语只会说简单的"你、我、他"这几个词。第一天到北京，变化太大了，从一个小县城，突然到了我们的首都北京，周围所有的东西对我来说非常新鲜。我内心又好奇，又非常恐惧。到北京的第一个晚上，我一个晚上都没合眼，因为高度兴奋，还有点儿紧张。我觉得什么都是陌生的，人的本性就是害怕陌生的东西。没睡好的另一个原因是我非常想上厕所，但是不会用汉语说"上厕所"这个词，就憋到了天亮。最后憋不住了，还是通过肢体语言把我的意思表达出来，顺利找到了厕所。

刚开始有很多不适应，从饮食到语言。我要从零开始学汉语，重新去适应新的作息时间。我们六点钟要起床跑步，晚上十点钟要准时熄灯，伙食也要定时定量。这跟我以前的生活节奏、人际关系、语言交流完全是不同的世界，不同的环境。那个时候，我特别想家，那种感觉非常强烈，身边所有的事物都能让我联想到和家里有关系的事情。我会想，以后毕业了一定要回老家，跟父母在一起。这种感觉大概持续了半年，基本上开始适应了。

那半年的时间，因为语言不通，很多时候需要观察对方的脸色来判断他在说什么。我从老家带过来一本很大的维汉辞典，要求自己每天学习大概三四十个字，给自己的量很多，每天还要去复习和巩固。很快，语言和文字交流就没什么问题了。

中央民族大学56个民族的学生都有，维吾尔族学生是很多的。去的时候我年纪比较小，适应能力还是很强的，没过多久，我一头扎进了新生活。

大学毕业之后，我到中央民族歌舞团工作了半年，就选择报考了广东武警边防总队艺术团。选择广州，那个时候想得非常简单，也很单纯。当时我们家需要我在经济上有所支撑，我觉得广州这边比较发达，能够多增加一点我的收入，贴补家里的开销。

在广州当了12年的文艺兵，事实上生活上并不需要愁什么，但到最后，我的精神已经没有办法支撑我再去完成这样一份工作了，因为那不是我想做的。如果七点半点名，我会七点二十五分才起床。我知道我不能再这样

下去了。

有一次和战友一起去海边玩儿，突然看见有个动力三角翼在飞，这个画面点燃了我小时候在心里埋下的飞行梦。回去之后，我开始做功课，通过互联网了解从哪里学、学哪些科目、学多久、学完之后做什么、在哪儿开始建立俱乐部……我用很长时间做了一整套计划，包括自己的经济实力能支撑到什么程度。之后，我毅然决然地选择了离开部队。

我背了个包去了河南平顶山，那里有全中国最早的飞伞教练。他第一次见到我，以为我是老外，我说我是新疆人，他一脸的惊讶。他第一次听说有新疆人学飞伞，问我怎么从新疆那么远过来学。我给他讲了自己的经历，跟他说了我的梦想。教练特别高兴，收我做了学员。那是我第一次接触到滑翔伞，我摸到阻带，手都在发抖，我觉得我终于触摸到我的梦想了，它就在我眼前。

学完基础之后，第一次放飞的时候，我非常兴奋，很期待，又特别紧张，还有非常大的压力，我一个晚上没睡好觉，期待第二天的飞行。从第一天开始接触，到毕业放飞，我始终处于非常兴奋的状态，一分一秒都没有浪费过，一步一步离自己的梦想越来越近。

学习的过程中也有很惨痛的插曲。学得差不多的时候，教练给了我一个小号伞。我迫不及待地想在地面练习，并不知道这个伞的厉害。我们在一个河床上练习"起伞"，结果我被伞拖着走，手上的皮都翻开了，一个多月才好。从受伤那天起，我就明白了一件事，我热爱的事情能给我带来很多快乐，但它也能很轻易地让我陷入一些不可预测的状况里。所以，我从那一次开始就学会了高度尊重我的飞行装备，从专业的角度尊重我热爱的这件事情。

在河南学了一个月左右，我又转到昆明学习动力三角翼的技术。每天五点半起床学习组装飞行器，然后进行飞行训练，八点的时候回来学习气象学、空气动力学、飞行原理、飞行器结构等理论课程。在那儿学了四个多月，每天都在昆明非常美丽的景区上空飞行，最后顺利毕业了。那是我第一次脱掉警服，离开自己熟悉的环境，自己一个人在人生地不熟的环境待了那么久。训练本身虽然非常艰苦，但我完全乐在其中。那是我这辈子第一次自己主动选择的路，主动迈出去的第一步。我触摸到我的梦想，我融入其中，我一直用当时的感受来告诫自己，这是人生的第一次，不管怎么样，我走下去无怨无悔。

用半年的时间学习了飞行技术，我按照自己最初的计划，回到广州筹备俱乐部。我是 2004 年开始筹备俱乐部的，正式开张是 2005 年，到现在已有十年了。因为当初广州还没有人做过正规的飞行俱乐部，所以在最开始筹备的过程中，我跑手续就跑了很多部门。在中国最难找的就是"有关部门"，我被当皮球一样踢来踢去，全靠自己奔波，终归把俱乐部办下来了。

我租了一个写字楼的办公室做俱乐部的办公地点，最初半年没有一个学员，整天一个人在办公室里面没有事情做。最后，我身上的钱花得差不多了，当房东来催租金的时候，我就把灯关掉，躲在角落，装作里面没有人。身边很多亲戚朋友都在劝我放弃，连我自己都在怀疑。但我心里就是有一个声音在说，广州这么大一个城市，想飞的不可能只有我一个人。

第一个学员来的那天晚上，我拿收到的学费大吃了一顿，然后一个人跑到天桥上面大喊："我招到学员啦！我有钱啦！"我觉得我终于被社会认可了，我可以交房租了，可以用自己热爱的事情养活自己了。我很兴奋，但那种兴奋是含着眼泪的。第一个学员我教得非常认真，不分昼夜，只要他有空，我就一定先去教他。有了第一个学员，就有了第二个，就这样，学员陆续多了起来。

当初，我的社会经验没那么多，不懂得去推广和宣传。我教的第二个学员是个记者，他安排了一个小小的采访，那之后人们就知道原来广州有教授飞行的俱乐部，报名的人就像井喷一样，越来越多。何止是骄傲，我觉得我自己主动选择的这个行业，我可以靠它吃饭了，可以养家糊口了。我不但实现了我的梦想，还可以帮助很多人实现他们飞翔的梦想，这种满足感是强烈的。

我每年都会去一趟平顶山，在最初学习飞行的基地飞一次。有一次，当地俱乐部安排了一个小姑娘，希望我能够带她飞。那个小姑娘眼睛已经看不见了。我用双人伞带她飞到天上。我们飞得很高，气流非常平稳，她不停地问我周边的环境、我们的飞行高度等很多问题。刚开始她是很兴奋的，过一会儿她变得非常安静，我在后面听到她正在哭泣的声音。我带那么多人飞行，有的人兴奋，有的紧张，只有那个姑娘给我留下的印象是非常深刻的。下来以后，我们几个老飞行员交流，他们听了以后也觉得，我们都是能看到的人，在珍惜我们自己拥有的这些的同时，作为飞行教练，应该去努力帮助更多的人实现梦想，帮助他人提升人生的高度。

飞行不是我们人类与生俱来就会的本领，我们是借助器材，借助科学知识才飞上天的。所以，这是一项不能有任何差错、不能有任何水分的运动。做飞行训练和推广工作有十年了，心理压力一直非常大。培训学员的时候，他飞得正爽的那会儿，作为教练，在地面上的心理压力是非常大的。但这个行业又有我们最自豪的、最开心的事。一个学员从零开始，从什么都不懂，报名到俱乐部，到他会飞了，安全降落，作为一个职业教练是非常开心的，很难用语言表达出来那种幸福感。

我们每次安排一场飞行活动，首先要查天气预报，然后整理、检查飞行装备，之后给飞行员安排飞行任务。在同一个空域里面，每个人都会拿一个无线对讲机，同一个频率，每一次降落以后报平安，最后统一返回。看着特爽，但实际上是很细腻、理性、谨慎的运动。

训练学员的时候我很严厉，被一些学员称为"魔鬼教练"。有一次，我带一个学员准备试飞，在一个几百米高的山上，风力风向非常合适。这个学员在起飞之前非常兴奋，就想赶紧飞出去。起飞前我们都要做好检查，我在旁边让他检查好飞行装备，腿带、胸带、阻带。我看到他的腿带没有扣，不系腿带飞出去一旦有意外后果是非常严重的。我就提醒他说："你的飞行装备准备好了再起飞。"但他已经完全处于兴奋状态了，说："我检查好了。"我再一次提醒他："你检查好你的飞行状况再起飞。"他还是看都没看就说他已经检查完毕了。第三次我又提醒他，那个时候我已经很难控制自己的情绪了，过去用巴掌打了一下他的腿，让他看清楚腿带没系。后来这个学生觉得我得罪他了，但我认为我换来的是他这一辈子不会再忘记系腿带这件事，换来的是他的安全。我们的梦想是安全飞到80岁，所以我们不能犯任何的、哪怕很小的一个错误。飞行没有小事情。

在俱乐部的发展上也遇到过一些瓶颈。我最开始只是想教学员学飞行，

但说白了还得吃饭，我也得做一些场地开发，去旅游景区做商业飞行。每开发一个新的飞行场地，都需要一个有经验的飞行员试飞之后才能确定安不安全，特别是气流稳不稳定。有一次去试飞的时候，因为气流的原因，我的伞突然失速了，失速的那个瞬间，就那几秒，我心里只有"天哪，我不能就这样失去我的梦想"。最后我迫降到了山顶，又经过大量的试飞，再三确认了气流还是稳定的，场地才顺利开发。大概飞了三四年，场地被开发商征走盖了商品房。这样的事情在俱乐部的运营中也经常会遇到，也是让俱乐部的发展常常遇到障碍的原因之一。

无论是安全因素，还是发展中的瓶颈，在我看来，每个运动都有它危险的一面，我选择这个专业的时候已经知道飞行行业存在一定的风险，但是我依然选择了这个行业。碰到问题就放弃肯定是不可能的，之前我就已经知道这个路子没那么好走，没那么顺当，可能会有很多碰碰磕磕，可能会有很多状况，但我没想要放弃，只会总结经验，让自己飞得更加安全，让俱乐部可以有更好的发展。

对飞行行业的热爱，确实不同于我之前对舞蹈的那种感觉。舞蹈不是我自己主动去选的，那种日子和现在相比毫无生气。而对于飞行，这种热爱怎么说呢？能感觉到能量总是源源不断地冒出来，感觉不到累，虽然确实辛苦，但内心的热爱会产生能量促使我不放弃，继续往前。

我飞遍了广东，除了安全飞到 80 岁之外，最大梦想就是飞遍全中国，特别是想飞新疆，新疆最想飞的就是喀纳斯。让我有最初的飞行梦想的地方，是我的家乡，新疆喀什巴楚县。家乡是让我很向往，又让我很心痛的地方。在外面奔波多年，我很少有机会回老家看望家人。父母对广州的饮食和文化不太习惯，工作和家人难以两全。现在家乡的变化太大了，大到让我难过。每次我回老家，都喜欢开着车到处走，每看到一座桥，每看到一片沙漠，每看到一片农田，我都会停下来，闭着眼睛努力去想象当年的情景。脱了鞋子在滚烫的沙地上奔跑，去小时候玩儿捉迷藏的小树林发呆。上次回老家我买了个哈密瓜，没带刀，就直接砸在地上，用手一口一口挖着吃，小时候我们就是这样偷别人家的瓜来吃的。现在才觉得，我们那一代人非常幸运，都有一个比较健康、正常的童年。

最近这次我回去的时候，我们的祖屋已经拆了，那个童年时候给了我很多快乐的大院和街道已经夷为平地，那条经常夏天去游泳、抓鱼，冬天溜冰的大河，也已经被填得所剩无几。我走到我家祖屋那个位置，甚至没有认出来那就是我出生、长大的祖屋，完全变了，变得更加沧桑。我看完心里特别不舒服，但还是特意去看了两次。我经常做梦梦见我们的祖屋，梦见那条河，梦见我还可以去游泳、去抓鱼、去溜冰。家乡的那个环境在我梦里无数次出现过，而且是非常美的，但是现实中看到的完全是另外一副模样，面目全非。所有最美的回忆都留在了梦里，而这在城市生活的状态下永远都感受不到。

城市当中人山人海，会有一种焦虑，会有一种压迫感，但是这种焦虑和压迫感，我们早已经"被"习惯了，因为现实环境就如此。我们在深山野林里面，在海边飞了几天，陶醉在飞行的感觉里，一回到城市，碰到第一个红绿灯，我就跟大家说："我们又回到现实了。"

我很难用语言去表达在天上飞的感觉，耳边只有风的声音，远处海天一线，视界里没有其他任何东西，非常自由，而自由的尽头就是孤独，那就是最享受的感觉。每当我在天上飞的时候，闭上眼，都会想起小时候在家乡一望无际的沙漠上，在一眼望不到边的蓝天下奔跑，想起想要在天空飞翔的梦想。虽然家乡的那些美丽的景色只留在了梦里，但童年的梦想，被我带到了现实，带到了天空上。

杨剑：多民族的文化孕育了一种开心、快乐、幽默的生活氛围，新疆的
自然生态环境,也让在这里生活的人们都拥有一种对生命的热爱和赞颂。

杨剑：
一辈子做好一件事

我的父辈是第一代新疆的移民，"疆一代"，他们从自己的故乡，因为各种原因来到新疆这块地方，在这漂泊的环境中找到属于自己的家园。我这一代人是从小把新疆当家的，是"疆二代"，但是，那种漂泊感始终在我内心中存在。

上学的时候，我很喜欢摇滚乐，最喜欢的肯定是崔健，他有首歌叫《假行僧》，每次听到这首歌的时候，我都觉得特别能刻画出我的心境，那种迷茫的感觉和对幸福、对未来的渴望。现在我再回头看那段年轻的时光，那其实是一种对于内心的、自我价值的追寻，自己为什么要活在这个世界上，我的时间要用在哪里才是有价值的，我来到这个世界上到底有什么意义，我的使命在哪里。

我高中学习不是特别好，连考了两次大学都没考上，最后考了一个专科学校，是在"八钢"旁边的新疆钢铁学校，学无缝钢管这样一个专业。

这个班有机会到上海委培，一直以来，上海就是我梦想中的一个城市，毕竟是大城市，我就毫不犹豫地去了，后来在上海学了两年。

1995年，我分配到新疆钢铁公司，做放钢工作，每天基本上都在室外。从7月份开始，到第二年4月份，我经历了最热的夏天的暴晒，和最冷的冬天的雨雪交加。这段经历让我感到生活非常不容易，也让我对生活中来之不易的幸福更加珍惜。当时内心特别想逃离那种环境，对未来进入社会的梦想并不是在这样一个车间里工作。

车间里的工作很枯燥，干两个小时休息两个小时，别人都在那儿聊天，工友之间有时候会讲讲黄色笑话，我更多的时候是找一个没人的地方背英语单词，用这样一种方式逃避现实。因为家人说要帮忙给我调工作，从刚进车间开始就说要调，等了八个月，才真正调走。要是没有这么个期盼，我可能早就坚持不下去了。之后，我调到了兰州的供应处卖钢材，从生产钢材的源头到另一头去了，这期间也经历了很多。

从钢材的生产到卖出，这中间的成本，还有如何销售，我全部都了解。当时八钢的效益并不好，一吨钢材赚的钱不多，但是我们这群驻外的人还要拿津贴，每个月还要拿奖金，第一个月拿津贴和奖金的时候，我觉得特别不好意思。我还找领导去问："真的要发这个奖金吗？"领导说："你要不要？"我说："要，要。"

离开八钢，辞职到上海，背后有另外一些原因。我现在的老婆，也就是我当时的女朋友，在上海工作。她为了我准备把上海的工作辞掉，来兰州跟我一起发展。她来兰州的时候，我们在外面租了一个房子，结果当天晚上我们领导就知道了，给我打电话，要我必须晚上就搬回去。驻外人员有规定，我们又没结婚，领导的态度非常强硬。我肯定不能搬回去，如果搬回去，我一辈子也原谅不了自己。那我就只有辞职了。

第二天，我和我老婆直接回八钢办了辞职手续。我写了个辞职信给我们处长，他连看都没看我一眼。我心里觉得"怎么好像太容易了"，突然有种失落感，八钢咋一点儿都不挽留我呢？处长也没说"小杨啊，不要辞职"，直接就签字了。后来一想，当时八钢也面临着分流压力，突然碰上个辞职的，真是求之不得。对我的辞职反应最大的还是父母，家里吵得一塌糊涂。八钢的工作在当时来说还是很让人羡慕的，他们觉得好不容易给我调到这个岗位上来，我却辞职了，又担心我到上海到底能干什么。父母这一代人在事业单位里待了一辈子，接受不了。我一门心思就要走，但是具体到上海来干什么，我脑子里面确实像糨糊一样。

就这样，我和老婆去了上海，脚刚踩上上海这块儿地，面临的第一个问题，就是赶快要把住的地方找到。看了很多中介公司的小广告，毫不意外地被骗掉了第一笔中介费。看的房子不满意，中介费却不退给我。最后还是通过在上海的一个朋友的介绍，租了一个房子。用了三天时间，我们算是安定了下来。

上海这个地方天亮得特别早，每天五六点钟就亮了，我们住的地方是个交通要道，汽车、自行车、助动车特别多。我的窗口外面就是一条马路，只要一绿灯，车流就会像蚂蚁一样穿过，每个人都是行色匆匆。但是我心里特别凄惶，我觉得这么大的上海，这些人都有自己的方向和目的，但是我要干什么，我在这个城市里要做什么，心里面却是一点方向都没有的。到了晚上，每家每户都亮起灯火来的时候，也是同样的这种凄惶的感觉，这么多灯光，将来会有哪一盏灯光是属于我的呢？

伴着那种凄惶，内心就有很强烈的要在这个城市生存下来的想法。我想，这可能是我们新疆人身上非常倔强和刚强的一点。我很快就调整好自己，开始找工作。

第一份工作是在一个小广告公司拉业务、发传单。传单上面写着做名片多少钱一盒，做喷绘多少钱，做设计多少钱，我要把这个单子发给潜在的客户。做推销就是"扫楼"，一幢大楼二三十层，还要机智地逃避保安的追捕。大部分公司的门口都会贴一张"谢绝推销"的纸，但是我肯定会敲门。刚开始 99% 都是拒绝的，大部分人都怀着警惕的心理。我为了不被拒绝，为了激励自己，就在包里放了一本日本推销保险的大师原一平写的励志书。被人拒绝了一个上午，能量消耗得差不多的时候，我就找个地方把这本书拿出来看一下。书中的故事给了我内心很多力量，当时包里还有《成功学》这类书，随时随地，能量不够了就拿出来激励自己。

推销工作需要非常强大的内心，能接受被拒绝的常态。对于拒绝，我只是凭着信念在坚持，要把在上海的第一份工作做好这么一个信念。其实推销是一门艺术，后来我找到了一种方法，敲开一个门，在还没有说正经事情之前，说："对不起我太渴了，能不能给我一杯水呢？"就是这么一个特别简单的要求，60% 以上的人都会给我一杯水，这样他就对我有所付出了，愿意继续听我讲下去，我也就有讲下去的机会了。逐渐地，我发现我的成功率大大提高了。

这份工作我做了八个月，因为我的优异表现和努力，老板让我自己组建了一个部门。可以说是从零开始，但业务上也是我比较熟悉的工科的内容,做起来就很得心应手。很快,我们部门的销售人员就达到了三十多个人。

1998年的十一假期,我想松口气,给自己放了个假,带上老婆去了一趟北京。我的二哥在北京,晚上请我们吃烧烤。二哥跟我开玩笑说:"上海有没有这个?"我印象里在上海真的没见过,我二哥就说:"你要不业余的时候做做吧,反正也挺简单的。"我一看还真的挺简单。从北京回来我就开始准备,12月12号,我的第一家店开张了,在那么短的时间里,我把我全部的积蓄都投了进去。开完了我才发现,原来上海有很多这样的店,只是我不知道而已。结果生意不是很好,我白天上班,烧烤店只是晚上开,第一天的营业额只有249块钱。

我特别不甘心,就去跟老板请假,说我开了家烧烤店,我想去把这家店搞好。我老板人很好,他说:"那你去吧,搞不好再回来。"就这样,我专心投入到烧烤店的生意之后,大概两个月的时间,这个店就有起色了。

我们的第一家店,取名叫"COCO烧烤店",以摇滚音乐为主题,创业的时候只有三个人,一个洗碗的阿姨,一个服务员,还有一个就是我。老婆白天上班,下班之后来帮忙。很多事情我都必须亲力亲为,从买菜到掏下水道。

经营上也会遇到阻力。我们的烧烤店在居民楼下面,是很老式的房子,总共就两层,我们在一层。做烧烤确实会有油烟,楼上邻居经常会泼一盆水下来,对我们恶言相向。有天早晨我们所有的准备工作都做好了,客人都来了,我们要开风机,开关一推上去,没动静,跑到后面一看,风机没了。我们到处找,最后在隔了两个街区的垃圾桶里找到了风机。我们猜是哪个邻居受不了了,就把风机拆了扔了。四个月以后,我们搬离了那个楼,

去了一个楼上没有居民的地方。

餐饮是一个非常辛苦的行业，尤其是创业初期短暂的成功之后。烧烤的生意主要是在晚上，从下午四点钟开始，基本要忙到夜里两点钟，客人才会慢慢地走，有的客人会吃到更晚。我回家睡觉的时候，天已经亮了。长时间这样不规律的作息，再加上自己也喝酒、抽烟，身心疲惫。我开始对自己的选择产生怀疑，怀疑我到底是不是要从事这个行业，虽然很赚钱，但内心深处总有种不喜欢。

当时我有个合作伙伴，我就把店承包给他，我还继续做老板，让他去经营这个店。我准备去找别的工作，离开这个行业，结果在外面找了三个月都没找到工作。我觉得自己已经有了很多经验了，一般经理的工作我看不上，工资低，我看上的工作对方又看不上我。我的合作伙伴要回新疆奔丧，我只能又回到店里了。因为那三个月的挫折，再回到烧烤店的时候，我给自己重新定了位。我想，我杨剑现在也只能做餐饮业了吧。

我不想再继续烧烤店的经营模式，计划改成专门的餐厅。一个朋友提醒我，从新疆来，就改成新疆餐厅吧。2002 年的 6 月 18 号，我们改成了新疆风味的餐厅，营业额一下就上来了，基本上每天都能有以前的两倍的营收，而且还在不断地增长。越来越多的人开始知道这家餐厅，在这里吃饭。

我看到了希望，就把我的合作伙伴叫回来，说"我们再一起合作吧"。2003 年的 1 月 1 号，我们开了第一家分店，投资了三十万。结果分店刚开，就赶上了非典，没人来吃饭了。大家都戴着口罩，员工一半回家了，剩下一半也人心惶惶。我想这样肯定不行，一定要坚持下去，就开始在菜里面放很多大蒜、姜汤。后来我们发现，在非典的时候，我们的生意反而是逐步在增长的。

我们的投资也在当年就全部收回来了，信心也多了，骨头也开始变轻了。我们开始到处开分店，到 2005 年的时候已经有五家分店了。但我们很快发现，这五家里有四家都是亏损的，有的因为选址不当，有的因为经营不善。那段时间是我的一个低谷。和我一起创业的一个核心合作伙伴，也是我的好朋友，离开我了，这对我的打击非常大。于是我决定关掉四家店，只留下了一家，重新总结，提出发展的战略。每一次后退也是新的进步，到 2008 年 8 月 1 号，离我创业已经有十年的时间，我们开了三家分店，也标志着餐厅走入了一个新的阶段。如果说第一个五年，1998 年到 2003 年，我们只是决定了要做新疆菜，那么第二个五年，我们才找到了到底如何做新疆菜的模式。

我并不是看到市场有巨大的机会才去创业的。实际上，当时开烧烤店主要是想多一份收入，没想到陷进去了，把原本不多的积蓄都投入了进去，所以不甘心得很，就想去把那些钱赚回来。从开始创业到找到一个商业模式，我花了十年。财富在慢慢积累，但内心还在犹豫，真正定下心来做餐饮，只不过是前几年的事情。

2009 年是我的本命年，那年我 36 岁。本命年是啥意思？就是每隔 12 年思索一下自己人生的意义。我 36 岁的时候，一想到我的人生意义，就觉得特别羞愧，因为我从来没有全心全意地去做过一件事情。无论是对自己，还是结婚后对老婆孩子，对家庭，对父母，还有自己的事业，虽然我一直在做，每件事情都在做，但是没有一件事情是我全心全意地去做的。

曾经有一段时间，我和老婆的关系也不太好，儿子的成绩也不好，小学一年级就全班倒数第一，因为我没时间管他。我自己的身体状态也很差，体检的各项指标都不好。我当时一想，再过两轮就六十了，搞不好就"game over"了，我特别不甘，想要做一点事情。我从16岁开始抽烟，每年生日的时候我都想戒烟，但一抽就是20年。那天我痛哭了一场，然后给自己发了一个愿，今年只干这一件事，就是戒烟。后来因为害怕喝醉酒无意中抽烟，我把酒也戒了。

为了戒烟，我还开始跑步，这是一个既幸福又痛苦的过程。只有每天早晨起来跑步的人才知道，特别是在冬天，早起是一件非常有挑战的事情。当外面漆黑一片，被窝里又暖和，闹钟一响，你是起还是不起？不想跑步的借口有一卡车，而跑步的理由只有一个。

那一年，我的个人，我的家庭，我的事业都开始了一个大的变化。因为戒烟、戒酒和跑步，我身体的各项指标都越来越好。我和工作伙伴们一起提出了企业的核心价值观和十年愿景，这标志着我们做了十年的餐厅开始变成了一家企业。我的家庭关系也有了改善，和老婆的关系越来越好，儿子的成绩也有了很大的提高，现在都可以拿全班正数第一了。我每次都会告诉儿子好成绩是他自己努力得来的，但我内心特别知道，这一切改变的根源，是在我这儿。我只要变了，周围的一切都会变，包括企业能做到今天，一个企业家就是一切的根源。

我们每天都会遇到各种各样的困难，但我们的使命就是去克服这些困难。对于我们的餐厅来说，曾经有一个很大的困难，就是得不到上海本地客群的接受，因为我们要做的是正宗的新疆美食，就是新疆用什么怎么做，我们就原封不动地照搬过来。但本地客群不接受这样一种做法，觉得不好吃，和他们的饮食习惯不一样。这就迫使我们去慢慢调整、总结和思考，让新疆菜在上海有一个本地化的改变和融合。这种改良让本地人接受了，我们的生意越来越好，但是新疆客人不接受了。特别是有一个领导，在我们这儿吃完新疆菜以后很不高兴。有一年我回新疆，他特别请我吃了一顿饭，吃完之后问我味道怎么样，我说很棒很正宗。他问我为什么在上海不做这样的饭，味道变了。当时我觉得很难说服他，主要是我自己也没有彻底地想明白，他那么一说，我就在想我是不是背叛了新疆的形象？是不是颠覆了新疆菜，给新疆抹黑了？后来和一个餐饮界的前辈交流，他说肯德基这样的企业来中国都变革，推出油条稀饭，新疆菜在上海做一点变革又怎么样呢？基本的元素都没少，只是口味的变革，反而会让新疆菜这个花开得更加灿烂。

那之后，我更加投入到新疆菜的改良中，不仅把新疆菜和上海本帮菜做了融合，和粤菜以及丝绸之路沿线的各国的菜肴也做了融合，我管这样的融合叫"海派新疆菜"。这其实带动了很多原来做正宗新疆菜的餐饮企业，现在大家都在改革，说明这条路是成功的。

这样的融合正好对应了我们餐厅的名字——耶里夏丽。这个名字是2003年我们在内部搞征名活动的时候，一个维吾尔族员工克里木起的，我一听就觉得特别好。耶里夏丽在维吾尔语里是"地球"的意思，因为新疆最显著的一个特征就是多元文化，就像一个地球的缩影一样。餐饮本身实际上就是传递文化，而新疆餐饮背后的文化是什么呢？就是新疆是一个多民族聚集的地方。

我们新疆长大的孩子都知道，新疆有维吾尔族文化，还有回族、哈萨克族、蒙古族、俄罗斯族、塔塔尔族、乌孜别克族、藏族，很多民族的文化。这种多民族的文化孕育了一种开心、快乐、幽默的生活氛围，新疆的自然生态环境，也让在这里生活的人们都拥有一种对生命的热爱和赞颂。

我们的企业也是一个多民族的企业，也是一个"耶里夏丽"，到现在总共有来自17个民族和7个不同国籍的1200多名员工。"握手礼"是我们让不同民族的员工和谐相处的一个方式。在新疆生活过的人肯定都知道，特别是维吾尔族、哈萨克族这些民族的小伙子们，见面一定要握个手，说句"Assalam Alaykum"（阿拉伯语"我祝你平安"，穆斯林使用的问候语），我把这个问候的方式就带到了上海，带到了耶里夏丽。我要求我们的员工都要握手，和顾客也要握手。

现在耶里夏丽的握手礼已经成为耶里夏丽一个很重要的文化载体，也影响很多企业都来学我们的握手礼。曾有人问我："你们员工怎么这么懂礼貌？"其实新疆本来就是这样的，在新疆这样的多民族聚集的地方，我们从小就很熟悉如何和不同的民族相处，大家都见面就知道对方有哪些风俗习惯，所以在耶里夏丽，也能形成这样的环境氛围。

上海世博会是我们一个很重要的转折点。那年在世博园里我们有一家小的耶里夏丽，园内各国和各个组织的穆斯林工作人员都会来吃饭，他们又通过我这么一个小店，找到了园外的店，下班之后三五成群地到店里吃饭。对他们来说，能在上海看到这样一家清真餐厅，非常兴奋，要拍照、合影、互赠礼物。在各方的努力之下，那一年我们成功地接待了57个穆斯林国家和6个国际穆斯林组织，留下了珍贵的影像、文字资料，还有互赠的礼品。这么多穆斯林国家，风土人情完全不同，从中亚、西亚、中东到欧洲，再到非洲，有白人、黑人、黄种人，完全不一样。到 12 月份，我们办了一个后世博穆斯林文化展，把所有我们收获的影像资料和礼物做成一个展览，一下就轰动了。

这件事在政府方面得到了很大的认可和支持，原本只是简单的一家餐厅，后来随着上海承办的比赛、国际会议越来越多，耶里夏丽每次都能成为清真餐饮供应商，接待了很多国际友人，像伊拉克的农业部长、马来西亚的旅游部长、索马里的总统特使，等等。这些客人给我们增加了国际上的声誉，我们甚至发现有一些海外游客手上拿着的中国旅游手册里都有耶里夏丽的推荐。这让我们第一次看到，原来一个餐厅除了餐饮，还承载着很重要的传播民族文化、国际文化交流的作用。

2015 年，我们成为国内唯一一家受邀参加米兰世博会的清真餐饮企业，不仅在世博会有一个展位，还和中国馆一起办了一场"舌尖上的丝绸之路"文化秀，邀请了上海世博会时建立关系的 57 个穆斯林国家和我们再续前缘。

为了这次米兰世博会，我们前期去了三次意大利，做了各种实验，研发了很多新的美食，都是以"当新疆美食遇到意大利美食"为概念。我的第一个想法就是"当馕遇到了比萨"。从第一次创意开始，试了两个多月，做了大概有一百多个比萨，都是失败的，直到最后试吃成功之前，都是失败的。我们每次会叫不同国家的外国人，还有上海本地人来试吃，直到做到一个最好的程度。我不仅为自己的美食能代表新疆餐饮、中国美食，作为一种新的创意料理，走到世博会，还希望最终能走到欧洲寻常百姓的餐桌上去。

我一直认为新疆菜就是世界菜，因为新疆本身就是东西方文化碰撞出来的一个地方。我一直会想象一个场景，在古丝绸之路上，当东西方人看到彼此手中的美食，会是怎样的反应，他们曾经有怎样的交流。现在的新疆美食，就是东西方文化碰撞、人们往来交融的结果，背后也承载着很多普通人的悲欢离合。

耶里夏丽能有今天，包括我能有今天，要感谢在这里工作的所有员工，感谢这些普普通通的年轻人，造就了今天的成绩。我们有太多员工，从一个小姑娘、一个小伙子，懵懂无知进来，开始承担责任，做管理，一晃五年、十年。餐饮工作非常辛苦，很多干部十年回家的时间不超过二十天，大部分节假日，包括过年的时候，都是在一线坚持工作。我每天都会想的就是我能给他们带来什么，我要怎样才能让他们也能够像我当初一样，在上海这个大都市生下根来，找到家一样的感觉，找到自己作为社会的一分子的价值感。

我们很多员工是在上海的外地人，和上海的主流文化缺乏认同和沟通。我们通过"握手礼"的方式让内部的多元文化可以和谐相处，但要员工在社会上生存，在社会上有存在感，还需要别的方式。我刚来到上海的时候，在公交车上讲普通话，周围人都会看我，一下就知道我是个"外地人"。因为我自己经历过这样一个阶段，所以我一直在想办法帮助自己的员工成为新上海人，这也是我的另一个使命，让这些来自不同地区的，特别是西北农村的孩子，变成一个有职业素养的新上海人。除了培养他们的一技之长，让他们明白服务业也是一项专业，可以靠做好服务业在这个城市生存之外，最重要的是让他们懂得各种礼仪和相处之道。

从培训员工刷牙，保持个人卫生，教他们如何坐地铁、公交，到培养他们良好的生活方式，方方面面的事情我都会做要求。我自己是个马拉松爱好者，在公司里也提倡跑步，每年都有长跑的年终考核，还带着他们一起去跑马拉松。这也是让他们融入这个城市的一种非常好的方式，跑在街上，很多人都在看，那种万众瞩目的感觉，就会让人产生一种"我属于这个城市，这个城市在给我加油"的感觉。

我现在在做的是一个劳动密集型的餐饮行业，我一方面特别希望能把新疆安全的、健康的、时尚的餐饮文化在上海这座国际化的大城市中展现出来，让作为一个新疆人、上海人、中国人的我能够自豪于我们的餐饮文化。同时，我也希望能够给我的员工带来一些转变，让他们在上海这座城市实现从一个农民工子弟向一个城市化的职业新人的转变，不但能在这里赚到钱，还能学到一技之长，学到做人的一些道理。如果能够实现这些梦想，我就很满足了。

我们是不能改变大环境的，但是可以营造一个小环境。在这个小环境中，我们不能强调让别人如何认同我们，但是我们可以要求自己表现更佳，让内心平静，而不是特别敏感。

上海是一个特别博大的、宽容的、多元化的、国际化的大都市。我内心特别感激这座城市，也特别热爱这座城市，因为我在这里收获了我的爱情，收获了我的事业，也在这里获得了重要的人生感悟。这座城市能够接纳我这样一个从新疆来的游子，让我从一个粗放、豪爽和外向的新疆汉子，慢慢学会了上海人的内敛、职业化，还有做事的精细。我在这里也像一个新上海人，是上海的一分子，是这个城市当中不可或缺的一部分，更为这个城市创造出一些新的元素。我想，不管是在我的工作中还是我的生活中，我都会带着感恩的心和主人翁的态度，在这座城市中创造和发现属于我自己的人生。

一个创业者，就像一个在黑暗中行走的人，你和别人一样看不到前面是哪里，但你要成为那个看不到光明，还要想办法拿出一个火把点亮周围，让别人能够看到的人。

要想做好这一件事情，就必须要舍弃很多事情。我为什么要生在新疆，为什么考不上大学，为什么来到上海，这是我的使命所在，我逐渐感悟出来这一点。上天生我杨剑下来，就是让我来做这一件事的，我以前只不过没明白而已。就像那个至尊宝，一直不肯戴上那个圈。

人这一辈子，能做好一件事情就已经非常不容易了。

艾珂竹：世界那么大，哪儿有哪儿的精彩，没有绝对的对和错，只是更多的时候，人们只看到了自己抵触的一面，然后就不去接触。

艾珂竹：
主持自己的人生

　　我叫艾珂竹，新疆喀什人，现在在福建福州工作。我的父亲是地地道道的维吾尔族人，我的母亲是 1969 年支边到新疆的上海人。

　　我儿时在新疆的记忆并不那么愉快，我这样的混血在新疆有个专有称呼："二转子"，我从小就被人这么叫大的。有的人说是歧视，有的人说不是，我对这个倒无感。因为上学的过程中，有些时候我们又让人羡慕，好多人说这个好，考大学可以加分，生孩子可以生二胎，这些似乎是大众对于少数民族身份唯一能看到的一点，这个血统可以享受到照顾。但事实上，我父母从结婚到现在快四十年了，我们一家子经历了非常多的困难。我父母真的很不容易，刚结婚的时候双方的家长都反对，从那时候开始两家人就几乎是断绝往来的，结婚的时候也没有任何物质基础，你有我，我有你，两个人还是不同的宗教、不同的民族、不同的地域文化。但他们就是认准了两个人要结合在一起。

小时候，我们家人上街，有时候会被一些维吾尔族的年轻人当面骂，很不客气。我爸的性格很温和，因为是军人出身，很多时候不会直接回应这些事情，以至于我当时觉得他很懦弱。有一次在公交车上，我们刚上车，我爸扶我妈坐下，就过来三四个维吾尔族的年轻人，非常凶地问我爸："你为什么要跟汉族在一起？"我爸就不吭声，眼睛看着窗户外面。我很害怕，因为那时候还小，我很担心那几个人对家人施暴。我们坐了大概两站就下车了，但那两站感觉特别远，一路上他们都在我们耳边骂非常难听的侮辱人的话，骂我爸爸，骂我妈妈，也骂我。车一停我们就赶紧下车了。现在想想都有些后怕，万一那几个人再过分一点，要是拿出了刀，后果不敢想。

　　那天我非常难过，但我不能哭，我怕爸妈伤心。我妈也没有说话，我想她可能习惯了，因为从结婚开始就是这么过来的。我爸也没吭声，这一路我们三个人谁都没说话。虽然到现在我们家人都没有再提过这件事情，但是这件事情改变了我的一生。以前在街上被人骂一下我都不当回事儿，但那件事让我觉得，人跟人之间的关系为什么会是这样。我也是维吾尔族，我身体里也流淌着 50% 的维吾尔族的血液，而且我看到那么多维吾尔族人都是善良热情的。如果你去了维吾尔人家，他们一定会拿出最好的、最新的褥子铺在炕上让你坐，拿出家里面最漂亮、精美的餐具和茶具出来，捞箱底一样把所有好吃的零食都拿出来招待客人。我从来没觉得维吾尔族人是野蛮和粗鲁的，但是为什么我会看到这些？为什么还会有这样的人？那件事让我一下子觉得受到威胁，我觉得我要离开。

　　初中毕业，我一想，如果上高中的话要三年，正好乌鲁木齐有个学校的播音主持班要招人，不如去参加面试。在学校我就是文艺委员，合唱队、朗诵班我都是骨干，加上那种想要逃离的心态，我一考就考上了。那年我才14岁。

14岁是一个孩子的叛逆期，我妈则正好在更年期，我们俩几乎到了水火不相容的地步，最好谁都别理谁，也别说话。我妈妈是上海人的那种教育方式，什么都管。小朋友们在外面扔沙包、跳皮筋，或者爬树，我在家帮我妈做家务，实在是受不了。拿到通知书的时候，我心里想的只有"我终于可以离开这儿了"，之后又想：外面的世界到底是什么样子呢？

从喀什到乌鲁木齐需要坐大巴车，印象里车要开36个小时，为了省钱我坐的硬座，没买卧铺。虽然一路上坐着很累，但离开的心情是满心欢喜，一路上看着戈壁、房子、城市的风景轮流交替，就到了乌鲁木齐，下车看到人山人海，心里说："乌鲁木齐，我来了。"

在学校的生活才让我开始感恩母亲，感谢她的那种管教方式。曾经觉得我怎么那么命苦，出去就知道我妈才是用心良苦了。她经常说，作为一个女生，我不要求你天天做这些事，但是你得会做，会做我就不管你了，今天知道你会扫地了，明天就教你怎么擦桌子，然后慢慢教你忙活厨房的事情。从家里出来之后，我才发现我妈教会我的让我受益终身。亏得我妈在家不停地让我干这个干那个的，我成为宿舍里最勤快的那个，没事儿就收拾东西，样样都整理得特别干净到位。当时宿舍有八个人，我的床铺一定是最整齐的。我不光照顾我自己，还能照顾别人。我现在已经离开父母独立生活20年了，我的自理能力，还有应对事情的能力、统筹时间的能力，都超过很多人。我的适应能力特别快，包括生活习惯、语言、饮食口味，换一个地方生活几乎是无缝切换的。

在乌鲁木齐，我把自己的名字和族别都改了。保留了父亲名字"艾山"里的"艾"，给自己起名叫"珂竹"。"珂"是玉石的意思，"竹"代表一种气节，是我很喜欢的两样东西，能代表我的性格和个性。族别的更改，是为了方便。民族身份让我不得不面临很多不便，拿着维吾尔族的身份证出去，老是被问、被查，连护照、港澳通行证办起来都特别麻烦。要不是当时改了族别，我现在连台湾驻点可能都拿不到，单位会进行政治审查，绝对就去不了了。后来我把户口迁到福州，也是为了能更方便一点。父母的户口在新疆喀什，现在要来台湾旅游，想都别想。

在喀什的时候，我一直觉得乌鲁木齐是我应该去的地方，那里有我想要的生活。在乌鲁木齐待了六年的时间，我发现我还是没找到我想要的生活。我虽然很庆幸能在新疆台上节目，但觉得自己的位置很边缘，挤不进去。而且我发现，新疆台的播音员、主持人，还有节目，一直没有变化。我现在从那边出来都十几年了，虽然有体制改革，栏目稍微多一些，但基本没有太大改变。另一方面，我觉得播音主持在那个时候是吃青春饭的，不会写稿，也不会后期，播到三十几岁就有新人来，最后就去资料库了，那不是我的生活。我希望能有自己的价值，更希望能在这个城市有自己的房子，自己的家，有一个安定、稳定的感觉。我的心是向往自由的，可是我需要一个安定的地方，在我走累的时候可以回来的地方，让我确定地知道这个地方属于我，是安全的，即便撒丫子满世界跑，都有那么一个地方让我能觉得它是不会变的。在乌鲁木齐，我找不到那个地方，所以我觉得我还是得往外走。但世界那么大，我该往哪儿走呢？

我父母都是普通的公务员，没有太多的人脉可以帮我，全靠自己。我心想，趁年轻我要再去学习。当时已经决定要离开乌鲁木齐了，我翻了翻存折，看了看各个学校的招生简章，最后选择了厦门大学的 MBA。因为英语不好，平时拼命补英语，很辛苦。但苦几年就苦几年吧，苦出来我这辈子就好了。后来有了机会在东南卫视工作，才有了现在的生活。

当初选择南方城市作为目标有个小心思，别看我是个北方人，但我真受不了冬天的冷。当时觉得厦门好，南方肯定一年四季都是温暖的天气，多舒服啊！结果到了厦门，第一年的冬天我是在床上过的，一个电热毯，再抱一个暖水袋，外加一个暖风机，那种冷真的是到骨子里头了。

虽说我自认为适应能力很强，但刚到福建的时候最不能接受的就是吃不到新疆美食。能吃应该是新疆姑娘的特点吧，凉皮、凉粉在新疆的时候天天吃都吃不够。那时候还在长身体，一份凉皮吃不够，两份又觉得挺贵，当时宿舍的女生还开玩笑说以后谁要是嫁给一个卖凉皮的也挺好的，可以管够。在新疆，满街哪儿哪儿都是吃的，只不过是好吃和不好吃的区别。到了福州，别说好吃不好吃了，满城就那么一两家新疆餐馆，只能心里头想着新疆的味道就着眼前的饭吃。

虽然我妈一直叫我干家务，但我以前进厨房只是打打下手，做饭全是我妈来。我最早开始学做饭就是到了福州之后，学着做凉拌菜。凉粉、凉皮自己实在弄不了，就去超市买粉丝、粉条、宽粉，放在开水锅里煮熟，然后切一堆料进去，拿醋、辣子拌一拌，简直是人间美味。后来我开始不断研发，一会儿加这个，一会儿弄那个，到现在只要我做饭，凉菜一定是我必做的一道菜。

出门在外，特别是离开自己家人，孤独感是一定有的。当孤独感渐渐过去，现在更多的是对家人的愧疚。父母的年纪都大了，我应该花更多的时间和精力在他们身上的。但我工作的节奏特别快，只能是过年过节了，接父母过来住一段时间。但他们在南方也不太习惯，他们还是喜欢新疆，那边有他们的朋友，有他们熟悉的一切，有时候在自己家，有时候在哥哥姐姐家，过得也很开心。我会经常打电话回家，但每个在外面打拼的人应该都懂得什么是"报喜不报忧"，有时候这是相互的。有一次我给家里打电话，打了好几次都没人接，我还以为他们买菜去了，但到了晚上还是没人。我给我爸的手机打，他特别心不在焉，我问他在哪儿，他就说在外边。聊了几句，我爸说"等一下"，然后我就听见他说"护士，打完了"，我当时眼泪就掉下来了，才明白我妈是在医院打点滴。他们其实已经去打了好几天点滴了，我都不知道。

　　2009 年，我在福州买了房。那之前我觉得没有买房的必要，后来促使我下定决心买房，而且从看房到买房只用了一个星期，是因为那一年的"七五事件"。从得知消息开始，我有将近二十个小时的时间是跟他们失去联络的，生死未卜。那天下班，我从台里出来，走在商业街上，看到遛狗的遛狗，散步的散步，小孩跑着跳着，老人悠闲地坐在店铺前，街上霓虹灯闪烁，车水马龙，而我脑子里面全是在网络上看到的画面。那都是我在乌鲁木齐走过的路，我熟悉的地方，竟然变成那个样子，而我的家人在哪儿我也不知道。我在录节目的时候肯定不带手机，但那天我特地跟工作人员说，希望手机放在我身边。大家很宽容，我就在录节目的间隙一直看，有没有信息和电话。最后终于联系上了，我的声音都是颤抖的。虽然新疆是我的出生地，是我父亲的祖籍，是我妈妈在那儿扔了几十年青春、建设了那么多年的一个城市，但小时候那些被羞辱，甚至生命受到威胁的记忆还是全部涌上来，让我觉得我有一种使命，就是我要在外面生活得更好，营造一个更好的环境，让全家人都在我身边。我让家人把家里重要的东西带上，直奔机场来我这儿。

以前人家总让我在福州买一套房，我原本是无感的，觉得不需要，但那天，我觉得一定要买房，让全家人都能住下的房子。从看房到买下来前后花了五天，家人也顺利地接过来跟我住了一段时间。但那阵子过去之后，爸妈还是执意回去了，直到现在爸妈都只是偶尔来住一段时间。他们说还是习惯在新疆，也从不认为那里危险。

父母的安危和健康是做子女最关心的事，对父母来说，子女的幸福就是第一要务了。我今年 36 岁了，还没把自己嫁出去，我爸妈也经常问我："你到底想找个什么样的啊？"原本所有人都觉得我是最不愁嫁的，长相还行，自己也挺努力的，做事儿还不错，但怎么就没把自己给嫁出去呢？我是不会因为被催了一下就把自己迅速嫁出去的人，我一定不会做这种愚蠢的事。每天下班回来，累了一天，见到爸妈很想聊聊天，但有段时间爸妈各种催嫁，总对我说谁家结婚了，谁家生孩子了，谁家都二胎了，或者又被谁问"小女儿嫁出去没有"。我听了只能说："爸妈，我累了，先早点休息了。"这样，我和父母之间变得很陌生。孝顺不是领个证给爸妈，如果那么简单的话，我很快就可以交差，但那样我一定不会幸福，而我父母也不会希望我生活在那种状态里。之后，我非常认真地告诉了他们我的想法，他们就不太管了。

有时候我也会想这么多年没把自己嫁出去的原因，有时候觉得就怪我

爸。我爸妈结婚40多年，我爸从来没对我妈大声讲过话，更别说动手了。我有时候觉得我妈唠叨得过分的时候，我爸却觉得没事。我一直觉得男人就该有我爸这样的包容度，所以我碰到不照顾女生的男生，或者对女生很凶、没礼貌、没素质的男生，不会多说一句话。

在这样严格的挑选下，我还真的遇到了对我够包容的那个人。虽然有些时候他会被我气得要死，但还是很能包容。遇到事情我们会沟通，把它说开，这才是大龄青年谈恋爱的方式。他是个标准的台湾人，有台湾人骨子里的细腻，很多时候都比我细心很多。

我现在做的节目是福建东南卫视的《海峡新干线》，这个栏目我已经做了11年，主要内容是向大陆的观众介绍台海咨询，以及就国际时政新闻给观众做评述。因为工作的要求，我每年都需要在大陆和台湾两地跑，在福州的主要工作是播报新闻，在台北就需要跑出去做采访。

观众对台湾的认识和了解，最早就是通过我们的节目，从台湾的风光、风土人情、民俗、小吃开始，到大的会议、两岸的交流活动，我们都会参与报道。从那时候我就开始接触台湾人，接触他们的想法，了解他们做事的态度。我能感受到两岸的差异，然后一点一点地去做平衡。

从2008年开始，大陆跟台湾开通了两岸直航，慢慢地，一拨接一拨的大陆的自由行城市也开放了，每天都有大量的游客到台湾游玩儿，也有不少台湾人工作生活在大陆。我个人感觉，不管是台湾人对大陆，还是大陆人对台湾，都停留在之前非常早的印象，都是在凭想象，或者通过媒体上的只言片语来了解对岸的情况。直到有了直航、自由行等各种条件，两岸的交流交往开始出现前所未有的密切。大陆人开始接触这个对他们来说全新的社会，能看到网上描述台湾的文章，还有大陆的民众亲眼见到的台湾。大陆人会惊讶台湾人如此有礼貌，非常客气，社会如此和善，人群素质很高，也会惊讶台湾的房子这么旧，像六七十年代的房子。我们大陆十几二十年的房子就拆了，而台湾除了101大厦，基本上没有摩天大楼。

让我感触最深的就是台湾人的礼貌和客气，从出租车司机到路边摊的老板，对待每个人的态度都非常有礼貌，细致到很多你想不到的细节，服务态度堪比五星级酒店。我们一开始都不那么适应，但待得久了，也慢慢学会了在公共场合接电话降低声音。礼貌用词比如"请""麻烦你""对不起"，每天都不知道要说多少次。哪怕在家里面，跟父母和兄弟姐妹之间都是这样礼貌。很多事情要在生活一段时间才能感受得到，这种习惯也会带回到福州，但在福州待久了我又跟着就回到福州的状态了，入乡随俗的状态在我身上轮番上演。

我并不觉得这是困扰，世界那么大，哪儿有哪儿的精彩，没有绝对的对和错，只是更多的时候，人们只看到了自己抵触的一面，然后就不去接触。入乡随俗这个事儿像我妈妈教我做家务的那一套一样，你做不做是一回事，但你得会。大家的思维模式不一样没关系，你的想法我尊重，我不见得所有事都跟着你走，我也可以保留我的，这也是可以的。

我们这一批人是伴随着改革开放成长起来的，这三十年大陆的变化我们是亲身感受过来的，真的太大了，我们不断地在学习新的东西，不断地在吸收新的能量，这三十年对整个中国大陆来说是迅速成长崛起的阶段。但是对于台湾来说，是从最开始的"亚洲四小龙"的鼎盛时期，往下走的一个阶段。最简单的就是台湾人的工资，比如十几二十年前每个月可以拿五六万，现在可能还是这么多的工资，但物价涨了非常多。台湾的整个政治格局也在发生变化，"蓝绿"之间的争斗在很大程度上对台湾民众的生活，甚至对台湾整个社会造成了很大的伤害。当大陆在崛起，台湾在倒退时，那种落差就会让两岸的民众在心理上有很多变化。

我从14岁开始学习播音主持专业，到现在为止，除了在厦门大学念书的很短暂的一段时间，几乎没有离开过主播台。我只要一工作，一开口说话，就有麦克风的状态，这种主播的状态在我的生活当中占掉了大半时间。我喜欢做这样的工作，并不是为了出名，不是为了我一出去多少人认识我。观众看到的只是我们节目播出的那短短的几十分钟，但是在那背后是我们从福州到台北的一百多人的大团队所做的大量的工作。我经常会跟我的同事讲，我们别说那么多虚的东西，什么节目做出来是为了全国几亿的观众，什么为了让人们能够了解到更多的资讯，要说的更多的是我们的态度，特别是对自己的要求。一百多号人忙了一整天，到最后呈现出来几十分钟只有我一个人，如果我不好好表现，我不要说对不起电视机前的观众，我起码对不起我的整个团队。在这种团队的状态中工作，没有理由不认真，没有理由喊累。你要么就别做，交给别人做，交给那些认真的人做，要做就认认真真地去做。

这份工作带我认识了这个世界，给了我一个全新的思考问题的方式。这让我跟朋友聊天的时候都觉得自己说话太有效率了，完全没有那些没营养的废话。遇到一些新朋友、新团体的时候，往往几个问题之后，对方的深浅，和这个人大概能交往到什么程度就都了然了，完全不需要浪费时间。

十几年的新闻评论节目经历下来，我接触了非常多的不同的人，不乏精英人群。在接触的过程中，我了解到他们的世界、他们的想法、他们的价值观，还有为人处世的点点滴滴。我发现，越是大师级的人物，越是那么谦卑，对我们每一个工作人员都非常尊重，完全用平等的心对待。这也让我慢慢懂得不把自己想得多么了不起，只是自己在做这份工作，就要把这份工作做好。

张志强: 因为在一个多文化融合的环境里长大，成年后的我在面对各种文化时都可以很快理解，并能够对一个不一样的文化表示尊重，不会因为差异而感到不可接受。

张志强：
生活就是不停地付出和积累

　　近些年，我热衷于钓鱼这件事，经常独自一个人开车出去钓鱼，有的时候还会钓通宵。这是一个漫长的等待过程，从前期不断地对钓鱼这个点位的补窝、饵料的调配，到不停地转换自己的钓法，最后把鱼一条又一条地钓上来，那是一种收获的喜悦，也是把自己急躁的性格磨得更慢一点的过程。就好像我们的生活，总是在不停地付出和积累，直到最后机遇到来。

　　对于生活这一汪水来说，我们是鱼，还是鱼饵？似乎很难界定清楚，这是我一直在寻找的答案。此时此刻，我更希望有个温柔善良、善解人意的爱人，和我们的孩子，一起陪我钓鱼。一家几口其乐融融的幸福场景，是我一直以来的梦想。

　　我对家庭的渴望源于童年生活的两个幸福的家庭。我的亲生父母是从江苏去兵团支边的知青，养父母是兵团里面的维吾尔族农民。在那个年代，他们成了友谊非常深厚的兄弟。我小时候经常在养父母家玩儿，对他们一点都不陌生。我养父跟生父开玩笑说："你有四个儿子那么多，最小的过继给我们吧。"我爸问他是开玩笑还是真的，养父说是真的，我就这样被送到了养父家，直到上初中。

我的养父虽然文化程度不高，但非常爱孩子。我的姐姐阿里努尔每天放学回到家，都会亲一下养父，问问他今天累不累，养父也会爱抚女儿的头，问她今天上学怎么样，有没有开心不开心的，这是现在很多家庭都很难做到的一点。养父对我更是疼爱有加，无论是古尔邦节、开斋节，还是春节、中秋节，都会给我做新衣服，给我零花钱。养父对我的教育也非常人性化，对我的学业没有施加过压力，让我明白要学习的时候就好好学，而想玩儿的时候也可以放开玩儿。

养父母家是一个穆斯林家庭，我有时候会跟着养父去清真寺，也因此了解了很多伊斯兰教的知识，比如导人向善、倡导和平、让人诚实做人、孝顺父母等，还教我们每个人在社会上应该怎样生存。从养父母的为人处世中，我看到了印证，所以对伊斯兰教非常理解。

我亲生父母家有三个哥哥，养父母家有个哥哥和姐姐，现在每次回新疆，我两边家里的哥哥都会跑到机场去接我，出来之后一起到酒店吃饭，吃完又要争一番到谁家去住，每次都让我左右为难。我只能说今天住这家，明天住另一家。我姐姐也时不时地会打电话给我，埋怨我每次回来都不到家里来好好住一下。每次过去哥哥姐姐们家里，他们都会特别开心。

我就是在这样的两个充满温暖和爱的家庭里长大。从这样的家庭里面出来的孩子，愿意去担当，愿意去付出，愿意去给予别人。也正是因为在一个多文化融合的环境里长大，成年后的我在面对各种文化时都可以很快理解，并能够对一个不一样的文化表示尊重，不会因为差异而感到不可接受。

九十年代，我初中毕业，回到亲生父母家生活。那时正流行"外面的世界很精彩"，和当时很多小孩儿的心态一样，我希望自己快点儿长大，到外面的世界去看一看。我父母都在学校工作，是工薪阶层，供养四个孩子上学并不是特别现实。我自认数学成绩差一点，在学业上不会有太大成果，就想去学一门技艺，将来能早一点在社会上找到立足点。那时候学厨师还挺热门儿的，而且我养父母家就是开餐厅的，潜意识里还是有些影响，我就找了家餐厅做学徒，一学就是五年。

那个餐厅的居住条件很差，在地下室，夏热冬冷。工作的时候，我会累得站着打盹儿。在家里，我也是被父母、养父母当宝贝一样，到社会上了之后，干的活儿却很辛苦。刚开始做学徒，就是在社会的最底层，别人会差遣你、使唤你做很多事情，不管你情愿不情愿。后来慢慢想一想，觉着路是自己选的，就应该坚持这个目标。因为那一份坚持，自己学到的东西越来越多，很多东西都对我今后做事有很大的帮助。每天都能和形形色色的人打交道，在那么年轻的时候，能有这样一个经历，这样一个历练，是人生的收获。

学徒生涯持续了五年，一直到2000年，期间换了好几个酒店工作。后来有个朋友邀我到广东，我去了才知道，他其实是做传销的。我当时觉得这个挺好，对自己的口才是很好的锻炼。家里人知道我在做这个之后非常反对，让我觉得自己非常失败，也让我有些无助。大哥来广州把我叫了回去，我坚强地回去面对亲人、朋友，面对一切，重新振作了起来。

偶然的机会，我买了个 BP 机，接触到了通信行业。对于手机，我是纯粹出于自己的喜爱，最开始的纯英文界面的手机，我可以连 SIM 卡都没有就玩儿上一整晚，还会为了获得一个关于手机的功能知识请朋友吃饭。我觉得这个行业很有潜力，就这样入了行，从帮别人卖开始，也建立过自己的手机品牌，到现在做到两个品牌手机和大量配件的出口销售，已经十五年了。

我在深圳也有十年了，这是一个特别积极向上，适合有理想、有梦想的年轻人实现理想的城市，它包容，又有很多机会，国家政策也非常好。只要有想法，愿意去做事，就可以在这一块土地上去实现梦想。深圳是一个可以创造神话的地方。

深圳是中国改革开发的前沿阵地，中国所有电子产品的生产，大半壁江山都是在深圳。"华强北"是全中国乃至全亚洲最大的水货市场，山寨手机也集中在这里。我的海外生意市场主要在中亚和俄罗斯，2014 年中旬到 2015 年这一段时间，俄罗斯卢布贬值非常厉害，对于我们外贸出口这一块儿的影响是致命的。不是对量的影响，而是生意完全停滞，当地的还有我们这边的客户都蒙了，不知道该怎么接着往下做。整个深圳华强北市场电子产品销量保守估计减少了有 30%。面对各种国际形势的变化，我们只有学会随时调整。

危机有时候也是好事，对个体户来说，这是一种促进，逼着你慢慢成熟、完善自己，具备抗风险和与国际贸易接轨的能力。每个人经过这样的事件之后，都会去思考，去完善，让自己更加具备抗次贷危机或者是抵御金融风险的能力。现在，深圳很多山寨手机、国产手机的公司，在慢慢做出自己的品牌，手机品质都比以前好很多，技术含量在不断地提升，软件也在不断地推陈出新，可以和国际上软件开发的东西去抗衡了。

2015 年，国家提了一个"中国制造 2025"的战略，国产的几个品牌手机在品质和软件等方面都不差，我也听说俄罗斯、阿联酋等一些国家，开始接受中国制造的手机。我希望能借这个国家政策和国际形势，不光主推一些国产手机，同时也把周边的耗材完善起来。

通信行业给了我很多梦想，实现了我很多理想，也在支持我完成更多我想要去做的事情，更让我在深圳有了相对富足的生活。我现在准备建立一个古玩玉石工作室。我一直都有收集玉石的爱好。和田玉是我们国家的四大名玉之一，在上下五千年的历史文化传承里面没有断过代。在我看来，这些也是中国传统文化的精华。和田玉就产自我的家乡，我也希望能通过跟藏友们分享、学习和交流，为文化的传承贡献一点力量。

我的生活经历看似很丰富，现状看似很富足，但实际上和大家差不多，我也一样有觉得很无助的时候。刚来的时候，深圳对于我来说是一个陌生的城市，我没有朋友、没有亲人，完全靠着自己对创业的一腔热情，想在这里通过努力打拼出来一番天地，慢慢扎根成为深圳的一员。生意不顺，资金紧张，货物盘活不了，就觉着自己很无助、很累。赶上生病了，身边没有人来照顾，朋友也不可能在身边煮粥、端水，那时候就特别想念家乡、

想念父母，更希望能有个自己的家。

2015 年，我去了一趟哈萨克斯坦。这个国家无论从事业还是生活上都和我有一定的缘分。2005 年我在那里做生意的时候，各方面都非常困难，自己的压力也很大，急切地想寻找一个心灵上的安慰。因为我原本就对伊斯兰教有一定的了解，在一个客户朋友的帮助下，我在当地一个很有名望的阿訇的主持下入了教。他并没有因为我来自中国还是个汉族而感到惊讶，因为那里的清真寺里有来自很多国家、不同民族的穆斯林，多了个中国的汉族，阿訇还感到非常开心。

哈萨克斯坦当地民族的文化非常吸引我。我的客户朋友是当地的印古什民族，他们对礼仪、尊卑、传承的东西非常重视，比如长辈或者客人走进房间的时候，所有人都会起身，等他们落座之后其他人才会坐下。晚辈对长辈会非常尊敬地说话，弟弟不会在哥哥跟前说俏皮的玩笑话。女性都很会持家，言谈举止也很含蓄。他们的文化很像我们中国传统的文化，只是随着社会的发展，我们很多传统的东西已经少了很多。

2015 年去哈萨克斯坦，一个是为了生意上的事情，因为"一带一路"这个政策的推出，让我看到了很多机会，中亚有很多资源，我自己也有这方面的优势。还一个原因是希望去看看当初为我举行入教仪式的阿訇，我每隔一两年都会去看看他，这次他知道我当时的感情状况之后，希望给我介绍认识几个女孩儿。

我有机会去参加了一场哈萨克斯坦的婚礼，新人是我好朋友的侄子。我跟新郎不认识，但是在他们的文化里，只要你和他的任何一个长辈或者朋友是朋友，他们都会特别热情地接待你。印古什人的婚礼我以前在视频里看见过，觉得非常有趣，这次有机会亲眼看到了，更是觉得生动。他们在节庆和婚礼的时候会特别活跃，婚礼上年轻男女之间会尽情地歌舞。这次参加的婚礼，感觉一半传统，一半现代，没有在新郎的家里办，而是找了个专门办婚礼的场所，既保留了他们自己传统文化的流程和歌舞表演，也有现代的很多东西在里面。婚礼上有一种舞蹈，就是围成一个圈，男女之间邀请跳舞，也是通过这种方式来寻找心上人。男士的舞蹈动作充满阳刚之气，女孩的就展示自己的柔美，如果对对方有感觉的话，就会通过亲戚、朋友去了解对方的信息，然后进一步展开追求攻势。

婚礼既是一对新人结合的庆祝场合，也能成为很多单身男女相识的地方。虽然我也对这种方式非常感兴趣，但感觉自己还融入不进去那样一个氛围里。

我曾经和一个哈萨克斯坦女孩用聊天软件交往过一年，对她很用心，希望可以深入地了解她，因为感觉她就是我的另一半。我是一年后才有机会第一次见到她，虽然我对她的印象非常好，但她的父母并不希望她嫁给外国人。

这次感情失败之后，我更加迫切地想要找一个伴侣。我的兄弟们看我有点儿沮丧，开始各显其能，帮我安排了十多场相亲。这又让我感到恐惧，如果结婚只是为了完成一项使命，该是多么不负责任的想法啊！

这三十多年，我经历了一些挫折，事业上也好，情感上也罢，顺利也好，不顺也罢，我都没消沉。对于生活来说，我是鱼还是饵，我会继续寻找答案。我还是很积极地去面对今后的生活，我还是相信会有完美的爱情在等着我，会有一个最好的适合我的另一半在等着我。我坚信故事会有这样一个结局。

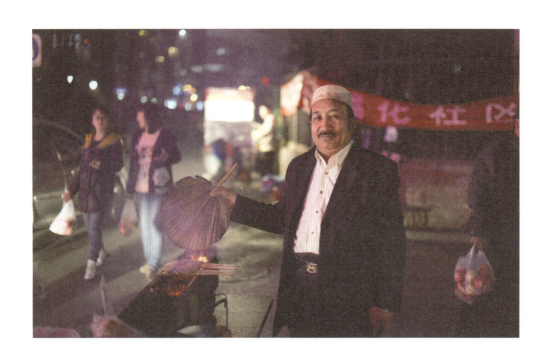

艾力克·阿不都热依木：这个社会还是好人多。说实在的，人跟人之间友善地对待会让大家都高兴，对不对？这是应该做的。

艾力克·阿不都热依木：
我就是"羊肉串"

　　我是1953年出生的，从小上的汉语学校，同学都是汉族朋友。他们过春节我就去他们家玩儿，住在他们家里。我们过古尔邦节、开斋节，我的同学们就来我家玩儿。我们之间的感情特别深，特别好。

　　我们家挨着八一中学，军队的学校，我常常在部队的院子里看电影，看电影里天安门城楼上的毛主席。天安门城楼非常壮观，非常高，当时我心里就想，我长大了能不能去天安门看看，去了是不是就能看到毛主席了？

　　1972年，那年我19岁，第一次来到北京，怎么来的呢？那年3月份我做了个梦，梦见毛主席了！这是真的，梦里是在飞机里，毛主席和我面对面坐着，我们在说话，然后我就醒了。醒了以后我出去门口转了一圈，才发现那是自己做的梦。这个梦太好了。当时天还没亮，家人都没醒，等我妈醒了我就给她讲，她也说我这个梦特别好，这不是小事。梦中见到毛主席了，是不是真的就能见到毛主席了，这一生能见到毛主席就太好了。

过了两个月，我就真的到北京来了。

5月份，火车票60块5毛钱。我认识字，看着标识就可以走，哪儿都敢去，我去了天安门，上了天安门城楼，还有前门和大栅栏。原来的大栅栏有浓浓的北京味儿，好多文化就在那儿，评书、大碗茶。我在那儿转，肚子饿了找了个小餐厅，几毛钱吃一顿饭就饱了。在北京待了一个星期，我天天在天安门转，就想能不能见到毛主席，最后一看钱也花得差不多，赶紧买票回去了。

改革开放之后，我在乌鲁木齐开了个餐馆。1982年，也就是第一次去北京的十年后，北京的工商局考察团去新疆，正好到了我餐馆所在的那个地方。乌鲁木齐有好多商贩和餐厅，都特别会做生意。考察团的人看到新疆人挺会做生意的，就想把他们带上一部分去北京，可以把北京的市场搞活，是件好事。他们去找了乌鲁木齐市的工商局，发了邀请函，乌鲁木齐市工商局的人就在每个市场选了两三个比较好的商贩去北京，我被挑中了。我们一共去了17个人。

刚到北京的时候，我们在北太平庄的农贸市场卖新疆的水果，做了一夏天的生意，到天冷了，瓜果没有了，我便收摊在家休息。有一天，我们想吃烤肉，就买了点肉，在院子里弄了点烤串吃。街坊四邻看到之后也想吃，我便招呼大家一起吃。街坊里面一个回民朋友提议这个东西可以拿去卖，这一下就提醒我了，我决定试试看。

买了一斤的肉串成串，又做了个烤羊肉串的盒子，拿到街头去卖，头一天就卖了几十块钱。第二天又多买了一些肉，慢慢生意就搞起来了。干了一年之后，我回新疆去看家里的老人，我的一个朋友是果农，家里做干

果，有十几种杏干，正想拿到乌鲁木齐去卖。我知道之后，觉得这个也可以拿到内地去卖，我跟他商量，他也同意了。我们弄了几吨葡萄干，两个人一起去了重庆、成都那边。头一次去那地方，货都是托运过去的，到处联系推销。那是1983年，很多人还不太认干果，以为是当中药吃。我们俩转了半个月都没推销出去，又待了半个月，身上的钱花光了，打电话叫家里人寄钱。心里想着实在不行，卖不了就把东西扔这儿不要了。

当我们决定"再等三天卖不出去我们就回家"之后，我们去火车站看了遍货，往回走的路上，马路对面有两口子喊我们"同志"，然后特别热情地走过来，和我们握手，问我们哪儿来的。我说我们从新疆来的。两口子里其中一个人姓张，我们叫他张大哥，他是个医生。他说他去过新疆，在乌鲁木齐待了两年，在红山的农贸市场，还有关系特别好的维吾尔族朋友。他就是在那个维吾尔族朋友家住了两年，给那个朋友教医生的技术。我们也特别高兴，碰到老乡了嘛。张医生两口子非要把我们领到他们家去，一定要我们住在他们家，就这样给我们拉过去了。我们聊起来干果没卖出去的事情，两口子当时就说保证一星期之内帮我们销了。

第二天早上起来，我们发现两口子把我们的衣服都给洗了，还熨好了放在那儿，特别感动，心里觉得真是遇上好人了。最后，在一个星期之内，他俩真的把我们的货全都推销出去了，把我们心里高兴的呀，特别地高兴。走的时候，我拿出一千块钱给张医生，他还跟我生气，说拿钱买不了我们的感情。当年在乌鲁木齐，他那个叫亚森的朋友也对他特别好，这次遇到我们他是做了件好事回报新疆朋友。

回北京之后，我继续做我的烤肉生意。

1986 年，我来北京已经三年多了。自治区工商局的领导来北京和市政府的一些领导谈了办营业执照的事情。当时卖羊肉串的已经不是一个人了，到处都有，那一年 9 月份营业执照才办下来，一共办了五百多个羊肉串的摊位。后来在甘家口，现在的增光路，成立了新疆村，更多的新疆朋友在那儿开了餐厅。我也办了两个执照，我弟弟一个我一个，生意特别好。在北京生活了五六年之后，我决定就在这里安顿下来，把家人也都带过来。

烤肉摊开了十年之后，1996 年，我在西苑的一个农贸市场开了新疆餐厅。因为那周边就我这么一个餐厅，生意特别好，一天最多能赚一千多块钱。有钱了之后，就会有朋友来跟你借钱，有很多维吾尔族的朋友刚来北京也不熟悉，没本钱，我有时候也会拿出一部分钱来借给他们，过两三年都会还给我。

有个从乌鲁木齐来的汉族朋友，住在海淀的一个招待所，偶然来我摊上吃羊肉串。他是乌鲁木齐交通支队的警察，退休了，开了个餐厅，赶上了拆迁，就到北京来了。他在北京也没有生意，我就让他来我家住，住了有一年。他想做生意，我借了他三万块，他特别高兴，说一定要还，还坚持要把身份证押在我这儿。当时朋友之间就是这样帮忙，而且大家都会还钱。邻居间有个困难也是，说句话大家都会很痛快地去帮助。

有些维吾尔朋友刚来的时候不会汉语，遇到了困难。因为我的汉语好，政府部门会请我去帮忙翻译。有一年在清河，有个新疆老乡的弟弟因为冲突被当地的民工打死了，一直没有解决，死者放在冰箱里面将近七个月。民政局的领导来找我帮忙解决，我正好听说有个伊玛目（阿拉伯语单词的汉语音译，可理解为伊斯兰法学权威）来北京，就找到他，请他一起去了当地人家里，给他们讲一讲，就说通了，第二天就把人下葬了。

当我的生意做得很好，家人生活也很好，一切都很好，我准备回到家乡生活的时候，我的第三个孩子出生了，那是1997年。孩子长到一岁半，还不会说话，脑袋也抬不起来，到医院一查是脑瘫，从两岁就开始治疗了。那时候医生只是让我们给他按摩，喝中药，还有针灸，一天要在身上扎七八十针，脑袋上全是针。后来找了个大夫，又治了三年，每天的治疗费都是一千多，从原本不会走，到可以扶着走，但基本的生活还是不能完全自理。

北京的医院我们都去遍了，到现在都没有一个可以治愈或者改善的方法，而且每次去看病孩子都不是很配合，经常要去好几天才可能照一次CT或者做一次治疗。孩子现在已经18岁了，每天就躺在床上，也不会说话，经常头疼，只能发出"啊啊"的声音。他很喜欢音乐，要么就拿着小扬声器放在耳边听音乐，要么就放DVD看。晚上基本不睡觉，白天睡两三个小时，头疼嚷起来的时候我们也着急，怕影响到周围的街坊邻居，但真的是没办法。因为不能出门，所以家里一来客人，他就特别高兴，想说话，但说不了，只是一脸的真诚。

孩子到现在也没拿到残疾证，户口是在新疆，但是出生地是北京，得在新疆办残疾证，但是回新疆办的时候办事的部门一看他出生地在北京，就说得在北京办，回了北京的时候又说得在户籍所在地，就这样十几年了也没办下来，我也不知道该怎么处理行政部门踢皮球的事情。

我最小的孩子今年九岁了，在街坊邻居，还有街道、区领导的帮助下，

孩子现在上着学，学习成绩也不错，学校里就他一个维吾尔族，在班里有特别好的朋友，经常来找他玩儿。但是因为他哥哥的情况是这样，孩子也没法回家做作业，每天都在学校做完再回来，周末没地方写了，他就去海淀图书大厦，跟几个关系好的同学去看书写作业。孩子现在的成绩在班里是前十名，每天早上七点钟，提前半个小时就到班里，做做班里的卫生什么的。我也会带他回新疆，怕他把母语和老家的样子忘了，刚去的时候肯定喜欢，因为新疆漂亮，但是朋友不多，而且维吾尔语说得不好。有次在新疆，他突然问我什么时候回家，我说这儿就是你家，他说北京才是。这也没办法，毕竟生活的大部分时间都在北京，已经习惯了。

小儿子和他哥哥的交流不多，感觉他总在躲着，可能对于孩子来说很难适应。他哥哥虽然不说话，但对弟弟特别爱护，有一次小儿子犯错误，我大声说了他几句，挥手要打，他哥哥直接坐起来抓着我的手对我喊，不让我动他弟弟。亲情终归是亲情吧，汉语里讲的血浓于水嘛。

家里最辛苦的是我妻子，我们家是我跑外交，她管家里的一切。每天都是她来切肉、串肉，然后我拿出去卖，她还要做饭，给孩子洗衣服，照顾三儿子，休息的时间都没有。每次孩子一哭，我们两个都特别难受。我们就轮着来，她给孩子揉一会儿头，我出去缓一缓，然后再换我来。现在我妻子也有腰痛，我们都有心脏病，都是家里的这些事情给闹的。

我现在这个房子住了十多年了。1998、1999年的时候，中关村改造，要拆迁，我就找地方搬家，跑了一个多月没找到房子，心里特别着急。最后去了海淀区派出所，因为平时就有很好的关系，经常帮他们的忙什么的，用北京人讲话就是"铁哥们儿"，他们帮我联系了街道居委会，找到了一间胡同里的房子，这才安顿下来。他们都知道我家的情况，到现在都没收过房租。其实海淀街道也好，社区也好，周围的街坊四邻也好，对我们家都特别关心，家家都有难念的经，我家里就有这么个难念的经，大家都知道，也都想着帮我。一方面我也很高兴，另一方面我也真的觉得很麻烦大家，特别希望有一天有能力自己交房租，能给这个社区多做一点贡献。长江发大水的时候，我拿出两千块钱，去民政局捐了款，当时我家的情况也不是很好，但我想我能做的就是这么多。

我们穆斯林有要求，就是一定要搞好邻里之间的关系。汉语也有句话不是说吗，抬头不见低头见，还有远亲不如近邻。在北京33年了，这么多年间外面发生了很多事情，新疆村没了，好多新疆人一个个走了，就我没有走。因为街坊邻里对我特别好，我不想走。

现在时代不同了，人跟人之间没那么近了，警惕性也高了。上次有人从新疆给我寄来东西，我去物流那里取，大门保安不让我走。他给派出所打电话，一定要警察来把我的东西查一查。我说："查可以，但是查不出来你要送我回家。"他说："不行，我还有任务，查你的东西是我执行公务，你要配合我。"我要求他自己把箱子打开，他半天不同意，最后我只好自己打开，他一看，都是药和吃的。后来我上了公交车，坐在座位上，坐了三四站，上来一个老人，80多岁的老太太，我看没一个人起来让座，一想我的年纪还是比老太太年轻点，就赶紧起来让座，说大妈你过来这边坐。她很高兴，一看她高兴我也很高兴。我起来坐在箱子上，过了一会儿，老太太掏出手机给我拍照，还给我竖了个大拇指。其实这个社会还是好人多，我也会碰到扶我下车、帮我搬东西的年轻人，或者给我让座的朋友，说实在的，人跟人之间友善地对待会让大家都高兴，对不对？这是应该做的。

我一天做五次礼拜，每次都会去海淀区的清真寺，那里有个杨阿訇。我（19）82年来的时候就认识他了，当时他在马甸清真寺，他也知道我家里的情况。清真寺也是我的家呀，每天来心里面就会舒服一点，一切压力都会忘掉，就只真心地做个祈祷。每次礼拜心里都会有所求，求真主保佑全人类的平安，求大家的平安，然后求父母的平安，再求子女的平安，最后再求自己的平安，我们伊斯兰教的要求就是这个。

我来北京也有三十多年了，经历了北京很多变化，和刚来北京的时候相比，现在真的是一个天上一个地下的差别。当时三四十块钱就可以租到一间房子，物价也很便宜。那时候王府井的百货大楼是两层楼，在那一带最高了。现在高楼都数不清了。如今交通也发达，坐出租没有地铁快。当初说三环修好了，我就想骑自行车转一圈，那一转转了好几个小时，修四环的时候我也转了一圈，那更大了。到五环的时候年纪大了，就转不了了。

刚到北京的时候，经常会被人家叫"羊肉串，羊肉串"，当时很计较，不高兴，现在再有人叫我"羊肉串"，我不生气了，无所谓，我就是羊肉串，我就是我。

我也想过回新疆，去过晚年，但家里有一个孩子躺在床上，就这样回去，也没挣着钱，周围街坊四邻一看，会觉得不太好看。所以我还在想办法努力，有个别朋友也愿意帮助我，搞一个小餐厅，有自己的门面，做点生意，把孩子的病再治一治，也许治好了，就可以回去了，这是以后的事。

真主怎么安排，我也不知道。

2015 年，我用攒下的钱在家的附近租了个小店面，就叫"艾力克的烧烤店"，希望能慢慢有能力做更大的店面，让家里的条件好起来，让三儿子能有机会接受更好的治疗，让小儿子能有自己的房间写写作业，让一直忙里忙外的老婆也可以有时间歇一歇，我也能有机会给这个社会做点事。

卡哈尔·拜西尔：新疆是文化、经济、思想等很多东西的聚集地……每个新疆人都生长在多元化的环境里，大部分人都非常能理解与适应和不同文化的相处之道。

卡哈尔 · 拜西尔：
教书育人的良心农夫

　　2014 年 10 月出版的《我从新疆来》，我的故事也在其中。我在采访中分享了自己从新疆来到内地的一些经历，这个分享对我来说也是一次对自己的坦白。刚到内地找工作时，应聘的英语培训机构要求我假扮加拿大籍的华人，这样好吸引生源。当时还年轻，为了有份工作，我就答应了，这一答应就是十年。现在，我已经是金华最大的少儿英语培训学校的校长。而一千多位家长都以为我是加拿大华人，在书里，我也立下愿望，要在年底的总结会上和所有的家长们坦白我的身份，告诉他们我从新疆来，同时告诉他们我是维吾尔族。我原本非常担心家长们会不会因此对我和学校有疑惑和意见，但当时一千多位家长都心平气和，给予了我很多支持和鼓励。他们认可的是我的工作和能力，我悬了多年的心也放了下来。只是一直到现在我心里还是有个问号，如果一开始我就大张旗鼓地打着"我从新疆来"这个旗号，是不是还会有今天得到的这些认可呢？

最开始开办英语培训机构时，我只是想单纯教英语。但教到第三年的时候，我开始认为教育不是交给孩子很多单词，而是让孩子了解这个社会，了解这个世界。在创业之前，我教了六年的书，在这六年期间，我有一个很强烈的感受就是，我们的家长对有色人种有排斥，说不上是歧视，是因为不了解而怀疑、拒绝，甚至抗拒。就像一些人对待新疆人的态度是一样的，只是因为这个人长成他不熟悉的样子，或者这个人来自一个他觉得不好的地方，家长们就不会给对方一个被了解的机会，直接拒绝。我在最开始办学的时候也刻意回避了这一点，我要对我自己的民族身份有所回避，我也会在请外教时不请黑人。

为了找工作第一次去北京的时候，我曾经因为宾馆"不接待外宾"的政策而被迫在地铁睡了三天。虽然现在已经有能力不再睡地铁了，但面对外出时必定要经历的身份检查，还是会怕。2014年4月份，我和副校长去上海参加外国人才招聘会，来回在火车站都被警察和特警查了身份证。其实去之前我就跟同事说起自己可能会遭遇的身份检查和被酒店拒绝入住的担心，我经常会跟身边的人讲起这些事，很多人到现在还是觉得不敢相信：咱们的国家还有这样的事？这个问题确实存在，承认就是对这件事情最好的帮助。现在我学会每次遇到检查都录下视频，保护自己的权益。

我有很多更重要的事情要思考，我的学校，我的学生。特殊检查这样的事情，对我来说是多抽两根烟就过去了，但我心里始终都有一个疑问：为什么要查？事实上，新疆人比任何地方的人都痛恨犯罪分子。有的人问我是不是认为那些人是同胞，但我从来不认为犯罪分子是我的同胞，好人才是我的同胞，坏人从来不是。但现在除了和战争时期一样的无差别检查之外，竟然还没有更好的方式来解决问题，有时候觉得很悲哀。

从历史上来说，特别是对于丝绸之路来说，新疆是文化、经济、思想等很多东西的聚集地，它其实是一个文明之地，有着非常丰富的内涵，而且非常多元化。每个新疆人都生长在多元化的环境里，大部分人都非常能理解与适应和不同文化的相处之道。但现在开始有些不太和谐的声音，有些人强调要以宗教为荣，或者以民族为荣，但我们最重要的应该以我们这个疆域辽阔、文化多元的国家为荣。

我曾经被老家的亲戚批评过，说我为什么不回家教自己民族的小朋友，反而去教别的孩子。这就好像咱们国家哪儿发生了自然灾害，很多网友就要求马云必须给灾区捐款，或者有哪个明星去参加了联合国的慈善活动，就被批评不顾本国的贫苦状况而扶了外国人的贫一样。我很想问一个问题，有任何的社会传统、任何法律或者历史上的案例，说一个民族的教育者必须给自己的民族做教育吗？有人说这是道德绑架，但我觉得无关道德。儿童是没有民族之别的，为什么要讲究这是汉族儿童，那是维吾尔族儿童？我们已经把成人分得那么细了，从父母的出生地，到自己的出生地，还有成长地、信仰、民族，很多种区分的方式。在这件事情上，我们为什么连孩子都不饶过呢？

创业三年后，为了让在培训机构上课的孩子能够学会接受多元文化，我开始主动寻找黑人外教。后来我找到一位，花了很大的力气把他招到金华来。金华是三线城市，就像我们出国一定首先去纽约、洛杉矶，而不会选择美国的三线城市一样，美国人来了中国也是首选一线城市。再加上Google（国外的搜索软件）上对金华的介绍并不是很多，把任何一个外

教请到金华来都相当费事。每次面试我都要花一个小时去推介金华，让对方喜欢上金华。这位黑人外教最终来了金华，前三个月的状态非常不好，他对天气、语言、文化、食物、交通等各方面都不适应，最让他纠结的是，他个头很高，而且身材很魁梧，长得其实很帅，在大街上就总是被人注目。我经常引导他，告诉他人们的注视是因为他身上有一些流行元素，觉得好奇，但他还是觉得很不舒服。

我们的小朋友有时候也会特别好奇，坐在他对面说"You are black"（你是黑人），这个话在美国是不可能说出来的。这位外教觉得特别受伤，其实小朋友只是说出了他看到的，根本没有意识到这句话背后有什么意义，毕竟以前没有接触过，也没有人给孩子们讲过。前三个月，我给这个外教做了大量的工作，几乎每个礼拜都带他出去玩儿，让他尽量忘记不愉快和压力。另一方面，我也在做学生家长的工作，我们的家长习惯了金色、棕色头发的白人帅哥，突然来了一个黑人哥们儿，家长们把我团团围住，指责我说："你怎么可以请个黑人来教我们的孩子？"我用了所有可以解释的理由，我说："奥巴马也是黑人啊！"但无济于事。最后，我给他们拍胸脯说，给我三个月时间，也给我的老师三个月的时间，如果三个月以后你们对他的能力持否定态度，我不收你们三个月的学费，再换老师。三个月之后，这位老师用实力证明了自己。

同样难做的还有团队的心理工作。我的团队里有一部分中国员工，他们的心理跟家长们的很像，私下里觉得坐在黑人老师旁边办公的时候很不舒服，还有很多话题我都从来没想过。但我觉得越是这样难，我就越想要做这样的事情。现在依然有这样的家长，有的直接问我"那个黑人老师"，我都会告诉他们："对不起他有名字，请叫他的名字。"现在我不会再求家长给我三个月的时间，而是反过来，老师是我们英语机构找的，如果你信任我们，就信任这个老师。如果还是不行，可以去别的学校，去找一个为了取悦你，为了满足单一肤色而随便找一个老师的英语培训机构。我是不会变的，再给我一点时间，我还要请华裔的美国人。这可以让我们的孩子，还有我们的家长在学英语的同时，理解这个世界上有不同肤色的人，我们不可以因为谁来自哪里，或者长成什么样而否定他，不给他机会展示才华。

我请了一个外教，她的发型是非裔美国人的脏辫，非常美。我们的孩子因此多了解了一件事，就是这世界上除了直发，还有他们的卡哈尔老师这种小卷发，还有脏辫这种发型。从小接受单一文化教育的孩子们，在看到越来越多的文化表现之后，就不会再因为不了解而去误解。孩子长大之后，当他们有机会被老板派去出差，去非洲，不了解的孩子就会说："非洲很热，艾滋病很多，黑人看着不舒服。"可能就丢掉这个机会了。但从小接触的孩子会说："没事儿，我小时候的老师就是非裔。"机会会被这样的孩子抓住。今后的中国，未来的中国人，奋斗的平台不会只在一个省市，或者只在中国，而是在世界这样一个大平台。

我很想让很多人明白一个道理，就是语言对任何一个人来说都非常重要，多一门语言就多一道大门。对于一个人来说，能掌握两门或多门语言是非常牛的事情，但是很多人不理解，还在延续学英语是为了考试这个概念。学习语言应该是为了自己的生存，为了自己的发展。我现在把很多工作都放在了家长身上，先给家长扫清学英语的盲点。现在的家长越来越年轻，思想也越来越开放，越来越明白二十年以后中国的孩子要混的是更大的平台，并不是一个浙江省，或者一个东部沿海，也不是一个中国，而是整个世界。那时候孩子的硬实力就不仅是考试的分数了，而是对这个世界的认识有多少。

"和"这个字，在古汉语里是"和平"的意思，"和"能概括很多东西。两个人可以和平相处，第一就是尊重、了解、互助、关爱，这是我最近两年才开始强调的。我想通过我呈现给孩子们的这样一个团队，来告诉他们这里有黑人，有白人，有黄人，有河南人，有新疆人，有湖北人，等等。我们聚集在一起就是为了做一件事情，帮助每一个孩子，希望孩子长大之后也能够像我们一样把这样一个多元的团队传承下去。

单单在幼儿教育这一点上，我就能发现我国的儿童教育和美国的儿童教育的区别。打个比方，我们现在的幼儿园已经小学化了，把小学的知识硬生生地塞进了幼儿园里。我记得我小时候也上托儿所，就是玩儿，搭积木。现在的幼儿教育已经有点儿被扭曲了，在这样的幼儿园，孩子们接触到的是单一文化。而在东部沿海城市是单一的汉文化，当然这是中国的主流文化。

我请过两个美国教育学的教授来讲座，他们说自己曾经被邀请到国外一个幼儿园去讲中国的剪纸和包饺子。这只是这个幼儿园一年之内邀请不同国家的人来讲不同文化的系列活动之一，同样去讲的还有韩国人，西班牙人。幼儿园的小朋友从小就在认识世界，不管认识多少，起码有这样一个环境。事实上，我一直觉得我们国家也有很多文化，最起码有56种不同文化，但并没有在幼儿园的教学里出现过，甚至小学教育都只是一笔带过。20年以后，孩子们都会长大，他们的舞台叫世界，那时候谁会给谁打工呢？

父亲当年让我去上汉语学校，他并不知道未来会发生什么事情。现在事实已经说话了，我能掌握三种语言，就可以选择一个给自己打工的工作。很多中国人觉得给孩子留很多的钱他以后就会生活得很好，但问题并不在于有多少钱，而是这个人能值多少钱。

刚开始办学校的时候，我给父亲提起过我的"加拿大身份"，他开玩笑说，自己是不是该染下黄头发，穿个短裤，再配双大拖鞋。我当时觉得自己挺浑蛋的，把父亲的身份拿来做了自己梦想的筹码。父亲和家里很多亲戚都曾经抱怨过我总是不回家，总是问我在内地到底在干吗，都这么大了该回去养老了，还谈什么梦想。但自从《我从新疆来》这本书出版，他们看到了我的故事，父亲也因此特别骄傲，家人亲戚不再念叨我在内地到底在干什么，我总算是又"买"到了让自己多奋斗几年的时间。但父亲的健康每况愈下，我却"买"不到他的时间。

我父亲是一个农民，后来在城里的印刷厂找到一份工作。父亲只读过四年书，他现在的维吾尔语写出来还有很多语法错误，汉语更是一点儿都不会，所以工作起来就有交流障碍，很多事情上都遇到了困难。后来印刷厂引进了更先进的技术，父亲因为不懂汉语就下岗了。那时候他已经把我送到了汉语学校，当时还没有那么多人愿意让孩子再多学一门语言，我父亲是"第一个吃螃蟹的人"。

我在学校学汉语也曾经挺困难的，三年级的时候，我的班主任告诉我父亲我的汉语水平只有一年级的水平，劝我们转学，学维吾尔语。我也曾经三次把我的书扔进厕所里，因为我实在受不了其他孩子看我的眼光，受不了其他孩子看着我的眼睛说我笨。我父亲好好地给我谈了一次，也抽过我一次，把我吊起来打过一次，最后他求我的老师，让班主任给我另开小灶，辅导了我一个多学期，我才学下来。自己没放弃，也没被老师抛弃，这一切也是因为父亲的坚持。

父亲在我心中是我的老师，他教会我善良，教会我要靠自己，教会我歪门邪道的事情不要做，教会我发不了财没关系，他还教会我学会祈祷。虽然他教给我的东西并不是很适合这个社会的生存法则，但他教会我的都是真正的最需要的东西，是超越这个社会生存法则的另外一个更高级的法则。虽然他没有给我和妹妹留下很多的财富，但他给了我们一个起点，一个能够跟别人公平竞争的起点。我能大学毕业，还是英语专业毕业，我能有今天的生活，都是我父亲靠双手创造的，就像小时候他带着我，我们一起用双手盖了我家的房子。

小时候，我家的房子都不会雇别人盖，都是自己盖，而且盖得很结实。父亲下岗之后卖过家具，收一些二手的家具然后翻新一下再拉到巴扎（维吾尔语"市场"的音译）去卖。我们有两个手推车，他一台我一台，每周日我们都要推十几公里去市场卖，那时候我刚高一。我父亲还带我锄过地，拆过房，捡瓶子，吃过很多苦。他带着我去吃过的苦都经历完了，未来再有什么困难我都没有必要害怕了。

有个我特别敬仰的叔叔混得很好，小时候总会听到叔叔嘲笑我父亲的汉语和维吾尔语，但现在我和叔叔的孩子们的情况反过来了，当然我肯定不能去嘲笑他们。我的叔叔在几年前去世，我没能见到叔叔最后一面，赶去葬礼的时候，我看到父亲坐在院子里，他身边的亲戚告诉他卡哈尔回来

了。父亲站起来说："哪儿呢？哪儿呢？"我就在不远的地方，他却没有看到，一起身就碰倒了旁边的凳子，他不是故意的，因为确实没看见。我父亲的眼睛是青光眼，已经很严重了。每次想到这儿我都会掉眼泪，因为很愧疚，这是一大笔的账，下辈子都还不清。我父亲现在换个灯泡都没人帮他，我后妈身体不便，帮不上忙，还有个最小的妹妹才六岁。我父亲说他每次灯泡坏了就打电话给我的表弟表妹，但有时候一等就是一个礼拜，这时候他就会想，生我这么个儿子干吗啊！一想到这儿，我就觉得欠他太多了。

2014年8月，我回了趟新疆，待了整整一个月。我从金华一路开车回到了老家阿克苏，去帮父亲修好了漏水的下水道，帮他换了灯泡，再带上他去伊犁、库尔勒自驾游了一圈。在我不在父亲身边的日子里，父亲会祈祷真主照顾好我，我也会祈祷希望真主能照顾好他。在我们一起自驾的路上，只有那不到一个月的时间，我是亲自去照顾他的。

我记忆里的家庭生活是破碎的。很小的时候开始，我的生母每年至少要住半年的医院，而父亲也要经常去照顾她。没有大人照顾我和妹妹，我们就挨家挨户到亲戚家去寄宿，有的家可以住一个月，有的可以住一个礼拜，有的亲戚特别好，也有翻白眼的。有时候很长一段时间洗不了澡，住在别人家会特别不好意思。我们两个毕竟年龄小，上体育课喜欢往疯里跑，出一身臭汗。妹妹头发长，会打结，我也不会梳，有的亲戚会帮她梳，有的就不管。就这样好几年，我们都是半孤儿的状态。我没有因为这些事情怨过父母，父母的婚姻是他们两个人的事情，我觉得他们是爱极生悲，太爱对方了，眼睛里揉不得一粒沙子。虽然我会理解，但心底终归还是会有点怨。那时候就想离开家去很远的地方生活。

　　在上一本书里讲述我的故事时，我妹妹还是个普通的公务员，两年过去了，她现在已经在市政府的宣传部工作了。因为出色的汉语和英语水平，不管内地来的领导还是外宾，都是她来负责做介绍。虽然早已经过了"正常标准"的结婚年龄，妹妹还是一个人。她太优秀了，有时候会让男性不敢靠近。30岁还没有结婚在新疆来说是不可思议的，但她是个思想自由的女人，会调节自己的情绪，我觉得她是幸福的。妹妹也挺希望我能帮她把关、出谋划策，但我在感情方面也不是很擅长。我已经是履行过一次"义务"的人了，再次寻找伴侣的过程没有太大压力，但年龄越大，心里的两个声音也会越来越大，一个说"要快点"，另外一个声音就是"不行，得谨慎"。

　　新疆人出来发展，大部分人的心态都是要往上走，很少往二、三线城市留，像我这样傻乎乎过来发展的几乎没有，要想在这里找对象就更难了。每次我回新疆都得去相亲，大部分是为了给亲戚面子才去。很多人说"靠你这个条件，请一个月假，回去碰一个回来就好了"，我说这个确实很简单，但精神上的门当户对也很重要。男人应该有三个责任，第一是对自己的责任，第二是对家庭的责任，第三是对社会的责任，我却是倒过来的。有个叔叔曾经让我回去，要给我安排个特别好的工作，我没回去。我有我自己想做的事情，我想靠自己的双手生活，独立和自由在我看来是更重要的东西。现在还没有遇到能理解我这个想法的女孩子。每个民族都一样，尤其维吾尔族是个很恋家的民族，对一个女孩子来说，放弃父母，放弃安稳的生活，跟随一个男人嫁到好远的地方，不太可能。

我现在最大的困难，是我的团队太年轻了，大多是刚毕业没多久的大学生，很多事情还没理解透。我们生产的不是产品，是一个人的脑袋，这个脑袋要先成为榜样，才能把优秀的价值观传递出去。这个榜样越好，教授出来的对象就越有样。他们没有办法达到我的要求，这样就无法保证学校教学的质量，这个就是孩子的损失。这种状况并不是我一家的问题，很多企业都有这个问题。从我们的父辈，到我们这一代，慢慢发展到下一代，再到现在的小朋友，很多优秀的东西在丢失，责任心、坚持，还有"集体为重，个人为后，劳动在先，享受在后"的思想。

　　我曾经给员工做培训，讲达尔文的进化论就是逆境可以把猴子变成人，但他这句话后面忘写了一段，就是"退化论"：顺境可以把人变成猴子。人活着有点儿压力挺好，这个感受在我的合伙人，也是我的大老板身上最有体现。他是义乌人，虽然不能说是腰缠万贯，但绝对是一个成功人士，有自己的公司，也有自己的工厂。他在军队服役，后转业做警察，40岁下海，非常有魄力。40岁时他辞去的是个稳定的工作，对一个男人来说，做这样的决定非常难。我当时在义乌当老师，他是我的学生，那年他42岁，是我那个班里年纪最大的一个，我当时刚二十五六岁。我不是特别理解他来学英语的目的，而且是开着豪车来上课，更不理解。但我知道他特别认真，我必须要对得起他。有一次下课，他把我带到一边问："你在这儿拿多少钱啊？"我就跟他说了，他说："我给你加一万，你单独教我。"这么好的事儿我肯定答应啊！我们签了一年的私教合同，规定五一放一天，十一放一天，春节放一个礼拜，一天上两个小时，还规定如果不备课怎么办，如果迟到怎么办。他自己从来没有迟到过，只有一次没来，是因为他母亲去世了。后来他还叫了另外两个朋友，三个人一起教。他让我非常感动，我觉得不是我在教他，而是他在教我，他教我什么叫作坚持。那时候我喜欢晚上去泡吧，我越想越纳闷儿，年轻人都做不到他这个程度，他四十多了，事业也很好，犯得着这么学吗？有一天，我在酒吧坐到天亮，突然想起他说他每天早上都去公园看书，我跑过去一看，他真的在那儿背英语呢。

后来，当我想要找合伙人的时候，我就向他寻求帮助。现在他真正是我的老师，教我如何运营，教我很多策略，而且还是那么认真。

叶圣陶说过一句话，意思是教育应该农业化，而非工业化。我很想给他加一句"更不能商业"。而现在，我们是把它商业化。我原本是做老师出身，现在做起了校长，但我永远觉得我做老师会做得更好。遇到特别大的困难的时候，我真希望有人能来做校长，我去专心做老师。创业初期，我的理想主义非常严重，想怎么样就怎么样，真没考虑太多后果，甚至差点儿害了我自己和学校。那期间经历了家里揭不开锅的时候，还有工资发不出的时候。现在我不会那么自私了，我要对我的团队负责。我经常跟团队讲，我们必须有两套思路，一套是校长的思路，一套是教学者的思路。有时候我会在这两个角色上错位。有一次，我给孩子们开每个月的例行班会，我跟他们聊天、讲道理，突然发现我把他们当自己的员工了，对他们的要求很严格。做校长需要进行一些合作谈判，却偶尔会心软或者不够果断，在利益权衡上面做得不到位。

创业者跟老师之间的区别太大了，企业追求的是利润，老师追求的是在孩子们身上得到的精神回报。在这两个角色之间变换有时候挺难的。现在我越来越像个校长了，不是妥协，只是在飞翔的时候飞得低了一点。等将来有钱了，我还要继续玩儿回去。

对我来说，做老师最大的乐趣就是帮助他人，帮助他人永远是快乐的。学校里的孩子们现在还很小，却可以用英语来逗我，开我玩笑了。这帮孩子是在金华最懂我、离我最近的一帮人，他们不会有那么多歪脑筋，也没有成人的圆滑世故。和学生成为朋友的感觉很神奇，我的第一批学生有上高一的了，据说他们还准备一起回学校来给我一个惊喜，搞个同学会。

现在很多教育培训机构很浮躁，我自己其实也置身于其中。但我还是坚持讲良心话，在这种商业化的学校管理中，需要有一杆旗子立在那里。我就想做一个有良心的教育机构，做一个有使命感的教育机构。之前我曾经说想开 100 家分校，但现在我会想，哪怕就做一个学校，我把它做到最好就够了。

哈里旦·阿布都克里木：我能用汉语交流得非常好，但有时候会感觉内心里有个东西总是找不到。跟我爱人在一块儿之后，我才发现是少了母语。

哈里旦·阿布都克里木：
梦想是远大的，现实是残酷的

我叫哈里旦·阿布都克里木，来自新疆伊犁，现在在清华大学计算机系读博士。我爱人叫阿布都克里木，来自新疆叶城，现在在清华大学人文学院读博士。我们的女儿叫艾图利克·阿布都克里木，她现在在北京，我们还在帮她找幼儿园。

我实验室的电脑旁边摆着一张我爸爸的照片，他是我特别敬佩的一个人，也是我一生的努力方向和目标。每次学到东西了，或者是能力有提高了，我就对着照片亲一下，有时候觉得自己做了一些错事，就把照片扣过去背对着自己，觉得特别对不起爸爸。

爸爸生前是个医生，不仅自己的专业做得特别好，在上海的医院进修过四年，写过很多高质量的论文，而且对家人照顾得也很好，对父母特别孝顺，还把我们四个孩子都送进了大学。

我家住楼房，奶奶家在农村，我爸好几次尝试着把奶奶接过来住，但奶奶都说不适应，我爸就找了个保姆照顾奶奶，自己每个周五晚上过去，周日再回来。在那里他也不闲着，会给农村里的村民看病。他知道村民的经济条件不好，会找最便宜但效果最好的药给他们，连周围山上的牧民都会下山来找爸爸看病。他总说他特别热爱自己的国家，爱这里的每一个百姓，真心想给他们看病。我爸去世的时候，特别多的人去清真寺为他诵经祷告，当时伊宁还只是小城市，路都堵了。爸爸去世之后的 40 天，奶奶也走了。爸爸对奶奶的好，是奶奶唯一的精神支柱。

我一辈子可能都达不到爸爸那个境界，但是我把他作为努力目标。

在来清华之前，我和爱人都从来没有搞过科研。我爱人原本是叶城的一个老师，后来觉得没办法适应那个环境，想要提高自己的能力，就考了新疆大学的研究生。我在西安学习和工作过，之后也考了新疆大学的研究生。我们就是在新疆大学认识的。因为都特别爱看书，都是喜欢学习的人，我们慢慢走到了一起。

我从小在汉语学校念书，我们那边叫民考汉，我爱人在维吾尔语学校，也就是民考民，这没有成为我们之间的矛盾，反而是一种互补。我们结婚那天是 2009 年的 7 月 6 日，也就是 7 月 5 号乌鲁木齐暴恐事件之后的那一天。因为事件的发生，在乌鲁木齐的婚礼没有办成，大家都准备得很充分，还是临时取消了。那天就只做了"尼卡"（伊斯兰教的结婚证词），之后回老家补办了婚礼。

研究生毕业后，我们也找过比较稳定的工作，但工资和乌鲁木齐的高物价完全不成比例。在我爱人的建议之下，也是为了学到更多的东西，我们一起考了清华的博士。英语上我帮他，专业上他帮我，最后我们俩都考上了。

到清华那天已经是晚上 12 点多了，报到是第二天早上 7 点。我们没有地方住，就想在校园里找个木凳子，待到第二天早上。已经半夜了，校园里还是有走动的学生，有一个学生特别热情地过来问我们从哪里来，我们就说明了情况。他说可以带我们去实验室，那儿有沙发，我们就在沙发上睡了一晚。

从新疆出来的学生，可能每个人都能意识到，自己和在内地学生的差距非常大，特别是基础方面，新疆的学生特别差。其他的同学，大部分都是清华的直博生，还有全国各地来的最优秀的学生。他们的英语水平读专业的科研论文完全没有压力，我从初中才开始学英语，虽然也考上了清华，但水平就差了一大截。我们第一学期的时候特别辛苦，基本跟不上，压力非常大。第一年的时候我经常哭，第二年才慢慢好起来。我的导师在这其中的帮助非常大。他们不仅学习能力、专业研究能力强，在人品方面更好。在优秀的人的环境里学习是一种幸运，压力会变成动力。

我的研究方向是自然语言处理，主要是针对维吾尔语的人工智能的研究。目前这个方向还从来没有人做过，如果我能在这方面有所成就的话，也是对我自己和我父亲的回报了。

对女人来说，最重要的到底是什么，我经常会想。我现在对科研有很浓厚的兴趣，真心希望在这方面做出一点成绩来。但这并不是说我要成为一个女强人，因为家庭对我来说还是很重要的。我也许会为了家庭，多少放弃一些东西。

在北京，除了学业上的辛苦，最困难的恐怕就是女儿的上学问题了。

考博士之前我们的女儿就已经出生了，读博第一年我们没有把孩子带过来，一个是想先自己适应好这个环境，第二就是申请给夫妻的宿舍。我们写了很多申请，也找了领导，但还是没有成功。第二年我硬是把孩子带过来了，因为太想念孩子了，真的离不开。

最初把孩子接过来的那段时间，我被迫逃了很多次课，因为要申请幼儿园，但北京的幼儿园很难上，连清华自己的幼儿园我们也没办法申请。在朋友的介绍下，我们听说中央民族大学的幼儿园很合适，但为了这个名额，我上下跑了不下十几次。因为不是内部教师的子女，他们一直都是拒绝的态度。无奈之下，我用了非常极端的方法，站在幼儿园门口等到晚上九点多，直到园长从里面出来。园长因为我的坚持而折服了。

那时候，我每天早上送孩子到幼儿园，再赶回实验室。我爱人晚上去接，再赶回来。我们每周轮流看孩子，所有的日程都计划好，学习反而没有耽误，而且孩子跟我们在一起特别开心。

随着学业的压力越来越大，孩子又被我们暂时送回了老家。我们希望先把自己的学业达到一个能毕业的水平，再把孩子接回来。在北京，她有机会学到不少汉语和英语，有了一定的基础，但在母语上，我还是特别希望她不要丢掉。这种心情可能出过国，或者在不同文化的环境里的人才会明白。我从小在汉语学校，身边都是汉语的环境，母语忘了很多。我能用汉语交流得非常好，但有时候会感觉内心里有个东西总是找不到。跟我爱人在一块儿之后，我才发现是少了母语，他给我补上了这一块。人本质的东西不能丢失，把女儿送回新疆之后，我们安排她去了维吾尔语的幼儿园。

现在，我们又要开始想怎么让女儿在北京上小学的事情了。在北京上

学要分学区，还要看户口。我们辛苦这么多，除了希望自己的学术生涯能够给孩子带来一点正面的作用，也希望让孩子在我们身边长大，不会成为一个留守儿童。

我和我爱人目前的梦想都是能够发出高质量的论文，拿到博士的文凭，在学术上有一定的成就。另外作为一个母亲，我也希望能给孩子提供一个很好的教育环境，这是我第二个梦想。

2015 年夏天，我们把女儿又接了回来，在机场上看到女儿的那一刻，我就觉得自己的付出都是值得的。

丫丫：每次背着大包走在路上，我就觉得这才是自己想要的生活。我想就这样用自己的脚步去丈量新疆的土地，去看、去感受新疆到底有多美。

丫丫：
荒野里的 Office Lady

　　我叫丫丫，生在塔城，长在乌鲁木齐，是"荒野新疆志愿者"团队的发起人。

　　2007年，我还只是联想新疆分公司的一个小白领，做大客户销售，主要负责政府采购。我每天都是 Office Lady 的状态，天天按点儿上班，按手印打卡，节假日时偶尔出去转转，放长假的时候简单旅个游，过着非常普通的生活。有一次，公司组织户外活动，要在南山的羊圈沟里扎营一夜。其实对新疆的孩子来说，小时候，即使在城市里，晚上抬头也能看到星星，但那天晚上我看到的景象和感受到的一切都对我产生了非常大的冲击。满天的密密麻麻的星星，似乎伸手就可以摸到，静下心来，甚至可以听到血液在血管里流淌的声音。那种感觉和我平时的生活差距特别特别大，我突然发觉自己要的不是办公室里的朝九晚五，而是和大自然在一起的生活。

　　生活有很多种方式。上班是生活的一种方式，户外活动也是生活的一扇门。回到城里，我开始给自己做准备，到年底就提出了辞职。为此，公司的 HR（人力资源）找我聊了一下午，反复强调我现在已经处于公司中层了，又年轻，公司希望也愿意继续培养我。后来，HR 问我到底有多喜欢户外，我向他讲完的时候，整个人情绪高涨，激动极了，HR 看到我这种状态，就同意了我的辞职请求。

辞职之后，我开始徒步旅行。每次背着大包走在路上，我就觉得这才是自己想要的生活。我想就这样用自己的脚步去丈量新疆的土地，去看、去感受新疆到底有多美。整个 2008 年，我都处于一种尝试的状态，因为户外活动有很多种方式，除了徒步之外，还有攀岩、滑雪等。后来，我跟师父一起观察鸟类，这项活动又让自己萌生了一个新的想法，打开了一扇新的门。我对这件事已经不单单是喜欢了，而是发自内心地想去做这件事，想主动去找寻答案，并为找到一个结果而努力。

我卖掉了我的滑雪单板和冰镐，买了单反相机和镜头，组装了一个基本的观察鸟类的设备。我还从网上找了很多很多相关书籍，要知道，我一直都不爱看书，但为了了解大自然里的未知事物，我必须去看。这和应付考试而看书是不同的，以前，我宁可考不好也不肯看书。现在我是真心喜欢看书了，因为我想了解更多的东西。在静下心来开始学习之后，我发现了自身的变化，这是一种悄无声息的改变。

其实，野生动物观测这个行业发展得还不太完善，这就使我在辞职之后有一段时间很尴尬，因为它不是一个成熟的、能满足基本生活需求的行业。后来我自己算了一下，一个是在办公室拿了工资出去玩儿；另一个是专心做户外工作，边玩儿边挣少量的生活费——其实就是一些加加减减的事情。

　　我们"荒野新疆志愿者"团队成立已有五年了，最初只有我和师父西锐两个人。2011年，在寻找金雕的归途中，我们萌生了做网站的想法，打算以新疆的动植物图片、影像记录为主要内容，并对此进行了一番讨论。在经过茫茫的卡拉麦里（卡拉麦里自然保护区，位于新疆维吾尔自治区奇台、吉木萨尔、阜康、富蕴、青河、福海等六县境内，地处新疆北部准噶尔盆地古尔班通古特大沙漠东部边缘、乌伦古河以南、北塔山西部、将军戈壁以北）的时候，我们想到了"荒野"这两个字，当即决定网站就叫"荒野新疆"，团队就叫"荒野新疆志愿者"。

　　我们团队的调研和工作主要在新疆进行。虽然我有在内地学习和工作的经历，但因为我是新疆人，我更愿意回到新疆，"新疆人"这三个字就流淌在我的血液里。新疆那么大，那么漂亮，我们对它的了解却非常非常少，我希望把自己有限的时间和精力更多地放到探索新疆的大自然上。

　　小时候，我只知道新疆非常大，随着自己阅历的增加，我才发现新疆不只是"大"，还非常"丰富"。从民族到文化，再到物种的多样性，都会让你觉得自己的知识量非常少，一点儿都不了解自己的家乡，从而引起你的思考。因为我以前就很喜欢自然、历史、地理类的知识，于是开始重新学习与新疆有关的一切。学得越多，我就越喜欢这个地方，越想去了解那些自己不知道的东西，更想把我了解到的东西告诉更多的人。我想告诉大家新疆真实的样子，它和你想象的可能并不一样。很多人都知道新疆美，其实，形成这种美的元素就存在于大自然的细微之处。

　　新疆的大部分地区我都走过了，除了沙漠腹地和比较偏远的小县城。

这里是一个很容易让人激动的地方，任何时候，它都会给你一种神秘感。你永远不知道这座山、这棵树、这片湖背后有什么东西，正是这种未知让人心潮澎湃。我跑过那么多地方，最喜欢的就是卡拉麦里。卡拉麦里地域广袤，这片看似贫瘠的土地上有着丰富多样的物种。坚强的植物随风摇摆，戈壁的石砾中有依赖这个环境生存的动物，这些都会让人不由自主地想象人类在这个环境里到底是怎样生存的。

入行之后，第一次强烈震撼我心灵的场景出现在做金雕检测的时候。金雕检测是马鸣（马鸣，中国科学院新疆地理与生态研究所研究员，新疆维吾尔自治区动物学会理事长）老师的一个项目，一共要做四年。他在做到第三年的时候注意到了我们的存在，觉得我们的基础知识和野外生存能力都不错，就邀请我们加入他的项目组，主要负责卡拉麦里这一块儿，前后有八十天的时间在野外。当时马老师还挺尴尬的，说他没办法支付我们太多劳务费。我当时就想，就算不给费用都行，毕竟这种机会对我们来说极其珍贵，可以学习如何科学地检测一只金雕的成长。

每天早上，天一亮，我们就得架好单筒望远镜，观察金雕几点起床，几点爬巢，小金雕什么时候排便，金雕妈妈什么时候来喂食，金雕们今天吃了半只鸡，还有半条兔子腿等等。从食物习惯、生活习性到成长经历，都需要我们去记录。

我第一次见到小金雕的时候，它就像个小白球，窝在那儿不能动，用惊恐的大眼睛看着我，不知道我这个不明生物靠过来干吗，表现得非常紧张。那应该是小金雕出生第十一天的时候。到了第二十天，小金雕身上就有棕色的羽毛长出来了；等到第四五十天的时候，已经能观察到它的一级

飞羽、二级飞羽、三级飞羽的替换和生长了。

有一项工作是给鸟称重。我们爬到金雕的巢前，先用帽子把金雕遮住，以免它出现应激反应，这样才有机会去量它的嘴锋，量它的趾距。然后看看小金雕能不能站起来，力气是不是比前段时间大了。称重是最关键的环节，刚出生的小金雕很容易称，但到了它三十多天的时候就比较麻烦了，刚把它放到秤上，秤就爆表了，或者它直接就用翅膀把秤扇下去了。我们很无奈，但更欣慰，因为它长大了。特别是后来看到它展翅飞翔的时候，我们就知道它已经可以躲避外来伤害、勇敢地面对凶险的自然环境了。

小金雕在四五十天的时候还留有不少稚气，但它的父母已经不经常过来了，一般就是扔点儿吃的就走了。有一天，风雨交加，金雕妈妈在白天一直撑着翅膀给小金雕挡雨。后来，我听到小金雕叫了整整一晚上，就以为金雕妈妈肯定是飞走了。可是第二天早上，我发现金雕妈妈还在那儿撑着翅膀。我一下就想到了自己的父母，他们也是用自己的一切呵护我们的成长。但与人类在现代社会的种种良好条件相比，金雕要面临的则是茫茫荒原，什么条件都没有。

2011 年的 8 月 2 号，我永远记得这一天。前一天起床的时候，我看见小金雕还在巢里面，一切都很正常。但 8 月 2 号起床后，我突然发现它不在巢里了，当时心里一惊，就扯着嗓子喊"卡小金不见了"——"卡小金"是我给它起的名字，因为它是卡拉麦里的金雕。我师父不信，还迷迷糊糊地抱怨"叫我起床就直接叫，不要胡说八道"。我让师父看，他一看，果真没有，就急了。我们当时可能太紧张了，而且拿的是单筒望远镜，就没想到要看看旁边。后来我拿双筒望远镜看的时候，才发现卡小金很帅气地

站在离巢不远的一块石头上面。我们赶紧收拾装备上山，这才明白可能是大金雕在晚上用食物引它慢慢离开那个巢的。我们过去的时候，卡小金已经飞出去一段距离了，我又追了一段，明白自己已经追不上了，才安下心来。它最后一次飞出我的视线的时候，我已经热泪盈眶了。

这次的金雕观测对我以后观鸟有很大的帮助。我以前只在乎看了多少种鸟，甚至去过西藏、云南，就为了追求观鸟的数量增长。但是做完金雕观测之后，我突然觉得我得为它们发声。因为就在观测卡小金的同时，我们也去找了其他几个可能会有猛禽繁殖的地方，而它们遭受人为破坏的惨状让人心凉。马老师给我们的那份表格告诉我们，在我们观测的范围里有三百个巢区。我们在野外的八十天里，走了七千多公里路，只找到了十三个繁殖中的巢，其中成功的只有两个巢，其余十一个巢全部被人破坏了。有的巢今天还看到了，过几天再去看就没有了。我印象最深的是一个巢旁边有一道大车的车轮痕迹，还有一截绳子，这肯定是有人盗取。还有我们当时观测到的一只猎隼，原本也想记录它的成长，但观测途中它就不见了，幼年的猎隼没有什么反抗力，很容易就被抱走了。被盗取的猛禽一般会流到黑市，一部分被拿去驯养，另一部分被做成了标本。那些野生动物盗猎者并不知道爱好可以通过很多种方式展现，假如人们喜欢它，可以像我们一样来研究它、保护它，而不是一定要据为己有，去驯服它。在我看来，金雕自由飞翔的样子永远比把它架在胳膊上冲出去抓兔子要美得多。

我们每次调研都会跟当地的老百姓交流，在了解野生动物行踪的同时，也会去做一些宣传，呼吁大家不要伤害它们。

以前出现过雪豹到当地牧民家里捕食家畜的事情，我们也到检测地附近的牧民家里做了调研，主要是想知道雪豹在牧民们心中到底是朋友还是敌人。在一号冰川附近做检测的时候，当地的牧民告诉我们，有雪豹袭击过他家的小牦牛。我们问他，牛被吃了怎么办呢？他的话让我特别感动，他说："我们家有一百多头牛，它只吃了一头，而且它是个小雪豹，可能还没有捕食北山羊的能力。"牧民们都觉得他们和雪豹是一个和平相处的状态。

到目前为止，我们都是用布设摄像机的方式来观测动物们，这样既不会干涉动物，也能发现一些夜行动物的踪迹。一次偶然的机会，我去北京参加了野生动物保护联盟的一个活动。看到他们的分享，我们觉得红外相机还蛮有意思的，就决定用红外相机对乌鲁木齐周边的动物做一个调查，结果在第一次布设相机的时候就拍摄到了雪豹。

那是 2014 年的 3 月份，我们的红外相机拍到了一个模糊的、类似于猫科动物的影像。我们先是自己判断，又给专家看，大家都认为是雪豹。虽然它只是一闪而过，但大家都特别兴奋，说要捐赠一些相机，将它们布设到更多的地方去，还要根据之前雪豹的痕迹，比如粪便、尿迹、刨痕等来布设相机。现在，我们的检测面积大概是 10×10 平方公里，一共十四个点，都布过相机了。

我亲自布设的相机就曾拍到雪豹妈妈带着小雪豹的情景。小雪豹很贪玩儿，一直在咬那个相机；另一只雪豹从旁边经过，也被拍摄到了；过了大约四十五秒，又来了一只。虽然一下子拍到了三只，但那种兴奋很快就被更多的问号取代了，让人不由自主地想去了解这个物种。

作为雪山之王，雪豹是一个非常神秘的物种，相关资料也比较少。现在，我们通过相机捕捉到的影像，了解到了非常多的雪豹的行为习惯。雪豹妈妈会带着小雪豹一起捕食，我们有一段视频，就是一只成年雪豹教小雪豹如何捕猎。我们就通过这种记录把这个过程讲给更多的人听，让大家去了解这个物种。

我们的调研不仅仅和动物有关，还和人有关。我们希望能在两年到三年的时间里，彻底了解我们这个调查区域里有多少牧民、孩子的受教育情况、家里有多少牲畜等。在环境方面，我们要去了解气候的变化周期，了解海拔3500米以上的森林系统的状态以及植被的覆盖情况，还要调查除了雪豹之外的其他动物。雪豹在食物链的顶端，那最末端是什么？就这样慢慢地、一层一层地厘清整个区域的情况。

2012年9月份，我们在网上建立了一个"荒野公学"自然教育分享平台。我们每天都会找一个人来做知识分享，或者是业内专家，或者是自然爱好者，又或者是对户外有自己的想法的旅行家。知识分享按照学期模式来做，前期分享的是有关新疆的自然类知识，但受众面很小，后来我们就将范围扩大到全国。我每天早上六点半起床，在微博上寻找那些对自然感兴趣的人，私信他们，问他们能不能来群里做分享。每天可能要找十几个人，但找到一个都算是特别幸运的。第一学期的时候，情况很混乱，因为分享者都是现抓过来的人。有时候我师父从哪个地方回来了，我就会让他赶紧整理一些内容，给大家讲讲。

现在"荒野公学"已经做到第五学期了，一共分享了四百六十多期内容。我们现在有一个很完善的系统来维持每天的分享，还会组织考试，还有上课问答。互联网连接了很多很多人，你在群里发张图，立马就有人告

诉你这是什么东西，比同时叫一两百个人来听讲座直接得多，也更高效。

最让我们感慨的是，中国观鸟人人手一册的《中国鸟类野外手册》的作者，来"荒野公学"做了一次分享。对我们这样的爱好者来说，这个作者就是殿堂级人物，因为他写的那个手册对我们来说就是字典。这种专业人士的分享让越来越多的人明白，只有先去了解这个未知的领域，才能发现自己对它的喜爱，之后，保护它就是自然而然的事情了。我们可能都不需要再去喊什么保护的口号，只要告诉大家怎么做就行了。

"荒野新疆志愿者"团队按照自然类别分成了好几个组。观鸟组的工作主要有两项，一项是以"观鸟"为主题的前往全国各地的旅行，另一项就是对栖息地进行检测和保护明星物种。

这几年我们一直在做的是对白头硬尾鸭的保护，现在已经是第六年了。白头硬尾鸭是全球濒危物种，但在中国的保护级别并不高，只属于新疆维吾尔自治区的二类保护。其实，白头硬尾鸭就是迪士尼中唐老鸭的原型。我们给迪士尼写过一封信，表示希望能将唐老鸭的形象印到我们的海报上，迪士尼在给我们的回函中说："感谢你们的保护，我们会全力支持你们的项目。"随后，我们就开始策划一些保护活动，比如带孩子们去湖边捡垃圾，让孩子们亲眼看看白头硬尾鸭。我们也会走进校园，让大家知道大自然就在我们身边。每次活动时，都会有很多人向我们提问题。当人们想去找寻答案，有了求知欲，那他离"自发保护"就不远了。

2012年，我们第一次在白鸟湖心区记下了白头硬尾鸭的活动，当时它们的数量是三十三只。当我们发现它们那一年并没有繁殖的时候，就很担心了，觉得要去做些什么。从这一年开始，我们展开了保护它们的活动。

2013 年，它们成功繁殖了六只，2014 年繁殖了五只，2015 年是七只，数量在一点点变化着。

影响白头硬尾鸭栖息地状况的仍然是人类。那片栖息地以前是个桃园，还有庄稼地，现在变成了新区和大学城，旁边还多了个生态酒店，公交车也通到了那里。我们一直呼吁城市的扩展要顾及周边的生态平衡，但不管最后有没有保住，我们都会坚持去做。

我们通过白头硬尾鸭保住了白湖这片栖息地，同时也保住了一百三十多种在这里经过或栖息的鸟类。以后我们会有更多的数据和图片，并以更加科学的方式展现给大家，让大家知道人、动物、环境这三者之间的关系。

我最大的愿望是让更多的人通过各种渠道了解自然的变化，不要想着去驾驭自然。我还想把自己想做的事情一件一件地、慢慢地、稳扎稳打地做完，即便没有结果，也可以享受整个过程。

帕尔哈提·哈里克：我们的乐手来自不同的地方，欧洲、中东、哈萨克斯坦、阿塞拜疆，还有土耳其……艺术让全中国、全世界各民族的人聚到一起，真的很伟大。

帕尔哈提 · 哈里克：
真正的新疆本土音乐人

很多新疆人记忆里都有一条河和一座桥，我也有。那里有我好多童年记忆，有关于父母的，有关于小伙伴的，还有关于我自己的。

我从小长在八钢，我家附近有条河。夏天，我就和几个同学还有一些表弟去河里游泳，冬天就去爬犁子。我记得那时河里的水非常多，有时候发洪水，我们都不知道，直到衣服都被冲走了，我们才赶紧跑上岸。河对面就是昌吉，对面的人每天都来八钢的菜市场买菜，不过一发洪水他们就过不来了。

我七八岁的时候，我爸就老是跟我说不要到河里玩儿，太危险。但是我不听，到了夏天放假的时候，就天天去那儿游泳。有时我爸就躲在河边的树林里等我，他一喊，我就猴子一样跑回家，但回家以后肯定免不了挨顿打。

别人都觉得我爸是个特别温柔的人，见人就笑，其实他脾气挺大的，对我要求很严格。有一次我偷偷骑了我妈的自行车，打算叫上两个朋友去河里游泳，突然又想到河对面有个亲戚，他家有西瓜、甜瓜什么的，就准备和两个朋友一起过去吃瓜。结果天气太热了，路也都是不好走的土路，自行车的两个车胎就直接爆掉了。我看到车坏了，就把它往路边一放，直接往亲戚家走。谁知刚到亲戚家门口，我爸突然出现，还拿着一根又粗又长的鞭子。我一看就赶紧往回跑，另外两个朋友也跟着我跑。我找到坏了的自行车，骑上就往家跑，我爸就在后面追着抽我。到了河坝边上，我已经累得不行了，我爸还在后面追，我实在受不了了，就冲我爸喊："你再打，我就跳河！"他说："你跳！我接着打！"最后一直打到家门口，他直接把我拎回家，把我绑在床边就上班去了，晚上回来才把我放开。睡觉的时候（我那时候跟爸妈睡在一起），我听见爸妈讲话，我爸说："今天太可怕了，我打他，他就翻脸，跑到河坝上要跳河！万一他跳了，我也跟着跳呢，俩人都得死！"

五月的河边总有一些刚刚会飞的小鸟，我们经常追那些鸟，有时候能追个几公里，就为了在小鸟掉下来的时候抓住它。我们还抓了很多蜥蜴拿回家做实验。我小时候真是特别坏，但那也是最让我怀念的时光。后来我们就搬走了，搬到了我爸上班的厂区那边。我没事就往我爸的工房那儿跑，假装过去转转，其实是趁机喝汽水去了，我爸单位里会发那种亚洲汽水。那时还是每周六个工作日，我爸每周日休息，中午吃完饭就带我去公园，我就坐在他的二八自行车前面，开心地吃着他给我买的五分钱或者一毛钱的冰棍儿。对孩子来说，最开心、最期待的时候要属过节了，因为我妈会做些饼干、蛋糕什么的，这些东西在我们小时候太难得了。

我爸妈给我的教育特别朴实，没有要求我长大后一定要做什么，也没强调要好好学习什么的。他们就希望我毕业以后好好工作，再结婚生子，好好过日子。我现在教育孩子的方式都是在模仿我父亲，我父亲当时怎样教育我，我就怎样教育我的孩子，比如对待生活的态度，对待其他人的态度。做某件事之前，我就想，如果是我爸的话，他会怎么做。虽然他现在不在了，但他就像我的镜子一样。

我在河边那片树林里写出了几首歌。那时候也没有什么琴箱子、琴包，我就一个人带一把吉他到处走，好多人看见我就说："哎，这个小孩天天拿着一把吉他逛马路。"我还有一只口琴，常常自己吹着玩儿。考大学的时候要看书，我就经常一大早跑到树林里读书，或者画画，那里特别安静。

那片树林对我来说有很重要的意义，但前阵子去八钢的时候，我发现那里变了，很多东西都没有了。

我小时候看过一部印度电影《吉米》，里面的男主角有电吉他，但我当时没有吉他，就拿扫把当吉他玩儿。大概是 1988 年或者 1989 年吧，我才真正有了把吉他。那时候有个维吾尔族歌手，也是弹吉他唱歌的，对我影响特别大，我就学他的曲子，完全自学。九十年代的时候就已经有好多乐队了，但那些都不算摇滚乐，是流行音乐。凡是让我觉得震撼的，我都会模仿。我从小就觉得音乐是我的一部分，画画也是。我小时候经常拿我妈妈用的拓蓝纸画画，到了高中，老师在上面讲课，我就在下面画画。快毕业时，班主任对我说，你成绩那么差，不可能考上新疆大学或者新疆师范大学了，就考个新疆艺术学院吧，学学音乐什么的。我当时就选择了画画，跟着美术老师学了半年专业知识，我就去参加了考试，结果就考上了。

我从小就喜欢抱吉他，到现在快三十年了。如果把音乐当工作的话，那我六七岁就开始工作了。但我一直觉得搞音乐对我来说不是工作，而是一件特别快乐的事。我到现在都没想过要以唱歌为职业，或者把它当成生活中很重要的一部分，我只是喜欢音乐、绘画这样的艺术。你看，我学的是美术，但毕业之后也没当画家，就是在餐厅、酒吧里唱歌，只想单纯地唱出自己的感觉而已。我也会录歌，还组建了乐队，就是现在的"酸奶乐队"。我从来没想过玩儿音乐能不能满足经济上的需要，一天能挣够一天的钱，我觉得就够了。我当然很想搞大型演出，但也觉得没什么关系，一切可以慢慢来。有些人说没有经济能力玩儿不了音乐，我说怎么可能？你有一把吉他，有一个键盘手，有一个鼓手，三四个人玩儿音乐还要花钱？但好多人就说很难。我在新疆艺术学院上学的时候就组建过一个很大的乐队，因为学校资源多。但后来其他人坚持不了，一个一个地走了，就剩我一个人。玩儿音乐确实跟经济有关，但我觉得关系不是很大，自己喜欢不就行了？事实上我是不识谱的，让我把音乐写出来，我是做不到的，因为我全凭感觉。现在可以用电脑做音乐了，完全可以和乐队配合好。

我们就这样在餐厅、酒吧唱了十几年，直到 2009 年年底被国外的制作人发现。我的大学同学 Mukaddas 原来是舞蹈系的，后来去巴黎留学。那时，她带了一个叫 Michael 的人来乌鲁木齐旅游。Michael 来餐厅跟我们吃了个饭，我就请他去我唱歌的酒吧坐坐，他在酒吧听完我们唱的第一场，下巴就掉下来了，说："太棒了！好久没听过这么好听的音乐了！"我当时还奇怪，说："不会吧？你是德国人，欧洲这样的音乐应该很多啊！"但他说有种不一样的感觉。第二场唱完，他就问我们有没有兴趣去德国演出，我说当然可以。解决了护照和签证这一系列的事情，2010 年 8 月，我们就去德国演出了，那是第一次。

《知足》那首歌就是 2010 年在德国写的，那是我们第一次有机会跟交响乐团合作。我们唱完之后，台上、台下都给予了我们极为热情的鼓励、支持和回应，他们那种高兴的感觉把我打动了。回到酒店，我就想，发生了这么好的事情，我要感谢谁。首先我要感谢已经过世的爸爸妈妈，我女儿出生的时候我妈还在，但七个月之后她就去世了；我爸则是根本没看到我结婚，更没看到我的孩子。我当时就特别想回到他们在的时候，想把我现在的心情告诉他们。就这样，我把心里的话写成了一首歌。我用了不到十五分钟就把歌词写完了，写得很简单，就是我的童年记忆，还有我爸妈教育我的那些话。歌曲里有一小部分旋律是我们小时候的儿歌，我特意放到了最前面。回国之后，我只给我爱人唱了，后来就再也没给任何人唱过。2011 年，Michael 又来到乌鲁木齐，问我最近有没有新的作品，我就给他唱了这首歌。我没有给他讲歌词，也没讲背后的故事，但他听的时候就一直在掉眼泪。我后来给他讲了这首歌的意思，他说哭得值。那年我们去土耳其演出，我才第一次在正式的场合唱了这首歌。

人们创作出来的东西就是他的生活，他所处的环境是什么样，旋律就是什么样。所以我特别喜欢在漂亮的大自然里创作音乐，灵感也都来源于大自然。我从小就喜欢冒险，不冒险就心里痒痒，当然，偶尔也会有事故，还进过医院。我从大学的时候起就玩儿户外运动，登山、攀冰、UTV（四轮全地形车）等等，现在也经常会跟朋友出去做户外运动，当然每次都会做好安全措施，谁也不希望出什么事故。比如去攀冰，就要注意冰崖的高度和坡度，还要注意高原反应和天气变化。要是碰上暴风雪，人走起来就很困难，像喝醉了一样。我们是三个人一组，这就需要大家一起努力配合，你一个人不行了，就会连累其他人了。又比如 UTV，四轮的那个，要在很短的时间里调好坡度，需要技术、需要判断，靠的就是你的反应能力。其实音乐和这些户外的活动是相通的，我把在户外运动上的冒险精神放到音乐上，是不是更厉害了？我的音乐就需要和大自然在一起的感觉。

现在很多地方都城市化了，很多人把参加登山活动作为自己有钱的象征。其实，登山是个讲究团队精神的活动，在这个过程中，你的财产、名声、社会地位都不重要，大家都是一样的。我们每次都在山里住个七八天，同吃同住，自己扛自己的，再互相帮忙。我见过有的有钱的大老板来登山，自己什么都不拿，让他的手下背个包，这难道不残忍吗？而且，这种人一来，山里就会多一堆垃圾，甚至还有人把博格达的雪莲扒走了。很多去南山旅游的人都觉得自己走进了大自然，但同时也把好多垃圾也带进了大自然。我们山里头的哈萨克族牧民在那里生活了几百年了，什么时候往里面扔过垃圾？有一次，我们在山里徒步前行，遇到一个九十多岁的哈萨克族老人，他对我们说，你们怎么玩儿都可以，能不能别扔垃圾？这是我们祖先一直放羊的地方，你们这样破坏，我们怎么办？——他就这么说呢！很多人就是有钱没素质，只是钱的奴隶。那么漂亮的大自然，他们不会享受，只会破坏，这样的人绝对是个"犯人"，属于地狱。一个人能把最简单的事情做好，就能把自己的专业做好，你做人的方式就是你活着的样子。

我让我的孩子从小就在漂亮的地方生活，在宽阔的大自然里长大的孩子，心里会充满对大自然的爱。我还让孩子们养鱼、猫、狗，让他们跟动

物一起玩儿。别小看动物，动物们有时比人还好，孩子们也能从它们身上学到很多东西。我一直觉得养动物的人几乎不会有坏想法，喜欢跟动物接触的人都是好人。

我在音乐上不会追求太复杂、太隆重的东西，不会要求必须有一个交响乐团给我伴奏，也不会要求必须用很厉害的设备和录音棚。我就想实在一点，一首歌、一个作品需要什么就用什么，别把不需要的东西强加到里面，糟蹋一个好东西。我不追求市场化，也不会专门给什么人写歌，更不想写完之后出名，毕竟我只能写自己做到的和想到的事情。我记得汪峰老师说过，他二十年前的梦想就是和崔健、罗大佑一样当个好歌手，过了十年，他发现自己就应该是自己的样子，不要总想和谁一样，别人是别人，自己是自己。这就是个性。后来，我也思考了一下这个问题。你的个性给别人带来了什么，给自己带来了什么，这是很重要的。个性对你有没有好处？对别人有没有好处？如果对两方都没有好处，那就不是个性，是垃圾。我以前唱歌，就是想唱，就是喜欢，发现自己有责任的时候，我就开始思考自己的歌有没有用。我会想，不能乱写东西，乱写就会害一拨人，比如喜欢你音乐的人和你的粉丝。我当年也看到过一些歌手，音乐做得很脏，表达的全是情情爱爱的乱七八糟的东西，拿把吉他乱弹就出了专辑。玩儿音乐确实需要一段时间，但慢慢安静下来才是对的。艺术也会害人，虽然用眼睛看不出来，但它会在思想上害你。

一开始，我和酸奶乐队一直用维吾尔语、哈萨克语等少数民族的语言来唱歌，很少唱汉语歌，但现在很多人就想听我唱汉语歌。少数民族歌手，尤其是唱本族母语歌的歌手，基本上都会遇到一个瓶颈，这条路不好走。

后来，我发现，这并不是因为中国人听不了少数民族的音乐，而是学校和家庭的教育根本就没有让老百姓听过这些东西。我一直觉得不是市场不接受民族音乐，而是很多搞艺术的人吓唬自己，觉得老百姓不懂，就没有坚持。你先把作品唱出来让人家听见啊！当年有个蒙古族的乐队，唱的是蒙古语，后来大家也都跟着他们唱了。有些东西需要时间，大家的接受程度会随着时间的增长而变大。新疆的音乐也有很多可以拿去宣传的，再经典的东西，你只自己在家里弄，它就成不了经典。很多维吾尔语音乐完全可以拿到内地的音乐节上闯一下，问题就是没人敢去做。我在维吾尔语的歌曲制作和演唱上没有特别的选择，也没有民族和国家的限制，任何器乐，只要我觉得它适合我的音乐创作，我就拿过来用。我不认为加了别的乐器就会改变我的东西，也不认为这是对本民族音乐的不尊重，但很多人都这么想，给自己、给别人提出好多要求。我觉得他们都是不懂装懂，因为很多人做的事情一点儿都不代表民族，他们只会坐在院子吹牛，不愿意把东西拿出去。我在"好声音"比赛的时候就带了民乐的乐手，导师们都不知道那个乐器是什么，我就觉得我们必须把东西都拿出来，我也一直在这么做。想用什么乐器，要根据音乐本身和自己的感觉来决定。

要说参加《中国好声音》给我带来的最大改变，就是以前晚上在酒吧餐厅唱歌，现在唱不了了，去了就要变演唱会了。麻烦的是，有一些演出不演不行，演了自己又有点儿难受。这是实话，因为有的时候演出主办方的设备准备得不到位，演唱效果就不好，那台下几万人就会认为是你唱得不好，这是最让我不高兴的事。

2015 年，我做了个巡演。当时"好声音"的主办方找到我，说想合作巡演，但他并不知道我在德国的全明星乐队，他只想要帕尔哈提的演唱会。演出一直是我想做的事情，有这样的机会，我觉得必须抓住，就花了几个月的时间策划了一下。演唱会唱哪些曲子、请谁来、在什么位置，我全都计划好了。我这人做事就是必须策划好再做，我不想中间发生什么乱七八糟的事。合作方做了很多努力，场地，设备，海外人员的护照、签证都准备好了。后来我们就开始排练，四月到七月，每天排练八九个小时。时间过得特别快，我们把排练好的东西录好，发给了国外的乐手。从舞台位置到灯光，我都按照我自己的想法布置，从第一场演出到最后一场，都做得很好，没有出现"做菜没刀子"的情况。每场演出结束，观众都不愿意走。我的目的就是给台下的观众演出，没别的，也不会把演唱会做成音碟去宣传自己，我想宣传的是音乐，不是我自己。

音乐必须有内容。我们的乐手来自不同的地方，欧洲、中东、哈萨克斯坦、阿塞拜疆，还有土耳其，各式各样的音乐融到一起，怎么会不好听？四十天里十八场演出，对人的体力要求也是特别高的，每次演出完，我们出汗出得都像在身上倒了一桶水。乐队里五十多岁的乐手有两三个，都是从国外来的。毕竟环境不一样，演出强度又大，常常有乐手身体不舒服，但他们从来没说"我要走了"或者"我受不了了"。我们最后一场演出是在惠州，中午吃最后一顿饭的时候，大家都在哭，都不说话。这些天大家都在一起，已经是一家人了，我觉得这就是团结。艺术让全中国、全世界各民族的人聚到一起，真的很伟大。

"好声音"之后，我特别忙，但一有空还是要在家里待着。好多人跟我说，你先忙，这几年狠狠地忙，忙完再休息。为什么要这样呢？人就活一次，该休息的时候休息，该工作的时候就要工作。用几年的时间把一辈子的事情都做完，然后光休息，这不对吧？当然，一个男人老在家里面躺着也不行，我觉得需要一个平衡。我 2015 年一直都很忙，巡演的时候一出去就是五十天。两个孩子总会问我什么时候回来，我都尽量逃避这样的话题。一听到这个，我就转移话题，问他们今天干吗了，学校怎么样，不让他们想爸爸什么时候回来。或者我会直接告诉他们，我还有十天、二十天就回去了，不会骗他们说我明天就回去了。不要看孩子年纪小，他们的想法跟大人没区别。每次出去演出或者巡演，我爱人也会跟我一起去，孩子就待在我老丈人家。但如果父母都不在，那个家对孩子就不是那么温暖了。我就希望能适度工作，能让我自己来安排时间。

可能我对"成功"的理解和别人不同吧，很多人觉得成功就是走红，但我认为成功的标准就是"说实话"。这是我父母给我的教育，他们就是很普通的工人。其实大多数人都很普通，不会做特别伟大的事情，但只要对这个社会有好处就行。不管是做乐手还是艺术家，或者是环卫工人，大家都有自己的思想，有些人的思想也是很有深度的。别看有的人成了硕士、博士，但可能连基本的道德都没有。不管做什么，每个人都有自己的位置，每个位置都伟大，都有价值。

我在微博上看到好多人给我留言，说我喜欢你，喜欢你的歌。我特别感动，但又有些疑惑，大家为什么喜欢我呢？我就是这么普通，就是一个喜欢艺术，爱唱歌、爱弹琴，说话乱七八糟的人。我更希望喜欢我的人都能热爱生活，珍惜生活，不管你在哪个行业、干什么，天天以快乐的状态生活下去就好。

我父亲既不会唱歌，也不会弹琴，但工作做得很踏实。他活了五十七岁，我没听过一个人说他坏话，他是一个非常成功的人。我就想这辈子跟老爹一样，做一个非常成功的、没一个人说我一句坏话的人。我也没想过以后要当个伟大的歌手或艺术家，就想做好自己的事情，对得起自己，对得起他人，这就是我的标准。

谢雅而：生活中很多事情可以用努力和用心来解决，所以能用这两样东西来解决的事情都不算真正的挑战。

谢雅而：
一个人的婚纱照

　　我给自己设计了一件婚纱，一件很帅气的婚纱。2014年夏天我带着这件婚纱回到我的家乡新疆，拍了一套婚纱照，婚纱照里只有我一个人。谁说婚纱照一定要两个人照？

　　在订婚纱之前，我也怀疑这个想法是不是有点荒唐，有点疯狂。毕竟，结婚是两个人，甚至两个家庭的事。但是，我又觉得我现在有能力一个人完成婚纱照。做完这件事情，我觉得自己的接纳力和忍受力变得更好了，可以更安静地等待那个人了。我不可能让我的婚纱百分之百的浪漫、温柔，因为现在我身边还没有保护我的人，我得自己保护自己，所以我的婚纱应该是很酷的。

　　我在北京工作，每天出门的时候，路上的车还很少，下班回家的时候就已经是早高峰了，我就会觉得是我刚才的工作唤醒了这座城市。"欢迎收听103.9新闻早报，我是谢雅而，我们是在北京交通广播驻市交通委直

播间为您直播，希望您小心驾驶，避开拥堵路段。"每天早上，我都用这样的方式和北京说早安。

因为工作的性质，我的作息规律跟大家是相反的，很多事情都是错峰做。虽然这样挺方便的，但对身体并不是特别好。我很少有连续七八个小时的睡眠，而且，作为一个主持人，一面对话筒，肾上腺素就开始加速分泌，我只能靠运动补充自己的身体能量。我每天都是在大家下班回家的时候跑步，那时正是北京的晚高峰，车堵得一塌糊涂，我看到自己跑得比车还快，就感觉挺酷的。也因为有这样的习惯，我会在节目里呼吁听众们绿色出行，这是一种不用什么成本就可以看到北京风景的方式。当然，我每次跑步都会戴上口罩，换一身靓丽点的衣服，把自己当成街上的一道风景，心情也会好一点。节目要给大家带来正能量，生活中也应该是这样的。

其实，北京是我自己挑选的地方，来北京这么多年，我从没有后悔自己的选择。不管去过多少地方，我都觉得北京最能给我安全感。我们过着所谓的"不自由的生活"，是为了将来有一天过上我们向往的那种自由生活。但什么才是真正的自由呢？有足够的钱，想吃什么就吃什么，想住哪儿就住哪儿，这就是自由吗？我觉得也不是。想获得真正的自由，还得让自己的内心变得更强大一些。强大的人生不需要解释，而且什么样的烂结局都可以接受。我就想让自己每一天都不要后悔，不一定会快乐，不一定会幸福，不一定会有成就感，但就是不能后悔。一生走完的时候，我会回忆自己走过的路，觉得自己能接受，这就可以了。

你可能会有不满意、不知足的时候，那时你就会愿意付出一些代价、牺牲一些自由时间，以此获得更多心灵上的安慰或精神上的自由。比方说，我的工作使我的时间表比一般人严苛很多，但我可以自由地对很多人说话，而且说的不是别人替我写好的话，是我自己的感想。我觉得这种交换很值，也就能接受不自由的那部分时间了。

和其他生活状态跟我差不多的人相比，我算是压力大的。这倒不是因为我活得有多悲惨，或者别人压榨了我，是我对自己要求太高了。我从小就不是一个活得轻松的人，有时候别人嫌我太简单，我都觉得是在夸我。我想对工作、朋友、亲人都负责，我想做很多事情，而且期望总是高于自己的能力，这也是我不断向前走的原因，有压力才有动力。

我们总被别人教育"干一行，爱一行"，但我相信多数人工作都是为了温饱，谁会真正觉得这个工作有特别大的成就感？绝大多数人都没有这么幸运，反正我没有。在每一天的工作里，有的时候我很享受，但在准备要说的话的时候，那紧张感真不亚于一场考试。每一次轮班下来，我都觉得像刚刚结束了一次大考，可以放松了。听见我说话的有那么多人，但人家凭什么听你说话？凭什么听你随口说话？一想到这个，我就得使尽全部的力量，用尽我所有的智慧、脑力、体力，想出那些能让别人听或者值得别人听的话。这种做法成了习惯，好的一面就是你能够学会换位思考，不好的那一面就是会让自己压力很大很大。

据我所知，好几个很优秀的主持人私下里都特别不爱说话。一开始，我还觉得自己私底下不爱说话肯定是因为有成为优秀主持人的潜质，但后来才明白，我不爱说话是因为我太累了，可能很多人都有这样的感觉。有时下班回家，我会突然想起我小的时候，我爸每次回家就是睡觉，或者躺在沙发上开着电视睡觉。我当时特别不理解，为什么他回来之后不管我，不盯着我写作业？别人的家长都盯着自己孩子写作业。后来我参加了工作，工作得越久，这样的状态越多，我才明白我爸爸当年是太累了，因为他跟我一样，是个特别认真的人。我现在还没有孩子，没有家庭，但当年的他有很多这方面的压力。每每想到这些，我就又会有一种愧疚感。以前光给家里添麻烦，现在长大了，但因为工作忙，还是不能让家人过得更轻松，这对我来说也是一种压力。但我也庆幸自己没有给家里制造负担，我也承担了自己的生活。

有一次，我跟朋友们吃饭，因为大家都喝了点酒，就要叫代驾。有个朋友跟我说，你就别叫代驾了，把车放这儿吧，明天找个人给你送过去，你那破车怎么怎么的。我就跟他说，我那破车也是我一嗓子一嗓子地挣来的。当时我就特别特别自豪，因为我现在拥有的一切都是靠自己的努力挣来的，虽然我的能力还很小，但总有希望做得更大一点，将来也许可以为爱的人做得更多。

我的父母都很开明，这让我备感幸运。也许他们不能给我更多的财富，但是他们给了我更大的自由。他们不会像别的家长总催自己的女儿赶快嫁人、生孩子什么的，而且我妈妈说，结婚是一辈子的事儿，哪怕晚一点，也不要随便，不要将就。因为有家人的支持，我觉得更不应该对自己放松要求。我的年龄确实越来越大了，但说实话，我没有压力，我甚至觉得，也许这样更容易换来接近我想象的那种真实的爱情。

我身边有好多跟我年龄相仿的女性，都是所谓的"大龄剩女"，总有好心人想给我们介绍对象，让我们去相亲。有一回，一个长辈想给我师姐介绍对象，就问我师姐多大年龄，结果过了一会儿，说对方嫌她年龄太大，

还对属相有要求。我当时就跟师姐说，如果一个男人对你没有任何了解，就以属相或者年龄来决定要不要跟你在一起，那这样的男人一点也不成熟，至少我认为是这样。那一刻，我更坚信年龄这个东西不可怕，我觉得越往后走，我的人生状态越好，不管将来谁遇到我，都不亏。

生活中很多事情可以用努力和用心来解决，所以能用这两样东西来解决的事情都不算真正的挑战。真正的成就是做出了一些不属于天性的事情，或者对人对事更加包容。我一直希望自己的胸怀能够更宽广一些，例如不要对所有人都产生不好的想法，能够更加善解人意等。我希望自己有一天能做到这些，这对我来说也是一个很大的挑战。我从新疆来嘛，很多时候都很热血，有一种爱憎分明的气息。很多年前我就想买车了，但并不是预料到了北京要限购，而是因为当时坐公交的时候，我总看到有人不给老人或者孕妇让座。起初，我还会去提醒他们，后来就开始遭到冷言冷语。跟朋友沟通之后，发现自己根本没办法过多地干涉别人，但我心里确实很不舒服，怎么办？眼不见心不烦，买辆车好了。

在北京，当你年龄越来越大，需要面对更高端的领域和工作时，你就要给自己添加保护色了。我以前是个特别文静、内向的女孩，但是因为工作需要，或者说社会需要，我就生生把自己逼成了一个女汉子。我身边的人都觉得我像哪吒，但我知道那不是真实的我，我只是用某一种能力或努力激发出了适应听众和社交圈需要的样子，毕竟谁也不想每天都跟林黛玉在一起。这也是我想回新疆的一个原因，我想回到亲人的身边，他们能够接受我最真实的样子。我每次回去，不管关系亲疏，他们都会接受任何一面的我，即便后来"女汉子"成了我挥之不去的形象，他们也不会真的把我当男人对待，还是很照顾我。我就是个女孩，虽然新疆的女孩都很豪爽，但新疆的男人并不是那种五大三粗的人，也没有大男子主义，都很照顾身边的女性。也许他们不会温柔地说话，但这并不代表他们没有柔情。我们从小受到的文化熏陶就是这样，不然怎么说新疆人特别热情好客呢？这些词都不是虚的。

　　回新疆拍完婚纱照，我在那儿过了生日。只要一个电话，同学和朋友就都到天池来陪我过生日了，我特别感动。如果有机会回新疆，我希望就过那种简单的生活，大家经常聚会，一起吃肉喝酒。只要身边的家人和朋友都在，生活就可以一直不冷场。

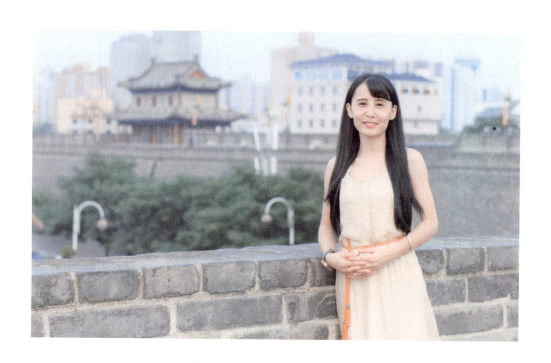

玛丽娜： 在外面拼搏、漂泊这么多年，一个人吃苦，一个人熬过了那么多，
最终想得到的就是一个认可，说大了是要一个社会的认可，说小了就是
每一个人的认可。

玛丽娜：
梦想的家，梦想的他

我叫玛丽娜·艾哈买提，现在在西安从事翻译工作，今年准备考研究生。我希望完成学业以后就回到乌鲁木齐，至少回到家乡，离父母近一点，这样既可以照顾他们，也可以发展自己的事业。

我理想中的房子要有很强的功能性，最好是欧式装修，奢华一点，有很大的储物空间让我把零零碎碎的东西都藏起来，这样，我一推门就能看到一个整洁的家，拉开抽屉才会感叹"天哪，这么多小东西"。我希望有个舒适的沙发，空间允许的话，还想摆一些摇椅、秋千之类的东西。最好有一个书房，但这个是有点儿奢侈的梦想。最主要的是要有家人在，好让我每天开门就可以说"我回来了"，然后会听到我妈说"快洗洗手吃饭吧"，我爸会坐在那儿问"今天都干吗了啊"，这就是家的感觉吧。

最近，最能让我感到幸福和开心的事就是我帮家里买了套大房子，还是带装修的，就在我们伊犁人的母亲河——伊犁河旁边。一想到很快就能入住，我就很开心。中国人嘛，大都是为了房子工作，有了房子，就有了家，才会觉得有一个完整的生活。工作稳定，学业有成，家庭幸福美满，对中国人来说，这些就是安稳生活的象征。我也期待着自己的美满家庭，我希望另一半在工作、学习和生活上都能支持我。回到家的时候，我们能抛开一切，只谈两个人的世界；都不忙的时候，可以计划一下去哪里玩儿，去哪里吃好吃的；最好每年都有一次旅行。

除了买房子，最让我满意和高兴的就是被认可了。不管是身边的家人、朋友，还是社会上的人，我希望能得到他们更多的认可。在外面拼搏、漂泊这么多年，一个人吃苦，一个人熬过了那么多，最终想得到的就是一个认可，说大了是要一个社会的认可，说小了就是每一个人的认可。每次听到我妈在街坊邻里面前夸我，还有她的同事、朋友夸我能干，让爸妈过得更好更轻松的时候，我内心都特别满足和幸福。但她的朋友们也免不了要说："你看你长这么漂亮，也这么大了，怎么还不结婚啊？"虽然我的内心戏是"你管得着吗"，但是嘴上还是会说："还没有碰到合适的，现在还在忙学习和工作。"

每年回老家的时候，我妈都会先喂饱我，下一件事就是很不善良地问我有没有对象，什么时候打算结婚，我每次都说快了，这一快就快了好几年。每年她都说要给我介绍对象，我都说不用，我自己找，然后她会问你找的人呢，我总是说快了，在来的路上。

其实我心里一点都不急，但父母就觉得我应该尽快结婚。他们爱帮我找对象，基本上都是和我年龄相仿的人，生活习惯、民俗差异不是很大，他们也觉得合适我，虽然我也不知道他们是怎么评判的。我倒不是希望定一个多高的标准去找，我只是觉得，两个人得先对上眼，再看是不是合适。因为我有点儿像我妈，很好强，因而最大的要求就是对方能多包容我。我就慢慢等，他总会出现的，这世界上没有谁会落单，大家都能找到自己的另一半。但在这之前，我觉得学习比结婚更重要。

朋友也经常给我介绍，有时我觉得不错，但对方很孤僻或者木讷，让我觉得很尴尬，或者是我觉得不合适但对方有意。对单身者来说，真的就只是没有在合适的时间碰到对的人而已，这不是多复杂的情况，只是太多人不理解。

很多时候我都不觉得自己是个恨嫁女，但周围的朋友总会说："你年龄不小了，你的同龄人都已经有二胎了，有的都离婚了，你还没结婚。"说我掉队掉得很厉害，甚至还有人说："你再这样下去就成高龄产妇了。"但我真的想活得更加有意义，有价值。

我不相信一见钟情，我只相信日久生情，感情是慢慢培养出来的。两个人相爱是能包容很多事情的，都说"床头吵架床尾和"嘛。就像我们家，我爸妈也经常吵架，但是他们吵归吵，从来不分家，没有一个人会摔门出去，再也不回来了。我爸爸一到饭点儿就又厚着脸皮回来吃饭，我妈也不会不给他留饭。我想这就是爱情吧，因为两个人都爱着对方，所以生活里的一些矛盾不会让他们过不下去。我爸这个人很老实，内心很善良，我妈经常私底下夸他，还常说"你爸只准我欺负"，就这样最终给了我们一个完整的家庭。

在家里，我妈妈给我的影响最大，她性格很直，有什么说什么，但内心温柔善良。无论有什么事，她都跟我们商量着来，不管我们年纪大小。

她也会像别人的家长那样叨叨这个，叨叨那个，但更多的时候她像我们的朋友，给我们指引方向，陪我们一起玩耍。在她的培养之下，我们三个孩子很独立，只要是自己能解决的事情就尽量不去麻烦别人，如果自己能帮到别人，就一定去帮。

我做得最辛苦的事情就是拼命地挣钱。其实我对自己很抠的，有点儿钱就想把它存起来，看到银行卡里的数目一点点增加，就觉得自己很成功，超有成就感。我并不是个会做长远计划的人，想到要做什么，就一定马上去做。假如有一件事是这一两年必须解决的，我就会盯着这件事去做，其他的事情就不去想了。我原本并没有买房的想法，就是前几年妈妈提了几次，说现在的房子是单位用房，我们只有使用权，如果有一天单位要处理这块地，我们也只能得到一点点补偿，到时候就无家可归了。这让我觉得买房这件事变得很紧迫，我要马上实现它。最快的办法就是去打工，打很多工。那个时候我打了三份工，早上送报，中午去一家快餐厅，晚上在一个酒吧上班。每天只有三个小时的睡眠，天天黑着眼圈，几乎不照镜子，每天起早贪黑地赶工作。我和雇用我的单位也说得很直白，就说需要钱，就做一年，也不要什么晋升空间或者转正。就这么坚持了一年，年底的时候三个老板都给我分了红，我也完成了我的心愿。

我不是很贪婪的人，就像我帮家里买的房子，是三室两厅的，就算我有很多很多钱，也不会去买别墅。三室两厅实际上是我妈妈的要求，她总说希望我们有自己的空间，不想看到我们的时候就各回各的房间，她一招呼，我们又能全都出来。妈妈之所以这样想，是因为以前我们的生活空间比较小，再加上我和妈妈的性格很相近，总是三天一小吵。但每次听到妈妈在街坊邻里面前夸我，在她同事、朋友那儿也夸，我就很开心，这就是她对我的认可，至少她觉得自己这么多年的辛苦值了，也是人生的一种收获吧。我也希望自己的人生是成功的，通过自己的努力证明她这么多年的辛苦和努力没白费，她养育我们、教育我们，虽然我们对社会的价值可能非常渺小和普通，但在她心里，我们值得她骄傲。

对我来说，幸福就是被人们认可，还有家庭的归属感。在外漂泊这么多年，有时候回家乡都有种被排斥的感觉。毕竟离开的时间久了，很多东西都变化了，有了陌生感。去工作、生活的他乡异地，反而没有那么害怕的感觉。很多时候我都很迷茫，不知到底该把家安在哪儿，是在我更习惯的内地生活呢，还是在父母身边的家乡生活呢？我也很矛盾，更多的还是在回避，常常以学业为挡箭牌。或许以后事业发展在哪边，家就会顺其自然地安在哪儿了吧。

日子要慢慢过，我想每天都过得精彩，每天都有收获，说不定哪一天"家庭"就成了我收货清单中的一条。所以，一边走一边等，一边过一边盼，白马王子就算没骑着白马也会找到我，然后我们就自然地在一起，自然地组建家庭了。

马骏：我所有的情感都来自这片土地、这个城市，虽然我离开了那么长时间，但回来之后，我发现自己对这个城市有了一个新的认识，对新疆也有了更深刻的了解。

马骏：
在眷恋的土地上妥协梦想

　　"我叫马骏，29岁，来自新疆克拉玛依。2014年从北京电影学院毕业，现在在克拉玛依和朋友们一起经营影视方面的工作室。我回到克拉玛依，是希望能够尽己之力，为家乡的影视文化行业注入新的血液。"这是我2014年在克拉玛依参加创业大赛的时候写的一段话，其实，我当时想写的是"因为我媳妇要生孩子，所以我从北京回到克拉玛依照顾老婆孩子，然后和朋友一起开了一个工作室"。但真要这样说的话，估计第一轮就被淘汰了。不过，事实确实是我说的那样，让我回来的最大动力，是对家人的爱和责任感。

　　我上初中的时候，我爸就开始收集各种各样的电影光碟，主要是为了学英语，也不挑片子，哪部电影里面对话多、讲的东西有意思、内容丰富、能练听力，他就看哪部。我也是从那时候开始，每周都看电影。我爸的光碟都被他编上号，整理好放在纸盒子里，现在已经有好多盒子了，VCD光碟和DVD光碟都有。对我冲击最大的电影是梅尔·吉布森的《勇敢的心》，影片的核心思想是对自由的追求和向往，我被男主人公的个人魅力感染了，就想自己是否能进入电影这个行业。后来，我大量地观看影片，也看了一些关于电影的杂志，才知道导演是这个行业的核心，可以决定所有事情，就希望能够成为一个导演。上了高中，我了解到中国学电影最好的地方是北京电影学院，那时觉得电影学院离自己很近，只要参加高考就可以去了。但真的到了高三时我才明白，报考电影学院的人很多，考试很难，考试的地方在北京，而克拉玛依离北京是那么远。但是，我心里就有一个念头，那就是一定要考，我还跑到网吧找了很多关于考试的资料。2005年，我参加了考试，拿到了准考证，一试、二试、三试都过了，可在最后的文化课考试中，英语以一分之差落榜了。我没有选择复读，想着本科考不上，研究生还有机会。

我的本科是在银川的北方民族大学念的，专业和英语相关。在学校的时候，我每天都在看有关电影的书，看大量的影片，但当时接受信息的渠道也都比较少，只把图书馆里的电影类书籍都看完了。2009年，我第一次考研究生的时候没考上，在学校租了个房子，复习了一年，第二年才考上了。

我在北京电影学院读研究生的那几年，我当时的女朋友，现在已经是媳妇了，她当时也在北京做电影制片，我们一起参与了很多项目。后来，先是岳父去世了，然后我们也有了孩子，由于种种原因，毕业之后我就没有留在北京，回到了克拉玛依，跟这边的朋友创业。在我父母或者很多人看来，这可能并不是一个太好的选择，因为在克拉玛依做这个行业，无论是从资源还是从条件上来说，限制都比较大。但是从我自己的角度考虑，就算我回来，也不会影响我对电影的追求，也不会改变我对电影的理解和选择进入电影这个世界的初衷。我所有的情感都来自这片土地、这个城市，虽然我离开了那么长时间，但回来之后，我发现自己对这个城市有了一个新的认识，对新疆也有了更深刻的了解。我觉得这是一笔财富，并不是很多人眼里的"不得已的选择"。

我在北京生活了五六年，对它还是很有感情的，也知道那是一个能让你登上人生巅峰的地方，但它同时也是很多年轻人的梦想粉碎机。很多年轻人最后都背着行囊回到自己的家乡，去过安稳踏实的生活了。这应该是很多父母的希望，但我父母害怕这样的事。

我的父母和别人的父母不太一样，他们从不对我的决定做任何干涉，当然这是在我成年之后，比如我对职业的选择，考不考研等，他们是毫无顾忌、毫无保留地支持和信任我的。我父母不是搞艺术的，在艺术这方面也没办法给我什么专业的指导，但他们一直劝我不要有任何负担，让我非常自由地追求自己想追求的东西，走多远都可以。其实，我选择回到家乡让他们很悲伤，但这不是因为我离开北京了，他们也没觉得我在北京失败了，而是以为我放弃了一直追求的梦想和有可能获得的成功。他们以为我要去考公务员，或者考油田公司，过一种更安稳的生活，这也是这个城市大多数人的生活状态。克拉玛依给我的一个印象就是太安逸了，因为它有能源，有资源，有钱。也恰恰是因为这点，很多年轻人回来以后的第一件事就是考公务员，考事

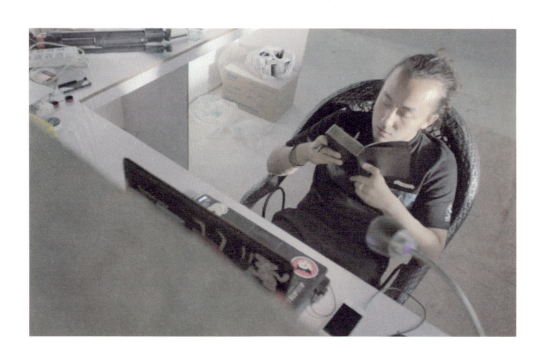

业单位，即便自己不想做，父母也一定会逼着他们去做，因为这些工作都有保障，是"铁饭碗"。真正敢做自己想做的事情的人非常少，因为太难了，这里就像一个巨大的工厂，如果你是一个不合格的产品，很多关卡都过不去。比如你要相亲，对方可能就会说："我觉得我们家丫头应该找一个石油公司里的人，或者公务员，这样好一点，你自己创业太不可靠了。"我从来没想过要进入那个体系里，因为我妈跟我说过一句话，她说真正的铁饭碗不是在一个地方吃一辈子饭，是你在哪儿都能吃到饭。

我觉得我真的很幸运，我父母虽然希望我能够陪在他们身边，但更希望我能做自己想做的事情，他们用自己的方式传递给我特别无私的爱。我的岳母对我也非常支持和理解，因为岳父和岳母也是自己创业的。

我父母看过我之前拍的微电影，那部片子拿过克拉玛依电影大赛的一等奖。虽然它很短，但能让他们明白我还在坚持自己的梦想。有时候我也会给他们看我拍的东西，他们才相信我在这儿也可以去做想做的事情。我也会跟我父母说，在北京待久了，不能真正了解家乡的变化，我还是希望回到克拉玛依，回到新疆，在这里做更好、让自己更满意的作品。现在网络这么发达，我可以把我的电影作品展现给很多人，甚至去参赛。

如果说电影是我毕生追求的梦想，那音乐就是我最大的爱好。其实，大多数人，特别是新疆的朋友认识我，是因为我拿到了 2010 年 IromMic 比赛的全国冠军。现在我还是会做这方面的事，我参赛回来后办了 IromMic 在新疆的分站赛，来了两三百号人吧，能在新疆把这个比赛办到这种规模，我还是挺欣慰的。其实，我挺害怕大家一提到克拉玛依就想到

石油，这个城市还孕育着很多新鲜的东西。不管是文化上的，还是其他方面的，我都希望能够把这些新鲜的事物展现给更多的人，让人们了解现在的克拉玛依和现在的新疆到底是什么样子。

我经常和我的朋友说，我可能成不了一个特别专业的导演，就是什么样的题材和类型都能驾驭的那种，因为我对新疆的这片土地有太多的情感和表达的欲望。回来之后，生活的节奏就放缓了，有时候很长一段时间都接不到活儿。工作室刚成立，正在起步，但生活的压力不等人，媳妇和孩子都需要钱，很多地方都需要钱，那个时候我就特别焦躁。当时我就尽力控制自己，去看书，看片子，能忘掉很多东西。我们现在和政府合作拍了很多宣传片，这可能不是我学电影的初衷，也不是我最终想做的，但就是要有这么一个过程，最后才可以去做自己想做的。我的很多同学也都是这样，都会有个过渡，不可能一上来就拍自己想拍的。比如说，我对这个城市的认识可能和我们的部门或者领导不一样，但做宣传片的前提是为客户服务，要让他们满意，有时候就要拍很多和你观点不一致的东西，这种表达是不自由的，但是也没有办法。

我常常要调整追求梦想的路径，从一开始要在北京调整到要回到克拉玛依，回来之后做自己喜欢的题材，发现需要经费，需要帮助，又得调整到去拍很多不属于自己的表达的东西来挣钱，把生活稳定下来，把公司做好。我现在就不断地告诉自己不要着急，慢慢来，这一切都是学习，都是积累。

如果有一天，积累达到了一定的程度，我还是会离开这个地方，把我的影片带到一个更广阔的平台去，展示给更多的人。

茹仙古丽·艾力：这些事情都会过去，还有更好的未来在等着我，还是会有那么一个人真正想要照顾我一生。我会一直笑着面对生活的，一切还是会变好的。

茹仙古丽·艾力：
一切还是会变好的

2015 年 8 月，在被病痛折磨了十多年后，我最爱的和最爱我的父亲在家中去世了。我料理完后事，回到北京继续工作。以前爸爸每天都会给我打电话，我每天都可以叫声"爸爸"，现在没有了，什么都没有了，只有我自己和远在家乡的妈妈和三个弟弟。

1989 年，我出生在新疆吐鲁番地区的鄯善县，我父亲开店，妈妈是家庭妇女。妈妈年轻的时候特别爱跳舞，跳得特别好，还考进了吐鲁番文工团，但后来姥姥坚决不同意她跳舞，觉得女孩子在外面跳舞不好，我妈就只好退出来了。那时候文工团旁边有个餐厅，我爸当时在那边做生意，我妈经常在餐厅吃饭，两个人就在餐厅认识了。那时候我爸都三十多岁了，有过一次婚姻，还有过孩子，妈妈家这边坚决不同意两个人在一起，还为此打过妈妈，但妈妈当时非常坚决，家里没办法，就同意了两个人的婚事。

父母婚后就一起生活在鄯善县，我爸爸的店曾是鄯善县最大的商店，什么都卖，日用品、服装，什么都有。我小时候，爸爸特别宠我，我所有的衣服都是爸爸从乌鲁木齐买回来的，上学的时候，老师和同学都特别羡慕我穿的衣服、靴子什么的，因为我永远是最漂亮、最时髦的那个。

我从小就特别喜欢跳舞，常常跟人开玩笑说在妈妈的肚子里时就开始跳舞了。我小时候在家也经常跳舞给爸爸看，他特别喜欢，妈妈受过专业的训练，也会教我很多动作，每次学校有活动，老师都会让我去表演节目。

但从我九岁开始，我家的命运就彻底变了，好像被全天下所有的霉运包围了一样。先是家里着了非常大的火，整个院子十三间房全都烧光了，所有东西都没有了。后来，爸爸在街边用机器裁钢，一个路人过来看，我爸提醒他不要动机器，但他不听，动了机器的开关，刀片弹出来把他的脸割伤了，为此，家里赔了一大笔钱。

我十一岁那年，昌吉艺术学校招生，我特别想去，妈妈也特别支持我去学舞蹈，但姥姥坚决反对，理由还是女孩子不该学舞蹈。学校的老师也劝我，说不如去正经学校上学，我爸很犹豫。我绝食了三天，我爸就同意了。我爸送我去的学校，我在那里学了四年，我妈一次也没有去看过我，因为家里的担子在我上学之后又重了很多。

我上了半年学后，因为一次煤气爆炸，爸爸的脸被严重烧伤，在医院治疗了一年多，家里的商店也没办法经营了。我还有三个弟弟，都在慢慢长大，我妈为了维持家里的生计，开了一个餐厅，所有的时间都用在了照顾我爸和弟弟，还有维持家里的生意上了。

我在昌吉上了三年学之后，我们全家搬到了吉木萨县，一来是因为爸爸在鄯善县的很多亲戚都去世了，没有什么依靠了；二来是爸爸的前妻总是跑来讨生活费，虽然所有的赡养费爸爸都定期在给，妈妈对爸爸之前的孩子也都特别好，每次来都给他们新衣服，但那个前妻就是不停地来打扰我们家的生活。加上家里几年来发生了那么多事情，我们就决定彻底搬走了。

2005 年，我从昌吉艺术学校毕业，那年我十六岁。北京的一个叫"霸王花"的艺术团来招人，挑了我们六个人，要先去北京实习。那年五月，我第一次来到北京。这个艺术团平时也会安排一些演出，主要是在餐厅。艺术团有二十一个姑娘，多半都是新疆的。每月工资实际上是三千块，但到手是一千五百块，一半的工资会被扣掉。艺术团的老板和领队的大姐人都很好，那时我家里的经济情况很不好，实际上我在学校后两年的学费都是自己靠演出挣的。我跟老板和大姐说了情况，他们就会多给我安排一些演出，让我多拿些钱，而这些钱基本上都给了家里。

在来北京之前，我从来没有谈过恋爱，也不知道男女谈恋爱是什么样的，但看到爸爸妈妈的样子，我觉得大家应该都是那样恩爱，男人会对女人特别好，会为另一半着想。艺术团里有个做主持人和唱歌的男孩，来北京半年后，我和他交往了。我们艺术团的所有人都住在一个很大的房子里，几个朋友晚上经常出去玩儿，我一直觉得挺好的。那时候小，觉得这样嘻嘻哈哈的就是生活，大家在一起很开心就是对的，谁都不会对彼此有坏想法，大家都是友善的。有一天我们要出去，男朋友让我过去跟他拿个东西，朋友就在外面等着，但我怎么都没有想到，进了房间之后他就强奸了我。我一直在叫喊，一直在抗拒，其他朋友就在外面，他们都能听到，但没有一个人进来阻止他……

那之后我没有一天是开心的，每天我还是会装得很正常，但总觉得所有人都在用另一种眼光看我，可能也没有，但我心里的压力真的太大了。我没办法跟任何人开口说这些事情，也没有人过来问过。身边的姑娘都知道，所以我当时还以为男女朋友就是这样，是我自己想不开。我还是假装和那个男朋友在一起，但我真的不明白，这和我对男女关系、对人和人之间的关系的认识一点儿都不沾边。团里的那个大姐对我很关心，她看出我状态不好，经常过来问，但我说不出口。最后我实在是受不了在那里的生活了，坚持要离开团里，想离开那个环境。团里的大姐不同意，劝了我很多次，还给我妈打电话让她来劝我。我最后连自己的东西都没拿，直接离开了艺术团，那个男朋友也和我一起离开了。

我一直劝自己，既然已经这样了，那他大概就是我要嫁的人了吧。之后的一段时间，我们租了个房子，他开始慢慢露出本性。北京没有他没去过的KTV，没有他没去过的夜场，每次去玩儿都是我自己掏钱，我以为生活就是这样，不用考虑压力。最后我们住进了一个地下室，身上只剩下三块钱，我突然发起了高烧，41℃，但那个男朋友根本没有任何办法帮我，也根本没有想任何办法，因为没钱去医院。他拿着仅有的三块钱去附近的药店，花一块五买了个退烧药，又花一块五在外面买了个煎饼，就用那个药和煎饼撑了三天，直到我退烧了。那次我就受不了了，找了一个认识的大姐，借了两套维吾尔族的衣服，开始联系可以跳舞的餐厅，赚钱。那个男朋友也找了一个餐厅去做主持人，后来那个餐厅倒闭了，他又开始无所事事，喝酒、抽烟、吸大麻，又变成了我养他。

后来经过一个朋友的介绍，我去了一家新开的阿拉伯餐厅，因为从小就有阿拉伯舞的基础，在学校我也是阿拉伯舞的领舞，那个餐厅的面试就过了，我就开始在那儿跳舞。我们当时住在永安里的一个平房里，我没有跟任何人说过我的处境，但是在"霸王花"工作的那个大姐可能听说了我的情况，就打电话跟我妈说我的处境不是很好，认识了一个很不好的男孩，担心我走错路，希望她过来劝劝我。那阵子爸妈天天都给我打电话，我妈天天问我到底怎么了，我根本说不出来，就坚持说挺好的。有一天我妈给我打电话，说她就在北京火车站，我赶紧带上男朋友就过去接她了。她见到了我男朋友，说："要是真的好，就结婚，不管发生了什么都没关系，不用说出来。但要是不行的话，不管发生过什么都不要结婚。没关系，过去的事情都可以过去，你是我唯一的女儿，希望你嫁一个真正对你好的、能照顾你的人。"

我妈跟我们住了两个月，最后对我那男朋友彻底失望了。他在我妈面前态度非常狂妄，经常说要娶两个老婆，要这样那样的。我在的时候对我妈一副面孔，我不在的时候就是另一副，甚至当着我妈的面，接到女孩子的电话就直接出去了。最后我妈坚决不同意，她说虽然自己结婚的时候家人也不同意，但爸爸对她特别好。这是真的，我记忆中妈妈的衣服、化妆品等东西都是爸爸亲自给她买，从来没伤过她心。我妈说，你还年轻，不管发生过什么都没事，但这个人不能再在一起了。最后我发现那个男朋友竟然跟我妈吵架，我受不了了，就断掉了关系，和我妈回了新疆，那是2007年。

我在家里待了四个多月，照顾家里的生意，但找不到我能做的跳舞的工作，最重要的是我觉得我的梦想不在新疆，而在北京。在北京，我有一种在家乡都感受不到的归属感，其次是在北京我能多挣一份钱去支撑家里的生活，能帮妈妈多分担一点。我就跟妈妈说还是想回北京工作，我妈担心我的安全，就又陪我回来了。我曾经在一个新疆餐厅跳舞，那个餐厅的同事大哥们都一直很照顾我，看我带着妈妈回来就帮我们找房子，最后在餐厅附近找到了一个房子，我又开始在那个餐厅工作了。之前那个男朋友知道我回来了，就开始骚扰我，打电话恐吓我，还给我妈打电话吵架，甚至跑过来威胁说要毁我的容。为了保护我的安全，我妈天天接送我上下班。这期间出现了一个做和田玉的商人，是餐厅里的大哥的朋友，经常来餐厅吃饭，看我跳舞。我妈在餐厅等我下班的时候，那个商人跟我妈提了亲。我妈当时非常不同意，我也以为只是个玩笑，根本没当真。

后来妈妈实在是不能再继续在北京待着了，因为父亲的身体也出现了很多问题，需要照顾，我一个弟弟的腿也折了，进了医院，她必须要回家照顾他们，必须要离开我了。但她真心希望有一个人能来照顾我，于是想到了那个商人。说实话，当时那个商人并没有任何不对劲的地方，说话、穿着都很得体，也有经济实力，介绍他的大哥也从来没说过他的不好。再加上前男友还在不停地骚扰，我妈太想让我摆脱他了，就答应了那个商人的提亲。

我也提了条件，不接受有妻子和孩子，那个商人说得很干脆，说自己前妻已经去世了，没有留下孩子，再加上他天天都跑到我工作的餐厅来，我就同意了。那个商人坚持要在我妈在的时候先把宗教仪式上的"尼卡"念了，再找机会回新疆领结婚证，我不想让妈妈太担心，就同意了。但奇怪的是，念完"尼卡"之后，周围开始盛传我是被我妈卖给了那个商人。

刚开始我还以为是前男友为了报复传的谣言，但追究到最后，我竟然发现是这个商人自己传出去的。他说是为了面子，我也不明白这是哪种面子可以平白无故地给我扣这么大个冤枉帽子。我妈给他打电话，骂了他一整晚，他一句话都没回，我妈本来真的以为这个人会成为我的依靠，没想到他会这么说。

半年后，有一个奇怪的大婶出现在我住的地方，自称那个商人的老婆，还带着孩子。我质问那商人到底怎么回事，他才承认自己是有家室的。我二话没说断掉了婚姻关系，自己出来继续过独身生活。

就这样，我经历了一个渣男，一个骗子，经历了一次糟糕的恋爱，一次被骗的婚姻，还给自己扣上了无数脏帽子。但即便帽子底下的我受了那么多委屈，即便知道人们会说我"你傻你活该"，我也根本不在乎别人的想法。我终于可以靠自己在北京生活了，也终于明白只有这样才能开始真正的生活。

离婚之后，我跟家里人说了所有的事，我妈气得说要来跟他打架，我说算了吧，真的只想自己一个人生活了。

我爸爸原本非常希望我能去国外学习和发展，我妈也是，但乱七八糟的事情太多，我一直没能把注意力放在自己身上。开始自己生活之后，我想要正式去学一些东西，去学英语，去学专业的阿拉伯舞，但这个时候父亲犯了心脏病，家里的担子更重了。我不得不再次把生活的重心放在养家上，不停地去找工资好的餐厅跳舞，找健身俱乐部教课，同时打几份工，一边维持自己在北京的基本生活，一边给家里寄生活费。

我认识很多在北京跳舞的同龄姑娘，因为都很有姿色，吸引了有些很有钱的商人，她们就开始投靠他们。我看到她们住在很好的公寓，开着豪车，生活得特别好。我也一样遇到过这样的男士，话说得特别漂亮，说会给你别墅，给你车，要和你结婚、生孩子什么的，但大部分都有家室，或者只是想找个人充脸面。有的姑娘劝过我，说你长这么漂亮，真的不用吃这么多苦，而且你该为家里想想。我说我确实需要钱，我家也确实需要很多钱，但我的良心不需要也不能接受那些虚假的感情，我父母更不可能同意我接受那样的生活。那些姑娘说我疯了，可能是我疯了，但我经历过非常糟糕的爱情和婚姻，已经很现实了，也明白这个社会到底是什么样的了。

2015年5月18号，我突然接到了妈妈的电话，她说爸爸病危，已经从吉木萨转到乌鲁木齐了。我一夜没睡，早上还有个推不掉的演出，只好坚持演完再去机场，一路上都放不下心。妈妈的电话一直打不通，十几个小时都联系不上，后来妈妈给我打电话，我才知道她刚下救护车手机就被偷了。我到乌鲁木齐时，爸爸的情况有所好转，但没什么意识了，只认得我。因为医生说没有治愈的希望，我们就把爸爸从医院接回了家，我也留在新疆照顾了父亲几个月，最后还是不能挽回他的生命，他就这么走了，留下了我和妈妈还有弟弟，留下了这个家。

家里为了给爸爸治病欠下了巨额债务，我必须支撑起这个家。办完丧事之后，我又回到了北京，继续想办法工作，想办法赚钱。

我记得刚开始在阿拉伯餐厅跳舞的时候，因为跳得很好，有客人会录像。这个录像传到了新疆老家，我被骂得很难听，甚至吉木萨的亲戚都很讨厌我。但这些人一是一点都不尊重一个靠自己能力吃饭的女性，二是不尊重阿拉伯舞这种从穆斯林国家传来的艺术，三是不知道我背后有一个要

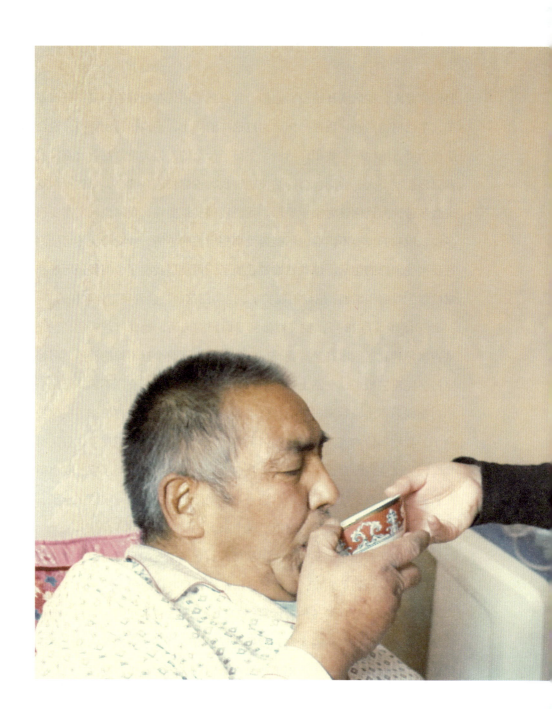

撑起的家，有一个需要照顾的病重的父亲。我一没有偷二没有抢，那些辱骂我的人的生活也未必有多好。他们对艺术并不理解，只会说维吾尔女孩子怎么能跳这个。但对穆斯林来说，盗窃和传闲话是更严重的罪行，他们想过这个吗？

有一次，餐厅来了两个包着头巾的年轻姑娘，能看出是维吾尔族，还有两个大叔。我出来跳舞的时候，明显能感觉到那两个女孩奇怪的眼神。当我走下舞台围着客人跳，经过她们身边的时候，我看到两个女孩在咬自己的衣领，嘴里念着我可以听到的经文，我知道那是辟邪、驱赶魔鬼的经文。倒是对面的两个男士乐呵呵地看得很开心，还想给小费，我绕开了。我当时突然很想落泪，也觉得特别不可思议，明明知道来阿拉伯餐厅会看到阿拉伯舞，为什么还要来呢？是我更有能力还是她们更有能力？每次有维吾尔族的客人来我都知道，大部分人都特别好，很欣赏我的舞蹈，还会很开心地说原来维吾尔族姑娘也有跳阿拉伯舞跳得这么好的，很想跟我学，这是认可我能力的最好体现。

我从没有为自己的生存方式和自己拥有的能力感到耻辱，或者感到不好意思。我也不会为那些辱骂我的话而难过，我难过、抱怨，甚至为那些哭天喊地，他们会给我一毛钱吗？我要担心的生活上的事情可比他们键盘上的闲话和辟不完的邪、驱不完的魔要多得多了，生存才是我真正要考虑的事情。

我爸爸生前特别喜欢看我跳舞，我经常给他跳，我妈也很爱看，而且特别自豪，经常跟别人说我女儿在北京工作，跳舞跳得特别棒，其实她跳得比我还好。阿拉伯舞本身就是世界闻名的艺术，是值得尊重和学习的艺术，我还是希望有机会能去专门学习，但不会想去国外了，因为我不能把妈妈还有弟弟单独留在国内。妈妈的身体也不太好，有糖尿病，我不想离她更远，不想离家人更远了，除非有一个真正在乎我并能照顾我和家人的人出现。

我对爱情和婚姻都没什么幻想和期待，甚至对男人都没什么信心，我觉得都一样。人都很会讲故事，当我听到"我爱你"之类的话，都当笑话听了。我知道他们图的是我的外表，只是想献个殷勤。在被我拒绝之后，他们会在背后说我的闲话，偶尔有看着挺真诚的，我直接说家里有巨额债务，基本上也就悄悄放弃了。

我很少跟别人说我经历的那些事，我不认为有人能真正理解。有时候我一个人也会突然哭出来，但过会儿出去转转就好了。我觉得每个人生活里都有挫折，我心里虽然很冷，但有一个角落还是亮的。我总觉得这些事情都会过去，还有更好的未来在等着我，还是会有那么一个人真正想要照顾我一生。我会一直笑着面对生活的，一切还是会变好的。

阿里木江·阿迪力: 我的很多灵感的出发点都是新疆的民族元素,在看到这些优秀的、具有代表性且有很多文化积淀的东西的那一刻,我就会肃然起敬,对它们充满敬畏。

阿里木江·阿迪力：
寻着自己的根去创业

　　我真正开始创业，是在北京服装学院的服装设计专业读大一的第二学期，做的是 T 恤衫的销售。大三的时候，我已经有了一定的经验，也有了很多服装设计的理念，开始有意识地设计和制作属于自己的服装和品牌，也有了一定的基础。

　　转眼就要毕业了，成立自己的服装工作室成了我的工作方向。以我之前的一些经验来看，我并不向往比较稳定的工作，创业对我来说就是肯定的、必须的。经过很长时间的考虑，我决定毕业之后回家乡去创业。我曾经以为自己有这么多经验，走向社会应该不会太难，但真正步入社会实施自己的想法的时候，我才发现原来还有很多很多预料之外的事情。比如工作室的选址，刚开始我想省钱，觉得有了一定的人脉以后，会有朋友愿意提供场地。但是天上不会白白掉馅儿饼，所有的事情都要付出一定的代价，甚至会触碰到我自己的底线。选来选去，最后是我父亲把家里的一套房子

给我改造成了工作室。这并不是我最初的意愿，光解决这件事就花了两个月，到最后我也认了。

那段时间让我明白很多事情，就是我心里的创业可能太过理想化了，要想达到这种理想化的状态，中间的路是很长的。我最初想要的那种很棒的环境和生活方式，并不是一说"我要创业"就直接能出现的，而是一步一步创造出来的。我认识到了很多现实的问题，幸好我父亲在各个方面给了我很多指导。

当我还在纠结工作室开到哪里的时候，接到了一个通知，邀请我参加一个全国手工艺展览。这个活动让我认识了一位老师，她又把我带进了另一个圈子里，那就是第十三届全国冬季运动会。这位老师刚好是这次冬运会服装组的创意总监，她给了我一个非常好的机会，让我作为特邀设计师做所有的设计及相关工作。

我实在没想到，大学刚一毕业就能参加这种国家级别的大项目，而且得到的位置也很重要。之后，我一方面统筹工作室的事情，一方面全身心投入到冬运会的活动里，设计、监工以及和演员、赞助商的对接等等，大大小小的事情心里都要有数，而且要亲力亲为。作为一个刚毕业的学生，那段时间的工作对我来说是非常大的考验，我发现自己并没有想象中那么厉害。

很多决定需要对自己有所了解才能做出来，而这种了解要经历很多事情才能慢慢明白。冬运会那段时间的经历让我明白，我还需要积累，而且需要积累的东西会随着我脚下台阶的升高而变得越来越难。

走完这些流程，我的公司也成立了，起名"学者"，是将我的名字翻

译成汉语而来的，也是对我从过去到现在的状态的说明。我一直让自己处在求学的状态，希望自己在未来也能一直学习。最初，我的创业方向是服装定制，后来就希望能够扩大自己的品牌文化，把自己民族的文化信息通过服装传递给大家。我理想中的结果就是让文化走进每个人的生活，这可能需要几年的时间才能达到，但我会一步一步踏踏实实地走好。

事实上我在二十三岁以前一直没有意识到新疆给我带来了什么，二十四岁的时候，我在做毕业设计的过程中花了非常大的心思，用六件服饰表达了我对新疆的认知，也寄托了对新疆的很细腻的情感，我把它总结为"寻根之旅"。

寻根之旅还要追溯到多年前我去喀什老城区的那次采风，我走到喀什老城的时候，莫名其妙地浑身起鸡皮疙瘩，甚至还有一种想要流泪的感觉。我一直分析不出来，也不能准确地去描述这到底是哪一种情感。做毕业设计的时候，我就把这种情感提取出来，想搞清楚缘由。除此之外，我的很多灵感的出发点都是新疆的民族元素，在看到这些优秀的、具有代表性且有很多文化积淀的东西的那一刻，我就会肃然起敬，对它们充满敬畏。

我跟我的导师讨论过，为什么我会对自己民族的文化有这么大的情感上的反应？为什么一看到自己民族文化的元素就会灵感爆发，想去做很多新的东西？为什么后来我去和田找制作艾特莱斯的老人，看到他们时会那么感动？导师听我讲完，就跟我说了一句话："因为你的根就在那儿。"

如果说新疆给我带来了什么，那就是灵感。

祖力皮卡尔·买买提艾力：拳击看上去是战胜别人的过程，但首先要战

胜自己，才有可能战胜对方。

祖力皮卡尔 · 买买提艾力：
一个拳击手的匠人精神

　　我爸原来是足球运动员，1988 年，他学了拳击，但那时候没什么比赛机会，只能参加新疆地区的比赛，后来就做了拳击教练。他要当冠军的梦想一直没有实现，结婚之后，他跟我妈说："要是有一个男孩，就让他去当拳手，我没有实现的梦想就让他来实现。"之后，我出生了。

　　我从小就看着他带着队员训练、打比赛，每次比赛他都会带上我，还会去校长办公室帮我请假。我第一次看的是喀什地区的比赛，也不是很大的比赛，但是看的人特别多，特别热闹，看得我很想自己去打一场，这时就想长大以后当一名拳击手了。

　　我三岁的时候，我爸就带我做一些拳击训练，让我跟着那些年纪大的队员跑步。他们做什么，我也做什么，我爸还会让我直接跟其他队员对打，经常是我打一下，他们就倒在地上，让我觉得自己特别厉害，对自己很有信心。我爸特别严格，每次训练之后我们都是走路回家。我练得不好的时候他就一句话都不说，很生气的样子，到家之后就教训我，让我改；有进步的时候他就会特别高兴。每周日的上午，CCTV5（中央电视台体育频道）都会播放职业比赛，我小时候就跟我爸看那个比赛。那时候最出名的是泰森，我和我爸特别崇拜他，发型都是跟他一样的。

我上六年级时，我爸提出要带我去新疆体育学校，我妈没有同意，因为那时候我学习特别好，她很想让我上大学，但我爸想让我当拳击手拿冠军，为了这个爸妈还吵了一架。后来我要来体校，我妈也没有同意，是我哭着吵着来的。到体校之后，第一堂训练课结束的那个下午，我就已经起不来了，特别累，这是之前完全没想到的。一个星期以后，我全身酸疼，上下楼都是抓着扶手爬，当时就觉得这个专业一定很苦很苦，是一个真正的男子汉选的专业。

我家在喀什的麦盖提县，体校在1500公里外的乌鲁木齐，爸妈把我送到学校，待了两三天就走了，那时候我十岁半，是体校里年纪最小的孩子，想家是肯定的。因为专业动作很漂亮，大队长一直很喜欢我，慢慢地，我就没那么想家了。

体校的训练比小时候苦多了，我刚开始戴拳套和别人对打的时候，每次都挨拳，鼻子直流血。我也哭过，也想回去上学，觉得上学还轻松很多。但我给家人打电话诉苦说想回去时，他们说了很多鼓励我的话，我就坚持下来了。

在体校上了两年之后，我才有了第一次比赛的机会。那是2007年，我参加了喀什地区的38公斤级比赛，获得了两场冠军。2008年，我转到了新疆队，那年我十四岁，在队里待了两年，还是年纪最小的队员。那儿的训练更苦了，每天都训练，特别想回家。因为家里就我一个孩子，而且我的家庭条件也不错，回去的话想做什么都可以。我就给家人打电话说想回去做点别的事，我妈说，学专业就是很难，能坚持的人不多，但只要你坚持下去，一定能成功。这是原本不支持我学拳击的妈妈对我说的话，后来我想了想，在队里我还有打国内、国际比赛的机会，这样的机会在学校上学时可没有，这样想着，就坚持下去了。

第一次打国际比赛是 2010 年在哈萨克斯坦，那是我第一次出国，我特别高兴。到了那边以后，我发现他们的运动员训练的内容很不一样，他们很放得开，也特别有自信。我就一直观察他们，一直在想，为什么我们没有那么自信？后来，我去打了 69 公斤级的比赛，对手有哈萨克斯坦的，还有古巴的。那是我第一次看见黑人选手，感觉他们特别厉害，个子高，臂长，但其实打起来的时候跟我们差不多。那次比赛我第一场和第二场都赢了，第三场输了，不过教练很高兴，觉得我年纪这么小，第一次出国就拿到了季军，也很不错了。我回来之后就想，我们之所以没有自信，就是因为出去打比赛的经验太少，会心虚。其实对手实力跟我们差不多，如果有足够的经验，我们也可以很自信，也能在国际比赛上获胜。

过了一年，我又得到机会去哈萨克斯坦打国际公开赛，一共打了四场。前三场是和哈萨克斯坦选手和吉尔吉斯斯坦选手打，都赢了。第四场是和古巴的选手对战，那是决赛了。我的教练跟我说，你得先把自己打赢了，才能打赢对方。我放下了很多心理包袱，上场之后特别自信地打，最后拿到了 69 公斤级的冠军，还是那场比赛的最佳运动员。我特别高兴，并且从那时开始，自己的水平也提高得特别快了。

我和国外拳手的交流不光是在比赛上，也看到了他们平时训练的状态，跟他们做了很多交流。他们训练的时候特别自信，而且特别专心，一般是上午上课，下午来拳馆工作，晚上再训练。不训练的时候会保持正常的生活，会上学、看书，做别的事情，还去约会什么的，很自由。他们问我们是什么状态，我说就是训练、打比赛这样重复，他们就问："你们这样做，那退下来之后准备去做什么？"我这才想到这个问题，但真的不知道退下来之后要做什么。我之前的生活就只有训练，没有学习，文化上也不行。我六年级以后就没有上过学了，汉语水平也不怎么样。上体校之后，每年寒暑假，我妈会给我布置学习计划，让我学汉语，每天写汉字，每个字写几十遍，都是自己学的。和国外拳手交流之后，我学到了一种新的思维方式，学会了把专业和生活分开。训练的时候就专心训练，练完回来总结一下，然后去做自己的事情，去学习、看书、看电影，开始学习英语、哈萨克语、俄语什么的，但没有约会，那时候还小，还不会约会。

　　我 2005 年 9 月进的体校，2008 年被选到省队，2014 年拿了全国拳击锦标赛的亚军，之后就进入国家队了，后来在全国的冠军赛上拿了亚军。我原本有机会去参加国际职业联赛的，但那场比赛没去成，我就和我爸商量，从国家队出来，自己打职业比赛，去实现小时候的梦想。就这样，我和一家上海的公司签约了。我现在的教练是个美国人，带过小罗伊·琼斯这样很有名的运动员，我跟他一起训练，学得特别快，我们的关系也很好。职业比赛的推广度很高，观众的关注度也高，特别热闹，比赛现场也能更好地发挥自己，当然竞争也更加激烈。这终归是我从小就有的梦想，我想实现它，更希望能让家人、朋友、亲戚因为我的好成绩而幸福和骄傲。

2015 年是我打职业赛的第一年，到现在已经获得七场比赛的胜利了，希望有一天我可以拿到金腰带。

学拳击到现在十几年，爸妈给我的支持和帮助特别大。爸爸在拳馆里是一个好教练，在家里是一个好爸爸，经常会给我做饭，当然他发起脾气来还是有些可怕的，但我对他更多的是尊重，不是害怕。妈妈一共只看过我两场比赛，第一次是在新疆第十二届自治区运动会上，我打赢了之后下去和妈妈见了面，她哭着说，你在台上打了十分钟，对我来说就像十年一样。那之后就再也没看过。2014 年 7 月 18 号，我去澳门比赛，带她一起去了，也想顺便带她看看风景。那次比赛结束后，妈妈上台哭着亲了我，其实她一哭，我心里也特别不舒服，但她又笑着跟我说，她觉得这场比赛特别快。很多人会在半路放弃，但爸妈总会跟我说，专业就是要付出才有收获。

拳击是很专业的一件事，也意味着会很艰难，而且要放弃很多东西。我记得有一次古尔邦节，我家人都来乌鲁木齐了，那时候我们在乌鲁木齐还没有房子，三个人就在宾馆里住。节日那天，我们想去好一点的餐厅吃饭，但很多餐厅都放假了，最后只找了个很普通的餐馆吃了一顿。那时候我真的挺难过的，因为古尔邦节是新疆最大的节日之一，家家户户都在团聚庆祝。经常有朋友问我古尔邦节休息几天准备做什么，因为大家都放假了，我只能说我们没有休息，一直训练。他们都很惊讶，问为什么，我就会告诉他们："我们拿冠军的时候就是节日。"

以前比赛没有经验，只想一定要拿冠军，一定要争取继续比赛的机会。现在我不那么想了，而是想第一步怎么走，第二步怎么走，走一步想一步，而且一定要相信自己。拳击看上去是战胜别人的过程，但首先要战胜自己，才有可能战胜对方。因为每一场比赛里，每个人都会特别激动、特别紧张，这是正常的。很多拳手在拳馆练得很好，但比赛的时候因为没有控制好自己的情绪，没有战胜自己，就输掉了。所以每次我都不会先想输赢，而是想如何把学到的好好发挥出来。每次比赛回来，我都会写很多东西，总结自己和对方的缺点和优点，分析应该如何努力。我觉得即便是拳击，也是需要匠人精神的。

拳击是一个真正的男子汉做的专业，也会受很多伤。很多时候，我虽然想放弃，但又想，任何一个专业的学习都需要很大的勇气。我很爱这个专业，当你爱一个专业，这个专业也会爱你，我一直就是这么想的。

欧特凯：我是新疆和上海两地文化的结晶，两个地方我都非常了解，所以我也可以非常自豪地说我从新疆来。

欧特凯：
新疆和上海文化的结晶

　　我的名字是欧特凯·艾尼。我生在上海，长在上海，祖籍是新疆阿图什。我现在14岁，就读于上海市民办新复兴初级中学。我的班主任姓周，数学老师姓王，语文老师姓唐，我们班是个非常融洽的大家庭。

　　在学校里，成绩一直是我的硬伤，不是我不喜欢学习，是竞争太激烈了，我压力山大啊。上课的时候，我喜欢接老师的话。其实这也不能算是坏事吧，接了老师的话，说明我听了他上半句，同学们笑了，说明他们听到了老师的话。用这个方式稍微改变下课堂气氛，让大家都机灵一点，要不然这么读书太死板了。这并没有影响我和老师还有同学们之间的关系，老师对我特别好，同学们也特别团结。我们学校课余活动特别多，很多活动老师都会让我参加，什么舞蹈演出啊，演讲比赛啊。我最喜欢的还是打篮球，我从小学五年级就开始打球，本来就比较好动，让我坐太久也不太可能。篮球是个特别讲究团队合作的运动，我们队的球友配合都特别默契，

闭着眼睛都能把球传出去。我读初二的时候，有场篮球赛本来能拿个很好的成绩，但我在决赛的时候伤到了右手，最后以两分之差输了，这让我非常遗憾。

事实上在初二之前，我都是特别冲动的，可能会因为一句话就跟人打架。那是"切糕事件"刚发生的时候，有一天我在学校走着，突然一个同学过来就说"你个卖切糕的"，当时我就跟他打起来了。那个同学被我打得很重，我也伤得挺重的。后来我被老师找去谈话，我爸也找我谈了，他说："你又不是他说的那种人，没必要对号入座，对方那样说，就是为了得到这样的结果。就算是为了让他失败，你也不能这样做，如果不给他想要的冲突，他自己就会很尴尬和无聊。"我想了很多，也想明白了。后来又有一次，我在学校走廊走着，一个人过来就说："哟！这不是恐怖分子嘛！"我也没理睬他，直接跟朋友边聊边走过去了。过去之后，我回头看了下，那个人的表情真的特别尴尬，我就觉得特别成功，比冲上去打他一顿还要解气。

我觉得冷静可以用在各个方面。比如发生意外，你肯定要冷静下来，如果脑子一团乱，就不知道要干什么了。再比如打篮球，这也需要非常冷静的头脑，你得在瞬间判断出球的走向，或者根据对方的眼神判断他要把球传给谁，在他出手的一瞬间做好相应的准备。在球场上，大家肯定都会打得特别热，人一热，脑袋也会热，很容易发生冲突，双方必须要有人退一步，退一步的人就得到了最大的成功。我是这么认为的。

我们学校的历史很悠久，我是我们学校招收的第一个维吾尔族学生，其实我从小就长在上海。虽然我在长相和饮食习惯上与别人有所不同，但

这也没什么，每个人都有点不一样的地方。我觉得我是新疆和上海两地文化的结晶，两个地方我都非常了解，所以我也可以非常自豪地说我从新疆来。

我爸妈是真正从新疆来的。我爸是个很聪明的人，比较机智，一眼就能看出我在想什么。比如我问他一句话，他就能猜到我在想什么。有时候我觉得这挺可怕的，但又觉得自己的聪明才智正是他传给我的。我妈在我心里也特别伟大，她情商很高，声音也比较响亮，还喜欢操心，我和妹妹被她管得很严。可能天下妈妈都这样吧，我爸就喜欢让我们自己去探索。

我爸给我讲过他的故事。他是新疆阿图什人，是家里的老大。当时生活比较艰苦，我爸就一边读书一边帮家里做事，还要照顾弟弟妹妹，十岁的时候就已经很独立了。我爸说这也是阿图什的传统，阿图什人在孩子小时候就培养他们独立的性格。在阿图什，男孩子到十六岁的时候，家里会给他一根榑子，让他带着榑子骑马或者骑毛驴出远门，几个星期之后如果还能把同一根榑子带回来，就说明这个孩子成人了。

我爸来上海的经历也很有趣。1984 年那会儿，阿图什还没有电视，但是有可以放映电影的机器，我爸就包下来，在自家园子里放电影。当时，每部电影前面都会出现“北京电影制片厂”“上海八一电影制片厂”这样的字，我爸不认识汉字，看上海的那个字还不错，就问别人是什么意思。知道是“上海”，他就下定决心去上海。1986 年，我爸就来上海了，他是来上海的第二批新疆人里的一个，当时才十七岁，过得还挺艰苦的。我爸总对我说，他现在的实力不是一下子就有的，也经历了特别多的事情。我爸还说，有想法的人就有动力，没想法的人绝对没有动力。他刚来上海的时候开了个餐厅，就在八一电影制片厂对面，现在已经有好几家分店了，上海也从我爸刚来时候的 650 万人变成近 3000 万人了。我爸特别喜欢上海，因为这里的生活节奏很快，他正是那种不怕累，喜欢每天忙碌的人。他也会说上海话，还经常跟人家说，上海就是我们中国的纽约。

我打篮球受伤那次，决赛的时候其实是特别想上的。班主任给我爸打了电话，我爸就跟我说，你有拿冠军的目标很好，但也要看实际情况，男人做事需要冷静，给自己一些时间。一年、两年，甚至三年、五年把这个事情完成也可以，不要想一下子就完成。但那次决赛我在下面实在是坐不住了，就冲上去了。这可能是因为我妈的影响，她一直教育我，男孩子就要冲上去。

我妈跟那些从上海来新疆的知青的孩子一起长大，对上海很是向往，考大学的时候就考到了上海。现在，如果只听她说话，你会以为她是个地道的上海人。我妈从小就特别机灵，我也得到了她这方面的遗传。我妈是女汉子，我在上初二之前，跑 50 米跑不过她，跑 1000 米还是跑不过她，她耐力特别好。而且她特别喜欢恶作剧。有一次，我晚上回家，家里黑着灯，我一开门就看到一个人披头散发地站在那里，当时把我吓坏了。我妈对我们要求特别严，但她的关心并不会让人觉得烦。最可怕的是什么？是父母根本就不管你。

我从来不玩儿网络游戏，这和我妈也有一定的关系，因为她不喜欢我拿着手机，所以在她面前，我连给手机充电这种事都不会去做，一定等到她不在的时候再去看手机。但我觉得这不是害怕，而是一种尊重。

因为工作原因，我妈去新疆了，这一去要待一年多。她刚走那几天，我上课的时候会突然想她，然后就哭得稀里哗啦，把同学们都吓一跳。

我爸妈都是靠自己来的上海，靠自己在这个城市打拼。他们和这个城市一起长大，亲自参与和见证了这个城市的成长，也成了这个城市的一分子。

我放假时也会回新疆，新疆和上海是不一样的好玩儿，虽然我大部分的朋友都在上海，但所有的亲戚都在新疆，那是一种不一样的家的感觉。上海特别现代，新疆就给我一种跟大自然融为一体的感觉，非常舒爽。

我以后想当演员，因为我的肢体语言比较丰富。但我想当演员的理由特别可笑，因为每个职业我都想体验一次，如果做演员，就有机会了解各个职业的不一样的感觉，无论是苦还是甜，都可以给自己带来不一样的改变。

库尔班江·赛买提：在新疆这个符号被异化的社会发展环境中，他们没有选择逃避或极端做法，而是通过个人的努力和奋斗，继续热爱生活，坚守着自己的专业和岗位，收获一定意义的成功。

库尔班江·赛买提：
很远的新疆和很近的新疆人

一、我的父亲母亲

1　一个玉石商人和他的妻子

和田玉被国人视为珍宝，其中以羊脂玉为奇佳。羊脂玉乍一看非常普通，并不起眼。而正所谓"人养玉，玉养人"，随着时间的发展，佩戴羊脂玉的人会发现它玉质的精美，才能感受到羊脂玉的密实，更能感觉到羊脂玉的油性在提高。我做过几年玉石生意，经手的玉石无数，见识了各种各样的人。有真心爱玉的人，能为了看一块儿顶级的羊脂玉，付十万块观赏把玩一个小时；我也见过左手买完玉，右手就倒卖出去只为了赚个转手价的商人。玉和人之间其实也是有缘分的，正如人与人的关系，而我的父亲和母亲之间的故事，就是这样一种写照。

我父亲祖籍阿图什，母亲祖籍喀什，母亲因为姥姥的家族产业而定居和田，而父亲则是因为母亲和我才留在了那个城市。

对于父母的相遇，两人的说法不一样。在父亲的故事里，他是一个小生意人，母亲则是离家出走的叛逆少女，两人在喀什一见钟情。母亲的说法则为，她在和田帮家里的生意，在一个市场卖头巾，父亲去那边做生意，看上了她便穷追猛打，总之追来追去，二人在父亲的老家阿图什领了结婚证，念了尼卡。

刚开始，两个人在阿图什和父亲的家人生活在一起，直到我出生，姥姥的一封电报把妈妈召唤回了家，便不愿再回到阿图什。自母亲带着我离开那天起，父亲每天不愿出门，连床都不起，天天闻着我的一块儿尿布。奶奶看不下去，就说："你走吧，媳妇和孩子在哪儿，你就应该在哪儿生活。"

新疆和田市是一块盛产和田玉的宝地。那里绝大多数的家庭都靠从事玉石生意来维持自己的生活。可以说，和田玉是他们赚钱的重要工具，从事玉石行业对他们而言早已成为了我们现代人所谓的"金饭碗"。

母亲家曾经是和田的豪门，成了上门女婿的父亲，其实可以帮着做家里的生意。但父亲凭着身上仅有的一些钱，卖过地毯、皮毛、烤肉，开过餐厅，最后开始做起了玉石生意。听说，这也是因为姥姥对这位女婿的上门有些嗤之以鼻，才让父亲启动了励志模式。

可持续发展似乎从不是各行各业的暴发户们愿意思考的事情。玉龙喀什河越挖越深，玉石越来越难找到，而市场上的好玉石不断流动，让真正优质的玉石日渐减少。生意上的竞争必然也更加激烈，玉石的价格水涨船高，千万富翁虽然越来越多，但真正的挖玉人却越来越穷。父亲虽然也是玉石商人中的一员，可惜没成为千万富翁。因为对玉石的真诚，很多客户都和父亲成为朋友，哪怕利润很少，父亲也会把好玉交给一个真正懂得珍惜的人。更因为这个独特的或者说很难被圈内人士理解的经营理念，所以直到现在为止我们家并不算富裕。但是我的父亲心里却感到一份踏实和满足。能做到这点的商人并不多。父亲自我解读，称自己是玉石界的月老，他想给每个客户和玉石之间系上红线，让彼此更懂得珍惜对方。

父亲视玉为生命的一部分，在我还不懂事的时候，留在脑海中最深刻的印象就是父亲每天在院子里洗玉的场景。

每当午后满满的阳光晒进院子，父亲就会准备一个盆儿，往里面灌上满满的清水，把它放在院儿里阳光最充足的地方，之后把一颗颗玉石轻轻地放入水中浸泡，用手反复揉搓。这样的过程我都记不清看过多少遍了。当时我觉得父亲的举动特别好玩，也不理解他为什么要这么做。我们兄妹四个都问过父亲："爸爸，你为什么要把石头泡在水里呢？"父亲每一次都会慢悠悠地回答："让它们在自己的家乡喝够水、晒足太阳后再离开。因为这一走，也许很难再回到养育它们的这片土地了。"

母亲除了照顾家里，也跟着父亲忙生意。母亲对玉略懂一二，认为玉能赚钱，而能赚到钱的就是好东西，赚不到钱就没有用了。母亲生下了我、一个妹妹，还有两个弟弟。生活或许安逸，却并不平静。三弟出生的时候，父亲已经开始做玉石生意了，因为生意的需要，离开家有时数月，有一次甚至一年。每次父亲做生意回来都会把所有赚到的钱交给母亲，临走前也要保证家里有足够的钱花。但毕竟离开家的时间并不确定，有时人还没回来，钱已经用光了。为了生活，母亲卖过自己的珠宝首饰，自己推着车在

街边卖过水果。要知道这个性格刚烈的女人曾经也是大户人家的女儿，黄金首饰一向是母亲的最爱，更没吃过苦，但当生活遇到问题时，她也没有回家哭诉过，而是把担子自己扛了过来。

父亲也知道母亲不容易，每次回到家，做饭、洗衣、收拾家务，父亲都做。家里的孩子里除了三弟是在医院出生，我和妹妹还有四弟，都是父亲亲自接生的。

父母这样相帮相携的婚姻关系，在当时民风偏向大男子主义的和田实属少数，因此招来的非议和记恨也不少。在父亲的和田玉生意做到顶峰的时候，他接二连三地遇到了诈骗，骗子骗光了他所有的石头，连身份证都没留。"真主给的钱，真主又拿走了。"父亲淡淡地说。但自尊心极强的父亲认定自己必须是家里的顶梁柱，他一心要把那些钱赚回来，没几天又走了，这一走就是四年，且杳无音讯。我和弟弟、妹妹只有一个念头，父亲只要活着就好。但对于母亲，父亲的出走无疑是巨大的打击。曾经记恨我家的人道听途说，借此机会刺激母亲，有的说父亲已经死了，有的说在其他地方看见父亲已经成家了，和一个女人走在一起，还抱着个孩子。母亲每次都默默哭泣，我安慰母亲，只要父亲还活着就好，甚至跟母亲说，如果父亲结婚了，我就给她再找个丈夫。

直到四年后，我在河南的一个小旅馆找到了父亲，带他回了家，母亲终于放了心，而这个家终于算是步入了又一段平静。

2　一个父亲和一个母亲

我来自新疆和田，熟悉新疆的人都知道，这是一个非常传统的维吾尔族地区。但我们家与其他家庭不一样，因为我的爸爸，是个怪人。

父亲从小就跟我们说要好好学习，而在那个年代的和田，农耕劳作的家庭很多，大部分父母都觉得，农民的孩子只能当农民，连我母亲都是那样想的。于是很多孩子学都没上完就退学，回家里做了劳力，或者去做了学徒。我父亲和大部分家长不一样，为了让我们有个好的学习环境，找一个邻居家孩子都上学的地方，搬过三次家。母亲常对此埋怨，因为我家的房子一次比一次小。但父亲的做法换来的是我们的学习成绩越来越好。

父亲也总爱给我们讲故事，讲他去过的地方和见过的人，故事里有很多有学问、有学识的人，故事的内容是只要有知识就可以去想去的地方，做想做的事情。

1998 年，我考上了距离和田两千多公里远的中专学校学汉语。那是我有生以来第一次离开家，也是第一次出和田。父亲送我，一路上他对路过的地方都特别了解，让我佩服。我也想和他一样去很多地方。在车上，父亲问我："儿子，你上学为了什么？"我说为了工作赚钱。父亲说："上学是为了学知识，为了更好地理解生活，让自己越来越强大。如果你是为了赚钱，还不如不要上学，跟着我做生意。"我父亲总说他没读过书，所以吃了很多苦，因此哪怕卖掉裤子也要供我们上学。父亲是个尊重知识的人，因为他懂得知识改变命运，他教会了我学习是一辈子的事情。

每当寒暑假的时候，邻居家长把孩子送去讲经班学《古兰经》，母亲也想送我们去，但我父亲认为我们当时还小，放了假就应该踏踏实实去玩儿。母亲为此经常和父亲吵架。学会念经文不难，而理解信仰的本质，发自内心地相信善良，保持积极的心态，很难。当我们学习了科学文化，掌握了知识，见过了世面，就可以更好地理解自己的信仰，才能把学过的东西和背下来的经文变成真正的智慧。父亲相信，等到我们长大了，会自己感悟。父亲是一个开明的人，因为他懂得尊重孩子的选择，他教会了我什么是真正的信仰。

　　和田的维吾尔族人口占全部人口的 96.4%，很多维吾尔族人会排斥汉族人到家里去，汉族人用过的盘子、筷子、碗也会扔掉。但打从我记事起，就总有汉族小孩来我家玩，吃我们家的抓饭。我在和田最好的朋友，是土生土长的汉族人，过节经常到我家里去，说："库尔班江不在，我就是你们的大儿子，给你们送只羊。"在这样的家庭长大，我没有感觉到汉族人和维吾尔族人有什么不同。结婚之前，我交过一个汉族女朋友，一个上海女孩。我跟我爸讲，我喜欢上一个汉族女孩。我爸说："行啊！"在南疆，这是大多数维吾尔族人绝对不可能接受的。我爸说："如果你觉得喜欢她，她也喜欢你，没事儿子，你过好你的幸福日子就行了。"在北京的时候，那个女孩还当着我爸的面喝了啤酒。这违反了维吾尔族人的一个重要的禁忌，我当时吓了一跳，以为我爸会大发脾气，或掉头就走，但他什么情绪也没有。那一刻，我很感动，他真的完全包容了这个汉族女孩。

　　在别人眼中，爸爸是一个怪人，在我眼中，他是一个了不起的人，因为他的心很大，他教会了我包容不同民族的差异。

父亲做生意的时候总是跟我们提"诚信"。弟弟继承了家里的生意，父亲总是告诉他，自己店里的东西，要自己指出缺点，弟弟不理解。父亲说："隐藏缺点，也许可以多卖几个钱，但客户买了玉石，拿去给朋友看，或者给懂行的人看，迟早会有人发现那个缺点。而长远地看，丢的就不是钱，而是比钱更重要的诚信。"有一次，一个客户打算购买一块昂贵的玉石，在最后关头，父亲发现那块玉石的皮子有问题，立刻就让弟弟放弃了这笔生意。要知道，这笔生意如果成交，可以赚 400 万。父亲是一个顶天立地的人，他的诚实守信，教会了我守住内心的底线。

　　父亲没念过书，维吾尔语、汉语都不会写，勉强学会了写自己的名字的时候，也经常会多一笔少一画。但在所有接触过父亲的人眼里，他一直是个真正的文化人。我听过很多接触过我父亲的朋友说，父亲从没有说过一句脏话，更没有跟女性开过一句玩笑。他们总说："你父亲真的有知识分子的气质，在他的身上永远散发着比别人更胜一筹的道德品质。"

　　其实，父亲不是一个怪人。因为他的开明，我们兄弟三人都离开和田，找到了自己喜欢的工作。我妹妹在和田，成了一名优秀的汉语老师。因为他的包容，让我决定拿出自己仅有的能量，为维吾尔族和汉族的融合付出努力。因为他的坚守，让我在面对所有的批评、谩骂和怀疑的时候，依然可以保持内心的平静。

　　关于我父亲，曾经被《凤凰周刊》作为封面人物报道过。习近平主席到新疆开干部大会时，手里就拿着这篇报道。我想这不仅仅是一个父亲，或一个家庭的故事，因为和田只是中国西部的一个城市，在整个中国，有无数家庭，无数个父亲和母亲把他们的人生理念传承给他们的孩子。我父

亲其实很普通，他教给我的开明、包容和坚守，其实是中国人自古以来就有的美德。我们都是这些美德的继承者，我们有义务把这些美德，一代一代地传下去。

父亲没有让我继承万贯家财，他用言传身教的方式，将他用几十年领悟到的做人的品质教给了我。如果说父亲是我做人行事方面的老师，那么母亲教会我的则是对家的守护和爱。

母亲上过学，上到了初中。当时学校用维吾尔语的拉丁字母教学，于是母亲便不认得现在的新字体。记得我曾经问过母亲，学生时代有没有过梦想，她笑了笑告诉我，有一次上课，老师问了所有学生们今后的梦想是什么，有的同学说希望当老师，有的说想当医生，还有的想当官，她当时说就想做农民。因为在她当时的观念里，农民的孩子只能做农民，其他同学的梦想也都只是想想而已。多年后，母亲的同学真的做了老师，做了医生，也有的做了官，而母亲，真的继续做了农民。

母亲说我出生的时候是个十斤重的胖小子，着实让她费尽了力气才生出来。她抱我抱不到一百米就得歇一会儿，因为太沉了。我小时候也没上过幼儿园，那时候和田哪儿有维吾尔语幼儿园呢？只有汉语幼儿园。母亲一手把我养大，另一手把我打大。三年级的那次，应该是母亲打我打得最狠的一次，因为我偷了钱。我没偷自己家的钱，撺掇邻居家孩子，让他去把他家的钱拿出来给我花。后来这孩子胆儿小给他爸妈招了，他爸妈跑来我家告状。那天晚上母亲铺好了被褥，我脱个精光刚钻进被窝准备睡觉，母亲一下把被子掀开。我一看，她手里是六根粗粗的柳条，每根柳条是三根细柳条编出来的。我直接被母亲反手绑在树上一顿打，那次真的是打怕了，不是怕淘气，是真的有点儿害怕母亲了。

母亲对我们的呵护没有因为我们的淘气而打折扣，从来都是无微不至。我六七岁那年，我爸一年多都没有回家，妈妈推着车子在街上卖水果，那是冬天，妈妈就穿着一件大皮衣，抱着我三弟在街边摆摊卖水果。我妈不让我帮忙，就为了让我好好上学。

我依旧不改混世魔王的本色，在外撒野，在家撒泼，带着弟弟妹妹逃学，偷父亲兜里的钱，甚至因为零花钱少了而掀翻过煤炉子。记忆中父亲从不会对我动手，就算知道我偷拿了钱，还是会给我讲道理，说："孩子，这么大面额的钱你花不了，你想要什么我就给你买。"父母也会因此常发生争吵，母亲认为父亲娇纵了孩子。

最终让我改变的是去博州上中专。第一学期结束回到家，到家门口看到我妈，我直接跪下了，跪着爬到我妈跟前，跟她道歉，跟她说是自己过去不懂事，是自己没有照顾、没有孝顺好她。这一切倒不是因为我在博州上学受了多大的委屈，真的是因为第一次离开家，离开亲人，第一次离开总是为我准备好一切，给我养成了"衣来伸手、饭来张口"的习惯的母亲。我第一次明白家和家人对我有那么大的影响，对我那么重要。

3 一个男人和一个女人

人们会用"男人来自火星，女人来自金星"来形容男女之间的差异，其实差异并非坏事，通过沟通，差异可以变成互补。但没有了沟通，差异就会变成差别化的对待。

也许在上面的故事中，你已经感受到了我父母这两个人观念上的种种差异。这些差异来自他们的性格，来自他们各自的家庭氛围，也来自聚少离多的生活。或许是相遇的那个年代，男女间结婚就是一件并没有什么考虑的事情，哪里会想到沟通，只要看顺眼了就回家把婚结了，就是那么任性。但我父母之间的差异，在我看来就是父亲本是块羊脂玉，母亲却视他是块儿破石头。

　　就是这样一个男人和一个女人，在相伴了三十二年的时候，分道扬镳，而打开这个潘多拉魔盒的，是他们的儿子——我。

　　在我的记忆中，父母两个人要么是一个在外打拼，一个照顾家，要么是两个人在家吵架。父亲会因为家里收拾得不够细致而发脾气，而母亲会因为父亲对孩子们的教育方式、对家庭的疏于照顾而气恼。似乎最平静的还是父亲不在家的时候，而那时母亲却又无法放心。

　　虽说两个人在家互相不对付，但面对外来的"敌人"时定能一致对外。因为做生意，总会有些资金上的往来问题。曾几何时，和田玉界是不会立字条的，说多少就是多少，定好了什么时候就一定是那个时候，不怕毁约，因为真主看着呢。用父亲的话说，你的就是你的，不会变成我的。但终归还是会有人把良心挂在嘴上，把真主丢在脑后。

　　那一次，父亲出走四年，虽然我们四个孩子都很争气，我也没让母亲为家里的经济担心过，但一个男人突然不见，对女人来说，打击无疑是巨大的。压力、困扰、愤怒、懊悔……我也不知道那四年有多少情绪围绕在母亲心里。父亲回来时，母亲已经快五十岁了。两人终于到了相依相伴有个伴儿的阶段，父亲的身体却突然出现了问题。因为和自己弟弟的一些矛盾，父亲突发脑栓塞，虽然及时得到救治，但留下了左半边身子的后遗症。

我们总说夫妻要相亲相爱，老了就能有个伴儿，我也很想我的父母老了之后能相互陪伴，这样我们做子女的才会很幸福。

二、很远的新疆和很近的新疆人

一说新疆，大家都觉得好远啊，而且好像还不安全，不太愿意去了解。但一说海南、云南，甚至美国、迪拜，大家似乎都热情高涨，再远都得去。一说起新疆人，大家也觉得很陌生，还挺害怕，好像新疆人是另一个世界的人，不知道该怎么去沟通，但我们对外国人的生活却特别感兴趣。

所以我想给大家讲讲我的故事，也跟大家聊聊媒体上不会讲的真实的新疆，还有和大家都一样的新疆人。

我叫库尔班江·赛买提，自由摄影师，目前定居在北京。二十世纪八十年代初，我出生在新疆和田的一个维吾尔族家庭。从小我就很有沟通的天分。我家住在巴扎附近，我常干的事儿就是从巴扎一头走到另一头，看见卖好吃的的阿姨就叫 Apa（维吾尔语"妈妈"），看见卖冰棍儿的阿姨我就说："Apa，我帮你卖一点儿吧。"过一会儿阿姨就会给我根儿冰棍。看见卖瓜子的阿姨，我就说："Apa，我帮你一会儿吧。"阿姨也会给我一点儿瓜子。看见卖凉粉的、卖羊杂碎的，我就都去"帮"她们一会儿。等走到另一头我们家的烤肉摊时，我今天的任务差不多也完成了，还要再来上两串妈妈给我留的烤肉，然后再回家吃晚饭。我妈也拿我没辙。

在和田这样一个维吾尔族人口占到96.4%的地方，我小时候能见到其他民族的机会，几乎是没有的。家里人从来不会特地告诉我汉族是什么样、哈萨克族是什么样。小学的时候，老师会给我们介绍中国的概况，还会讲讲中国的民族情况。当时的书里用漫画的形式展示了中国56个民族的样子，汉族是头上绑了个头巾、腰上别个鼓扭秧歌的造型。我对汉族的印象导致后来我结识了在和田最好的朋友闻星时，心里还琢磨了一下：哎，他怎么没头上绑个头巾，穿个褂，腰上系条红绸呢？

56个民族的小人儿都在欢乐地跳舞。学完以后，到现在为止我也说不全这56个民族的名称，能记住的就是小人儿的样子。我被问到得最多的就是："你们维吾尔族是不是都戴着花帽天天唱歌跳舞啊？你们是能歌善舞的民族。"很可惜，我是个四肢发达的粗人，我要是会唱歌会跳舞的话，帕尔哈提就是"好声音"第三了，第二得是我。

我和我最好的兄弟闻星刚认识的时候，我的汉语还糟糕得很，能听懂的也就百分之十到二十左右。虽然我在中专学校的专业是中文，但我绝对没有好好上过课，永远都在忙我的课外活动，打拳击、摄影，还有谈恋爱。在当时的女朋友的学校打篮球时，我第一次见到闻星。打球不需要什么语言，有一次打完，闻星跟我用手比画，意思是"去我家吃饭"，我当时觉得这兄弟是看得起我才愿意请我去他家，二话没说就去了。去了他家我才发现，跟我家没什么区别。最让我觉得惊讶的是，闻星的妈妈说着一口比我还流利的维吾尔语，还做得一手好吃的抓饭。聊天之间我了解到，闻星的妈妈是在和田出生长大的，生活习惯都和维吾尔族人一样。那个时候我才第一次切身地感受到，原来沟通和语言的关系不大，只要不要太介意。之后我有了想要学好汉语的愿望，于是回到学校，我主动要求和汉族同学住在一起，汉语也越来越好。

考大学的时候，闻星这小子也不知道哪儿来的主意，说要上维吾尔语专业。他爸妈是不同意的，觉得在和田不需要专门学维吾尔语，有现成的学习环境。但他坚持自己的选择。他考上的是和田的一个专科学校，上了第一批有汉族生源的维吾尔语专业班。他的其他同学都是在爸妈的安排下上的这个专业，只有闻星是自己给自己拿的主意。不光学习维吾尔语，闻星还开始看《古兰经》，学习伊斯兰教的知识，都是为了能和我更好地沟通和交流。我被我的兄弟感动了，他的这些举动也让我明白一件事是，沟通和民族、信仰没有任何关系，只要有诚心。

真诚让我结交到了闻星这个好兄弟，也让我认识了更多在和田出生长大的汉族朋友，沟通成了我越来越想做的事情。

做生意的那段时间，我来了趟北京，我一个兄弟接待了我，他叫朱宝。晚上，以前的一个客户老大哥给我打电话要请我吃饭，我和朱宝就去了。吃饭的时候，老大哥问朱宝："小伙子哪儿的人啊？"朱宝变得有点儿紧张，说："我是土生土长的和田人。"老大哥又问了句："你爸爸是哪儿的人？"朱宝说："我父亲是十三四岁的时候去的和田。"老大哥乐了，又问："我是问你父亲出生在哪儿。"朱宝停顿了一下，然后像机关枪一样说了一连串解释的话："我爸爸出生在郑州，他很小离开了家乡，十三四岁的时候去了和田……"老大哥在他的话语间悠悠飘出一句："河南人啊！"说实话，我当时一点儿不明白朱宝为什么那么紧张，为什么在逃避说父亲是哪儿的人，我也不明白为什么在说河南人之后要解释那么多。十年后，我明白了朱宝当时的心情和感受。

从中国传媒大学毕业，我开始从事热爱的纪录片的工作。这期间，以新疆为标题的各种新闻事件开始成为热门，媒体和读者都有猎奇的心态，只要新闻带上"新疆"两个字，点击率一般就有保障。但另一方面，我和我身边的新疆朋友除了要解释能歌善舞这个事儿，还要成为解释为什么新疆有小偷，为什么新疆出暴恐，为什么新疆有全国各地其他城市都会出现的治安和暴力犯罪事件。我甚至还要解释最基本的概况，就是新疆是一个多民族聚居的地方，世居民族有13个，常居民族有47个。对于仅仅是好奇的朋友，语言是够的，但很多情况下，我没法解释。

少数，是相对多数而言。我从新疆来，在新疆，我们并不会感觉到自己是人群中的少数。当我们离开家乡，就会成为多数中的少数，会被打上标签，代表新疆、代表自己的民族。不光是新疆人，别的地方的人也一样。

在家乡，我们可以放心做自己，过自己的生活。新疆人来到另一个城市，就开始被动地代表新疆、代表自己的民族，从而成为真正的少数。在这里，从外貌到语言，从生活方式到宗教信仰，新疆人从普通成为特殊，很多时候备受困扰。而这更多的是由于人们对新疆认知的缺乏。

有这样一批离开家乡工作生活的新疆人，在社会发展中靠自己的知识和能力过上自己的生活，为社会创造了很多价值。在新疆这个符号被异化的社会发展环境中，他们没有选择逃避或极端做法，而是通过个人的努力和奋斗，继续热爱生活，坚守着自己的专业和岗位，收获一定意义的成功。我相信每一个人都一样，无论离开家乡多少年，家乡都是他们无法割舍的根。对于新疆人，新疆精神在他们身上打下深深的烙印，新疆给了他们鲜明的性格，给了他们独特的经历，更给了他们非同寻常的选择。每一个新疆人都是中国这幅画面上的一抹颜色。

我曾经拍摄了很多新疆的秀美风光和人文风情，我曾经以为这些美好的景物和传统文化可以让人们对新疆有美好的印象。但在经历过后，我发现最动人的还是身边真实的人和事。因为一个特殊事件而对一个群体产生特殊印象，这是人的共同特征，也是现在全世界、全社会共同面对的话题。风景、歌舞和瓜果是不变的，表面的事物是很美好，但力量很脆弱，人们只会被吸引一时。如果少数人的错误做法可以改变一个群体在人们的印象，那么多数人的正确理解和积极行动更应该可以改善一个群体在人们心中的印象。现在最能改变人们看法的是我自己，和像我一样生活在大家身边的，和大家一样的新疆人。

这两年，以新疆为标题的暴力恐怖事件新闻频繁出现在人们眼前，我难过过，气愤过，更被影响过。同时我也在很多网络评论中发现，人们不再关心新疆的秀美风光，而是开始关心身边的新疆人，想知道他们在做什么，到底遇到了什么样的问题，为什么会发生这样的情况。我决定拿起我的相机，用我自己最擅长的事情写一份报告，以在内地工作生活的新疆人为主人公的少数派报告——《我从新疆来》。

《我从新疆来》正好可以给人们一个解释，让大家重新对新疆人有一个正确的认识，更重要的是让大家学会相互沟通和理解。

我历时 4 个月，走访了二十多个城市。追踪了近 500 个生活在新疆之外的新疆人，最终成功采访了 100 组人物，有维吾尔族、汉族、哈萨克族、蒙古族、回族、塔吉克族、塔塔尔族、锡伯族、达斡尔族、乌孜别克族、俄罗斯族、藏族、东乡族。在记录和拍摄他们的生活和工作的同时，我发现这也是在记录我自己，因为他们的故事我都在某种程度上经历过。

2014 年 10 月，《我从新疆来》这本书出版了，100 组人物的故事让每一个看过的人都感叹："原来新疆人是这样的，原来我们都一样。"而2015 年的 5 月，《我从新疆来》的纪录片也开拍了。

纪录片中记录了 18 位人物的故事，有新疆人，也有从没有去过新疆的人，他们生活在中国的各个城市，感受、体会、遭遇生活中每一个人都会遇到的喜怒哀乐，感受着每一个人都有的悲欢离合，也和每一个人一样，追赶着中国发展的步伐，努力去成为这个世界的一分子，成为大家眼中的普通人。

艾力克·阿不都热依木，维吾尔族，63 岁，来北京 34 年了，现在在卖烤肉。1982 年中国刚改革开放没多久，他在乌鲁木齐开了一家餐厅。北京来的考察队觉得乌鲁木齐的市场非常有气氛，希望在北京也能感受到这样的风情，选了艾力克大叔在内的十几个生意人到北京马甸的农贸市场做生意。刚开始卖水果，后来卖烤肉，甚至有了自己的小店面。那时候他想赚够了钱，就回到乌鲁木齐开个餐厅，让家人过上更好的生活。但还没等到攒够钱回家，他的第三个孩子就得了脑瘫，每天 1000 多元的医疗费，没多久就花光了所有积蓄。他只好把自己的摊位和店面都卖出去了。现在全家靠他一个人每天卖烤肉的收入维持生活，偶尔还需要躲城管。他的老大、老二定居在新疆，生病的孩子和小儿子跟他们在北京治病和生活，很多人告诉他，他儿子的病是治不好的，但是他还是坚持留在北京，希望有新的药能治好孩子的病。他现在唯一的愿望是他儿子早日康复。

另外一个打手鼓的主人公叫谢胜利，他71岁了，一直都没有去过新疆。他是已经去世的新疆鼓王阿不力孜唯一的一个汉族徒弟，手鼓打得非常棒。谢胜利年轻的时候因为对新疆手鼓的热爱，主动找到阿不力孜老师学习。也许语言、生活习惯上有不同，但谢胜利为了传承师父的技艺，每天都坚持打鼓，最终得到了师父的认可。师父去世之后，他依旧保持每天打三个小时手鼓的习惯，这是他纪念师父的方式。后来，他终于有机会能去了一次新疆。

亚库普江·阿布都塞买提，27岁，在深圳经营家里的玉石店。虽然父亲是做了三十多年玉石生意的商人。但是他大学毕业的梦想是做一名导游。

毕业那年夏天，他陪父亲去广东做生意，那边清真餐厅非常少，吃饭都要去很远的地方。那天，外面下着小雨，他从宾馆的窗户看到父亲买饭回来的样子，微驼着背在雨里慢慢地走。他哭了，觉得父亲这么多年在外做生意太不容易了。他决定放弃导游的梦想，跟着父亲一起学做玉石生意。父亲一直在跟他说，不要着急赚钱，先把人做好。

我跟他们一样，虽然远离家乡，生活遇到挫折，但是没有抱怨，仍然继续努力奋斗，认真对待自己的专业和岗位。我们没有什么不同，都在踏踏实实地生活。新疆给了我们不断学习进取的性格，生活却给了我们独特的经历和非同寻常的选择。每一个新疆人都是中国这幅画面上的一抹颜色。

除了亚库普江这样的生意人，还有很多新疆人。在我记录的这100组新疆人里，有普通的应届毕业生，带着孩子来上博士的夫妻，有小公司的职员，也有世界五百强公司的高管，都是在各行各业默默工作的人。我希望大家能通过这些平凡新疆人的故事，找到我们和大家的相同点。我们都在为生活努力，为家人奋斗，为自己争取。

这不是要树立少数的个别的偶像。除了希望大家能通过这些平凡而普通的人的故事重新认识新疆人，也希望大家能抛开地域和民族的差别，重新思考人与人之间的关系，了解真实的故事，了解真实的新疆，了解真实的自己。更希望他们奋斗拼搏的精神所散发出的榜样的力量，能够鼓舞所有年轻人，能够不抱怨、不懈怠、不极端，勇于拼搏，敢于吃苦。越努力越幸运，越勇敢才能有改变。

三、忍的力量

很多人都知道我是个摄影师，出过一本叫《我从新疆来》的书。但很多人不知道我曾经是个拳击运动员，还拿过自治区拳击比赛少年组第二名。从两手戴着厚重的手套用拳头攻击对方，到两手举着相机用眼睛、用心去感受和记录拍摄对象，我不仅仅经历了职业的转变，更重要的是学会了一个字：忍。

我曾经是一个有暴力倾向的人，因为我觉得，只有拳头才能战胜对手，只有拳头才能保护我自己不被欺负。

相信很多人在学校的时候都有过被一个叫"大胖"的人欺负过的经历。初中的时候，我们学校的大胖曾经往我桌子上倒过开水，我那时候是打不过他的，忍吧，但是又不甘心，就决定去练拳击。有一天可算找着机会跟他打架，打了三次，正好赶上那天我要入团，我打赢了大胖，也完成了入团仪式，还有退团。

我当时觉得，忍就会受欺负，所以，不能忍！哪怕付出了代价，我依然觉得自己像个英雄，我甚至因此爱上了拳击这项运动。

上了中专，我被体育老师带去比赛，从学校比到了自治区，还拿了亚军。当时就觉得拳头能证明我，哪儿有架打就往哪儿钻。有一次，我同学被校外的人欺负了，简直就是不能忍啊，我的人也敢动？我去找那个人约架单挑，结果人家带了十几个帮手，我被打的得不到北。又有一次在外面吃饭，旁边一个人打碎了酒瓶，正赶上我气儿不顺，在我面前甩瓶子简直就是造反，不能忍！过去揍他，结果这个酒鬼是在参加一个三十多人的生日派对，我又被打得比较精彩。虽然两次挨打，我还是认为，对方人多，所以赢了，如果我有更多的帮手，我一定能赢！除了这两次，大多数时候，我都能凭着自己的拳头，打败那些欺负我的人，我觉得自己很牛！

直到一次意外，我打比赛眼睛受了伤，被迫放下了拳击手套。我的拳头没地儿用了，喜欢上了摄影这么一个内敛的事儿。我开始从镜头里观察周围的一切，想的东西也多了。

到了北京，我见了世面，扛起了摄像机，还拜了师父，他叫王路。他看穿了我的性格，看到我因为民族的包袱，一方面容不得别人说一句新疆的不好，另一方面更对自己在各个方面都过于严苛地要求。师父总跟我念叨，脾气收着点，心里包袱轻一点，忍字心头一把刀。就这么一直被他念叨，我心里埋下了一颗种子。

2009 年的夏天，在我的家乡新疆，在首府乌鲁木齐，那一天是血腥和黑暗的。那时候我在北京，看到新闻后心里非常难过。就在几天后的 7 月 11 日，我坐地铁的时候接到了老家朋友的电话，我用维吾尔语和他交谈，隐约感觉到一股杀气，才发现我眼前坐着一个高壮的男士一直在瞪着我。快到站时他起身到了我前面，车门打开的一瞬间，他抬起胳膊在我脖子上给了一肘子，然后下车了。我捂着脖子愣了，看着他走出车厢，站在那儿一脸挑衅，他似乎在等待一场大战的爆发。但我却冲他笑了，在他惊讶的表情中，车门关上了。

喉咙疼了好几天，我心里一直在想，我当时为什么没下车呢？我会打不过他吗？就算打不过也得出口气不是吗？我把这事儿跟我干爹孟晓程讲了，干爹亲了我额头一下，说："儿子，你长大了。你明白了用拳头解决不了问题，忍耐和忍让不是说你心里害怕了，而是你的内心世界比那个男的要强大得多，所以你笑了。"干爹给了我一个最圆满的答案。

我以前觉得狂奔的马最能显示马的力量，但自从那次以后，我认为比这更有力的是在高速中刹住马蹄的刹那，这就是忍耐的力量。

这是我经历的一个转变，我从一个有暴力倾向的人，变成了一个懂得忍耐的人。我接触的很多朋友也跟我分享过他们遇到的被不尊重、不理解的经历。有的朋友动过手，毕竟被误解的感觉就像一把刀在心里，非常难受。

我们是用拳头说话，还是用微笑？用拳头说话是最简单的，用劲儿就行了，用微笑是最难的，那需要忍耐内心的冲动。有的朋友动过手，但更多的朋友发现忍一下，让冲动变成沟通的时候，收获的反而就是你想要的尊重。

我们每个人都可能在生活中遇到问题，但请记住，拳头不能解决问题，是可忍孰不可忍的时候，请记得忍一时风平浪静，退一步海阔天空，输得起自己，才赢得了别人。

后——序

马戎

汪辉

马戎： 和其他人一样，这些新疆人也是有理想、有能力、善良积极的普通人，在全国各地的不同行业里努力拼搏。

草原，我的一缕乡愁

马戎（北京大学教授、博士生导师）

库尔班江新出了一本书，取名为《我从新疆来Ⅱ：我从哪里来》，嘱我为他的这本书写篇短文。他去年出版的《我从新疆来》在国内外引起很大反响，向读者展现了一群来自新疆、有不同族群背景的人们的活生生的日常生活与事业追求。和其他人一样，这些新疆人也是有理想、有能力、善良积极的普通人，在全国各地的不同行业里努力拼搏。

我该为库尔班江写点什么呢？他的书稿无须由我来评价，但是这个题目"我从哪里来"却也给我自己提出了一个问题：我又是从哪里来的？哪个地方能让我时时怀念？哪个地方的人能够唤起我的"乡愁"和"乡亲"之情？能够让我产生一种说不清、道不明但又萦绕心头挥之不去的情怀？

我从哪里来？出生在沈阳，成长在北京，插队在草原，留学在美国，回国后在北京任教三十年。北京似乎应当是我最熟悉的地方，但是北京实在太大了，上千万人纷纷攘攘，大家来自五湖四海，我怎么也想象不出一个具有较高内部同质性的"北京人"概念，提到北京时也很难有类似人们所说的"乡愁"情感。所以，我在与别人交谈时，从来说不出"我们北京人"这样的话。可是，只要提到当年的插队经历，我会非常自然地说到"我们大队"。想到东乌旗草原上的呼日其格大队，眼前似乎就浮现出队里牧民们那一个个生动的脸庞，笑容和神态依然那样清晰。每当我说到当年的草原生活时，妻子总要笑我，离开那儿已经几十年了，还"我们大队"！是的，我在那里只生活了五年，但是那是我走出校门、初入社会的五年。十八岁到二十三岁的这段经历。恐怕人们都是终生难以忘怀的。

我们这些北京中学生，远离父母和熟悉的城市生活，来到一望无际的大草原，蒙古族牧民们以他们广阔的胸怀接纳了我们，把我们当作自己的孩子那样手把手地教我们如何在草原上生活，如何骑马放牧、搭蒙古包、转场搬家、捡粪打水、接羔剪毛。蒙古包之间最近的也相隔几里地，从大队草场的这一边到那一边骑马要走一天，所以牧民之间保持了亲密互助的关系和好客的传统，每个蒙古包都可以进去喝茶，到晚上就留宿。这是和我们熟悉的大都市生活方式和人际关系完全不同的另一种社会形态，而我们这些刚刚走出校门的青年，在"向贫下中牧学习、接受再教育"的社会氛围中也迅速融进了这个社群。我们努力学习蒙语，很快就被牧民"同化"，脸颊被草原上的烈日晒得黑红粗糙，膝盖由于每天骑马也变成罗圈，以致回京探亲时，沿途遇到的人都叫我们"蒙古人"，我们也以此自傲。

每当提起自己的草原生活经历时，我总觉得几天也说不完，往往是我发现听众们（通常是我的学生）已经开始走神之后，我才勉强打住。大家有时开玩笑，说我有"草原情结"。我发现这种"草原情结"在当年北京知青中是相当普遍的。有些老知青在退休后组织了"草原恋"合唱团，用歌声来抒发自己对蒙古草原和牧民们的怀恋。各大队的老知青们每年照例聚会，当年大家来自不同的中学也有不同的背景，但是"大队知青"这个身份认同就像一个烙印永远刻在了我们的心里。各大队的知青群体自发编辑印刷"插队画册"，撰写回忆录，希望这段宝贵的生活记忆长久保存下去。大家会在夏天结伴"回大队看看"，有时还会带上孩子，希望下一代也能够记住父母曾经生活过的这一片天地。我自己先后回去五次，每次都感慨万千，熟悉的老人们逐年离去，草原被铁围栏分割得面目全非，摩托车和小汽车已经普及，东乌旗所在地已变成一座新的城市……但是每当我们见到熟悉的老人时，似乎当年的"大队"又在我们面前重现。我有时也想，究竟是什么东西让这些大城市的中学生们离开草原四十多年后仍然对这片天地和牧民们如此魂牵梦绕？

与我们曾经生活并仍然生活于其中的喧嚣都市生活相比，草原上的生活是那么恬静和简单，牧民的笑容是那么纯朴和自然，长调和马头琴是那么悠扬，天地是那么清新和广阔，所有生物与人都融入那一片天地之中。在今天的都市人看来，那简直就是"世外桃源"。在这个环境中生活过几年的人，怎么能够不怀念这片天地呢？

在来到呼日其格大队后不久，我们这个"知青包"被安排和冈尔登一家做"埃里"，生活在同一个营盘。冈尔登的弟弟尔登比力格比我们大两岁，所以我们也随着尔登比力格的称呼来称呼这一家人，我们管冈尔登的母亲叫"额吉"（妈妈），她也从各方面细心地照顾我们。第一年我们跟着冈尔登学习放羊，第二年我们分到一群羊，冈尔登转为放牧一个牛群，但我们两个蒙古包仍然住在一个营盘。尽管在第三年大队给我们换了一个新"埃里"，我们还是经常到同在一个小组的冈尔登家串门，所以大队牧民们也一直称呼我们这个"知青包"为"冈尔登的知识青年"。我们向这一家人学到了在草原上生活和放牧的技能，也在与他们的交往中真正认识到草原牧民的善良与纯朴。

草原上的生活中也没有什么"大事"，但是恰恰有些小事总是忘不了。有一次不知为了什么，大队书记来我们蒙古包找我，我们之间发生了争执。老额吉听到我们说话声音越来越高，马上走出蒙古包朝我们喊："马戎，你们怎么了？"我当时年轻气盛，说："额吉，没什么事，你不用管我。"老额吉喃喃地说："好，好，我不管，我不管。"回到包里去了。我突然意识到，她之所以出来这样问我，是把我当作自己的孩子那样来关心，她不希望我和书记吵起来，想凭借她在社区中的威望调解一下，而我的回答多少有些冷了她的心。四十多年过去了，当时的情景、额吉的声音和神态仿佛一直就在我的眼前。

其实那次和我发生争执的大队书记是一个非常好的人，他解放前是一个贫苦喇嘛，还俗后入了共产党，"四清"后当了干部。他总是穿一件很旧的蒙古袍和一双很旧的蒙古靴，大队许多牧民都穿得比他好。作为大队书记，他也像其他牧民一样每天记 10 个工分，但是由于家里孩子多，日子过得并不宽裕。在打井、打草这些大队组织的集体劳动中，我总是看到他像普通社员那样参加所有的体力劳动。和他相处时间越久，我越从心里尊重和钦佩他，虽然我从未表示过。我离开大队后不久，就听说他因为从马上摔下过世了，心里很失落。1993 年我回大队看望牧民时，遇到他已经担任苏木达（乡长）的大儿子，我便向他讨要了一张他父亲的照片。这是一张"文革"时期拍摄洗印的黑白照片，用颜色着了些色。我把它作为草原记忆的一部分一直珍藏着。

因为苏木（乡）的小学撤销，孩子们只能在旗政府所在地上学，因此呼日其格大队的许多老人现在已经搬到旗里居住，以便照顾上学的孙子们，留下年轻人在草原放牧。我去年回大队在旗里再次见到尔登比力格，他的父母和哥哥已去世多年，所以他是我在大队里最亲近的人了。遗憾的是我的蒙语已经几乎忘光，只会说几个最简单的词。但是，我们之间其实并不需要多少对话，相互拥抱，双手紧握，四目相望，一切尽在不言中。今年大队知青有十六个人结伴回去，尔登比力格得知这一消息，专门打电话来问我是否回去，我告诉他因为已安排了去新疆的行程无法参加，他很失望。我们都是将近七旬的人了，明年至多后年，我是一定会回去探望他和其他牧民老人的。这是我对自己的承诺。

我指导过一个蒙古族学生，他的歌唱得非常好。他自己写词作曲创作了一首《带你回到我的草原》，每次听到他唱这首歌时，我都无法控制自己的泪水。席慕容在她的诗里写道："站在这芬芳的草原上，我泪落如雨。"我觉得自己完全能够体会她内心的那份情感。

我从哪里来？哪个地方能够唤起我的一缕"乡愁"？在哪片土地上有我曾经和他们一起生活、组成具有亲密"社区"的人们？我把自己生活过的许多地方想了一遍，这样的地方应该还是东乌旗草原。我就是从那里走出来的，我永远思念草原和那里的人们。

汪晖：他们以各自的独特轨迹，在错综复杂的时空关系中，探索自己的
人生道路，拥有各自的痛苦与欢欣。

图片由本人提供

前行，不舍追问

汪晖（全国政协委员，清华大学博士生导师）

　　2014 年的夏天，在"清华—南疆论坛"的讨论会场，我第一次见到库尔班江。不久之后，读到他的新书《我从新疆来》，不知不觉间我们渐渐熟悉，时时一起讨论共同关心的问题。较之他的处女作，《我从新疆来Ⅱ：我从哪里来》延续了将作者隐藏起来，与大家一起倾听人物故事的方式，但对人物命运的呈现更加深入了。"从哪里来"是一个普遍命题，并不只是针对某个地域；库尔班江借此说明：无论人们来自哪里，他们的命运轨迹都不可能仅仅与某一地域、某一族群、某一宗教固定捆绑在一起，恰恰相反，他们以各自的独特轨迹，在错综复杂的时空关系中，探索自己的人生道路，拥有各自的痛苦与欢欣。

　　他用这样的方式理解自己，也理解来自同一片土地的父老乡亲、兄弟姐妹，却时时遭遇各种挫折和困顿。记得是一个冬日的下午，我突然接到库尔班江的电话。他在电话中说起在网络上与人辩论的经历，一边是偏见，另一边也是偏见，他的声音像是撞在了两堵墙之间，进退维谷。他困惑，担忧，但没有妥协，而是顽强地发出自己的声音。如果没有内心的激情和责任感，有谁愿意生活在这样的状态之中呢？

或许就是有感于此吧，当库尔班江要求我为他的新书写序的时候，我没有犹豫便答应了。谢谢库尔班江给了我一个表述自己想法的机会。这些想法是在过去这些年的摸索和思考中逐渐形成的，但并不系统，匆匆记下，就教于本书的作者、故事的主人翁和更多的读者们。[1]

1

大约 16 年前，新年的钟声在天空回荡，英国历史学家霍布斯邦（Eric Hobsbawm）在萨尔茨堡音乐节上迎接新世纪的降临，他首先想到的是人口流动对 21 世纪的巨大影响，于是以"文化共生的世纪？"为题发表演讲。在演讲中，他归纳出人口流动的三种截然不同的模式，即国内和国际的商业和休闲旅行；自愿和被迫的移民；由全球化的生产和消费所带来的自"20世纪晚期以来的全新现象"，即其生存不与任何固定地方或国家相联系的跨国人员。[2] 大规模的社会流动激发起人们的不无根据的乐观想象："全球化不是简单地扫除地区、国家和其他的文化，而是以一种特别的方式把

---

[1] 本文中的部分内容，综合了我在《文化与公共性》一书的导言、《代表性断裂：再问什么的平等》等文中的部分思考。

[2] 艾瑞克·霍布斯鲍姆：《断裂的年代：20 世纪的文化与社会》，林华译，北京：中信出版社，2014，第 21 页。

它们结合在一起。"全球化在某些方面——机场、现代办公室设计和足球场——让世界同化,但在文化上却会导致,"一个文化混同共存的多种多样的世界,甚至也许能带来一个调和的世界"。这是因为,"今天的移民生活在三个世界中:他们自己的世界、移居国的世界,另外还有全球的世界,因为现代技术和资本主义的消费及媒体社会使全球世界成为人类的共同财产"。[1]

然而,巴黎恐怖袭击的硝烟、伊拉克、利比亚和叙利亚难民造成的欧洲危机,伊斯兰国的战争,土耳其的政变及随之可能到来的政治与宗教变化,多民族国家内由新的动因触发的民族与宗教冲突,一再地击破这种叙述的乐观调子。人类命定的生活在文化混同的世界中,每一个人都怀揣自由发展的梦想,但面对冲突、矛盾、猜忌和疑虑,人们不禁自问:在一个高度流动的时代,我们是否真的生活在一个文化共生的世纪?

2

文化的多样性和流动性是人类社会的基本特征,也是各民族区域形成的基本条件。当代世界的不同之处既不是文化多样性,也不是区域间的流动性,而是两者之间超越历史上任何时期的紧密联系。变迁和流动的速度、密度和规模前所未有。除了人口的流动之外,金融化、互联网技术等等促成了前所未有的非领土化(deterritorialization)现象。人口、土地、货币等维持社会稳定的要素全部以空前的态势处于

---

[1]　同上,第 24,25,27 页。

流动状态。为了躲避战火、寻找机会，移民们含辛茹苦；即便那些并未以主动态势进入流动状况的人口，也常常因为高速的社会流动而陷于困境之中。

中国地域广阔，文化多元，人口众多，经济发展极不平衡。伴随市场化、城市化和全球化的进程，空前的移民规模构成了这个流动世纪最为醒目的特征之一。移民以不同的身份横跨中国各地域和全球各地区：农民工、高校学生、公司雇员、流浪艺术家，以及难民。像库尔班江这样从新疆来到北京的北漂族，以及来自韩国、非洲、中东地区或欧美的留学生、企业家、艺术家或打工者……他们或者抱团居住，或者散落在城市的各个角落，为我们的古老国度打上鲜明的移民文化烙印。高速的经济增长和脱贫速度给了人们无限的希望，但区域的、阶层的、族群的不平等又常常为人们的生活蒙上一层阴影。

2008 年拉萨"3·14"事件、2009 年新疆"7·5"事件，以及在云南、北京和新疆不同地区发生的暴力冲突对中国社会产生了巨大的震动，也在不同地区和族群之间添加了新的疑虑。与过去有所不同的是：新的矛盾和冲突并不仅仅限于国内，而且也与遍及世界的、新的、形态各异的宗教运动有着复杂的联系。在很大程度上，内部矛盾的激化是输入性因素刺激的结果。但也正由于此，在国内发生的矛盾常常被全球媒体的报道蒙上一层文明冲突的标记。

3

在流动性较低的时代，族群和文化的多样性与一定的地域密切相关，各国处理族群多样性的方式也常常采用形态各异的自治模式。例如二十世纪五十年代，新中国在新疆、西藏、内蒙古、宁夏、广西等地建立了有别于内地行省的民族区域自治制度，在一些省份的少数民族地区设立了州县一级的自治单位。这些制度安排包含了四个基本的原则，即民族平等的原则、承认差异（多元共生）的原则、促进融合和共同发展的原则、从属于中华人民共和国主权的原则。这四个原则充分地考虑了在特定区域长期居住的人口状况和经济、文化形态的独特性和混杂性，通过中央调节和计划经济，区域差别和城乡发展的不平衡获得了不同程度的缓解。

新疆地区族群复杂，其居民构成几乎囊括了中国的全部民族的成员，其中维吾尔族、汉族、哈萨克族、蒙古族、藏族、回族等人口较多并在当地居于主要民族地位。民族杂居和民族共处并不必然是冲突的根源，即便各民族间存在着由各种历史要素积累而成的差异和矛盾，也并不等同于这些差异和矛盾会自然地导致冲突。例如，新疆回族在族群上近于汉族，在宗教上与维吾尔等民族接近；哈萨克、柯尔克孜、乌兹别克、塔吉克、俄罗斯等族是跨境民族，在中国境外有以各自族群为主体建立的国家，并对这些国家抱有自然的亲近感，但这并不意味着他们对中国没有认同。维吾尔族在文化上与波斯、土耳其和中亚各国有着密切的联系，但这种联系并非国家认同，而是文化、宗教和族裔上的历史亲近感。

这类历史关系只是在特定的历史时刻和权力关系中才会上升为冲突性的要素。因此，首先应该明确的是：不是族群或宗教差异，而是促成认同的多面性或多元认同向单一认同转变的力量（例如将宗教信仰和族群认同视为唯一的身份标记，进而在不同的方向上产生出人为界定的"我们"与"你们"），即让差异向冲突性方向转化的要素，才是冲突的催化剂和社会基础。

4

经济改革和市场竞争促成了社会转型。在这个大转变的时代，任何一个族群内部都存在着阶级性的分化，汉族、维吾尔族、哈萨克族或其他民族都存在着新的富人阶级和穷人集团，但在民族区域，阶级构成与民族结构之间常常发生认知和表述上的重叠。我将这种现象称之为"阶级关系或阶层关系的族群化"或"族群关系的阶级化"。贫富分化现象遍及世界各地，并不必然促成暴力性冲突，但显然是社会动荡的基础条件之一，而在民族区域，"阶级关系的族群化"很可能造成族群间的相互疏离甚至歧视。

新疆经济的支柱产业一是石油、天然气，二是煤和其他有色金属，三是基础建设和房地产开发。石油、天然气是国有大企业垄断的领域，从五十年代开始，国家一直在开发能源资源——在社会主义作为一种劳动者所有的国家形式的前提下，国家所有形式不会被指认为排斥性的族群拥有模式。在这一领域，平等实践主要集中在两个方面：第一是通过税收以及区域间的再分配给予民族区域以实质的补偿（例如石油、天然气的收益中，原先设定了 2%—3% 的留存比例，后来增加到 5%），这一国家发展战略并不仅仅涉及中央与地方之间的平衡，也涉及民族区域与其他地区之间能否形成平等的区域关系。第二是通过相应的制度和政策，确保民族区域内部的民族平等。

在社会主义时期，国家以民族区域自治为法律框架，在制度上和政策上对少数民族实行优惠政策，除了生育、入学和日常生活品的配给方面的优惠外，也在就业上按照一定的比例进行分配，而不是放任竞争机制以形成所谓的"自然选择"。国有大企业在招募工人时确保少数民族工人的就业比例。这并不是一般的"照顾政策"，而是社会主义民族政策中的"承认的政治"。所谓"民族区域自治"中独特的"自治"含义既区别于欧美国家的自治概念，又不同于苏联的加盟共和国模式，就是这一"承认的政治"的直接体现。

随着国有企业改制，许多工人下岗、身份转换，失去国营企业工人身份的少数民族工人再就业在总体上比汉族工人更加困难。煤和其他有色金属的开采，以及基础建设（公路、铁路和其他设施）和房地产开发，并不是国家完全垄断的领域，私营企业可以参与这一领域的经营和开发。但无论是矿业生产还是基础建设及房地产开发，大规模资本投入、相应的技术条件和熟练的技术工人，以及至关重要的政府和银行支持，都是不可或缺的条件；从宏观的角度看，相比于内地的企业，当地民族产业在这些领域缺乏竞争力。在竞争条件下，多数企业更多雇佣汉族工人，理由是汉族工人文化、技术水准较高，这一经济逻辑甚至渗透在少数民族企业的雇佣原则之中。

在市场条件下，大多数少数民族成员并不处于平等竞争的起跑线上。歧视性观点将这一现象解释为能力差异，而从不追问这一差异究竟是产生于个体的主观条件，还是社会性的宏观条件。以劳动力市场的竞争为例，少数民族人口中能够说汉语的比例远高于汉族中能够说少数民族语言的比例，但这一语言能力的优势在宏观经济背景下不能发挥作用，原因是当前的市场环境是以汉语（或英语）为基本语言环境的，从而汉语也是掌握各种生产和技术技能、形成市场交往关系的前提条件。因此，能力平等的前提是宏观条件的改善，其目标是让具备不同能力的人能够充分地发挥其才能和享受其劳动成果。

不同民族各有自己的文化和生活方式，所谓文化、技术水准的高低并非文化间的高低。说到底，只有从经济逻辑和市场法则出发，文化差异才能直接转化为水平（实际上是商品化的程度）的高低。按照这个法则界定每一社会成员的"能力"，也就等同于预设了不平等的前提。因此，如果不对机会的平等和能力的平等等概念加以重新解释，而只是在单一的标准——尤其是经济的和市场的竞争法则下——加以诠释，对平等的诉求很可能同时就是歧视性的。能力不能以单面的尺度加以界定，机会需要考虑其前提，平等也因此必须与多样性问题联系起来进行探索。真正的能力平等和机会平等不是让不同民族成员脱离自己的文化传统和条件相互竞争，而是将文化传统和条件带入创造过程，为新的平等环境奠定基础。

5

　　"族群关系的重新阶级化"的另一个侧面是城乡差别的扩大。在人口政策上，中国对少数民族实行优惠政策，维吾尔族人口从1949年的300万上升到现在的950万就是例证。根据2015年的人口统计，实际数量还要更多，上升的趋势是显然的。但是，伴随少数民族人口增长有两个重要现象：一是土地与人口矛盾的加剧，二是以经济为动力的大规模社会流动所导致的人口分布的变化。

　　三农危机和大规模移民是整个中国社会变迁和危机的缩影，其集中的表现是城乡和区域间不平等的扩大和持续。三农危机和社会流动是普遍现象，为什么在民族区域会成为民族矛盾的根源呢？首先，在新疆等民族区域，少数民族以农业人口为主，而汉族以城市人口为主，即便在少数民族居于多数地位的南疆，城市中的汉族人口比例也在迅速扩张，城市与乡村的对立极易转化为族群间的对立；第二，资本和劳动力的流动是以区域不平等及由此产生的依附关系为杠杆的，由于区域不平等也体现在资本、社会网络和能力等各个方面，大规模社会流动也在民族区域造成了资本之间、社会网络之间和劳动力质量之间的不平等竞争关系。与贫困地区的青年被抛入社会边缘相伴而来的，是暴力现象的频繁爆发。在南疆，许多汉人被迫离开他们长期居住的乡村地区。原先历史形成的混居模式在一些地区逐渐衰落甚至消失。因此，现行的发展模式无法保障各族人民的文化能够获得同样有力的发展。

在西藏、新疆和许多地区，大批农户获得了由中央政府和当地政府提供的资助，他们住上了新的房子，有了新的生产和生活条件。国家对于新疆贫困地区的扶持和投入巨大。从再分配的角度看，这是社会主义传统的延续。社会主义体制试图改变劳资关系以解决工业化条件下的社会分化，它必然涉及分配和能力等两个方面。除了通过税收、投资、扶贫和其他手段促进区域关系的平等化之外，民族区域自治条件下的分配体制也集中体现在对少数民族的优惠和扶助方面。在公有制条件下，所有权概念并不存在族群分际。

但在市场竞争的条件下，私有化过程为产权的民族属性提供了条件，原先的民族政策蜕变为纯粹的经济优惠政策（即以倾斜照顾政策为特点的分配体制），而后者在市场条件下所起的作用是有限的。由于共同目标的蜕变或丧失，针对少数民族的优惠政策常常让当地汉人（尤其是普通劳动者）产生未被平等对待的感觉，也成为不同族群间相互歧视的根源之一。"民族区域"是一个整体概念，不能只强调民族而忽略区域，或只强调区域而忽视民族，从政策上说，就是要在重视民族区域与内地差别的同时，对民族区域内部的人口实行或逐步实行平等对待的政策；但如果没有一定的制度创新作为前提，这一平等对待政策本身也可能被诠释为新的不平等。

在疏勒访问时，一位深入基层的当地干部深有感触地说："在新疆，做好工作的前提就是做好调查研究，一个好的干部也必定是一位长期调查、深入思考的研究者。但真正能够从群众中来、到群众中去的干部还是太少了。"

6

　　民族区域的"族群关系的阶级化"为新的社会矛盾预伏了前提。这一高速变迁的态势与区域和全球范围内宗教极端主义、分离型民族主义和针对平民的恐怖主义等现象相互交织，一些本来可能在社会内部进行调整和解决的矛盾常常以极为尖锐的暴力形式表现出来。这意味着完全按照旧的、曾经行之有效的模式分析、理解和解决民族和宗教问题已经不大可能。

　　面对族群关系的复杂局面，通常的方式是重申和改善原有的民族政策和社会政策。这是必要的，却解决不了根本问题，原因是社会积累和再生产的模式发生了根本变化，在原有框架下进行调整难免杯水车薪。新的社会矛盾及歧视性现象是伴随着大规模社会流动而产生的，即便冲突和矛盾发生在民族区域，也未必完全是当地社会关系的产物。因此，新疆问题必须在世界范围内加以解释，在全国范围内寻找求解之道。

　　这里不妨以 2009 年 "7·5" 事件和 2014 年 7 月 30 日喀什阿提尕尔清真寺大毛拉居玛·塔伊尔(موج هاتىر, Jüme Tahir)遇刺事件为例。"7·5事件"及随后两天的冲突是发生在新疆乌鲁木齐的一场严重的、以民族冲突的形式表现出来的针对当地居民的暴力事件，屠戮过程和伤亡之惨重骇人听闻。但是，这一事件的触发点却是在广东韶关维吾尔工人与汉族工人之间发生的斗殴事件。2009 年 6 月，韶光旭日玩具厂从喀什疏附县招收了 800 名农民工，由于随后在厂区发生了抢劫、强奸等事件，引发了当地汉族工人与维吾尔族工人之间的械斗，约 120 人受伤，两名维吾尔族工人死亡。这一由具体事件触发的冲突很快通过社交媒体，以夸张的、流言的，甚至挑唆的形式传播至新疆，进而在当地社群引发激烈反应，为此后发生的"7·5"暴力冲突埋下了祸根。

"7·5"事件后，喀什阿提尕尔清真寺大毛拉居玛·塔伊尔公开表示针对平民的"7·5"事件是犯罪行为，与民族、宗教问题无关。他强调：《古兰经》并不鼓励人们驱赶非信徒，也从未要求信徒以暴力与他人为敌。2014 年 7 月 30 日，74 岁的大毛拉在阿提尕尔清真寺门前遭到暴徒袭击身亡，袭击者之一的努尔买买提·阿比迪力米年仅 19 岁，而唆使者的年龄几乎与刺杀者一样年轻。他们通过手机接触网络中的宗教极端主义蛊惑。新的极端教派和思想并非当地社会的产物，而是通过各种途径从中东和中亚地区传播至新疆。在后一个案例中，刺杀的对象既非汉人，也不是伊斯兰教的异教徒，恰恰相反，大毛拉既是维吾尔人，也是伊斯兰教的虔诚信仰者。这一事实与大毛拉身前对于暴力行为的定性高度吻合。居玛·塔伊尔大毛拉遇刺在维吾尔社群中产生了极大的震动，也产生了对宗教极端主义和蒙昧主义的警觉。

在前一个案例中，远离家乡的农民工在异地形成了一个新的社群，其特征是与地域关系相脱离，却既被当地社会也被自身指认为一个少数民族社群。如果人们只是将个别犯罪事件视为个体行为，结果自然极为不同，但在认同政治中，维吾尔农民工与其他群体的重叠特征（如公民、农民工及每一个人在日常社会生活中的角色，等等）逐渐被抹去，而其民族和宗教身份被上升为压倒性的特征。要想让个体行为与群体认同相区别，其前提是在同一群体中产生不同的声音和表述。在一个混合型的社会中，身份认同的单一化的结果就是维吾尔人、汉人，伊斯兰、非伊斯兰成为最为明确的区分标记。在第二个案例中，新的极端宗教派别以宗教和民族的名义扭曲宗教和社会关系，用网络形象的方式构筑出想象的、很可能是支离破碎的民族形象或者宗教世界图景，煽动年轻信徒实施恐怖暴力活动。

早在二十世纪九十年代初期，基于对类似现象的观察，印度裔人类学家阿君·阿帕杜莱（Arjun Appardurai）断言："非领土化（deterritorialization）现在业已是全球原教旨主义的核心。"[1]

7

移民问题并不只是一个社会安置问题。大规模社会流动不但可以改变民众的伦理文化取向，也会改变其在审美和其他领域的价值判断，因此，移民以及跨越区域的互联网文化最终可能影响一个社会在伦理、政治、审美等各个方面的自我理解。在高度流动的关系中，认同政治以不同方式追问自身文化完整性的保存这一问题，以致民族或宗教身份压倒了其他多重身份。如果"文化多元主义"首先意味着，"对所有自称为文化团体的集团都予以公开承认。这样的团体只注重自己关心的事情"。[2]那么，随之

---

[1] Arjun Appadurai: "Disjuncture and Difference in the Global Cultural Economy", Public Culture, Vol. 2, Spring 1990, p. 11.

[2] 艾瑞克·霍布斯鲍姆：《断裂的年代：20世纪的文化与社会》，第27页。

而来的问题就是："政治共同体的法律对于移民的要求有没有限制，以便保持其政治、文化生活方式的完整性？在完全自律的整个国家制度都打上伦理烙印的前提下，自决权是否包括一个民族坚持自我认同的权利，更何况是在面对有可能改变其历史上形成的政治、文化生活方式的移民潮的情况下？"[1]

从理论的角度说，这些团体以族性、性别和宗教信仰等自我认同为中心，提出的是在多元社会中保存某种文化和群体特殊性的诉求。因此，认同政治提出的真正问题是：在当代社会的流动关系中，以公民个体为基本单位的权利理论是否需要重新修订？[2]我们可以将这一问题更为明确地概括为：究竟应该通过扩展个人权利的多元内涵来解决当代社会的平等问题，还是应该考虑集体性权利，即通过承认的政治，形成多元社会体制？究竟怎样的政治原则和制度安排可以缓解全球化时代的同质性与异质性之间的紧张？

在中国，由于问题的爆发点主要集中在民族区域，故而这一问题引发的是有关民族区域自治是否需要调整的法律和政策争议。但是，如果我们不只是将问题集中于族群或宗教，而将移民问题视为一个普遍问题，那么，十多年前即已爆发的有关收容制度和居住制度的大讨论不是已经触及社会流动与身份问题吗？由于内地区域间移民的规模远大于国际移民和少数民族移民，从而使有关保持文化习俗等的讨论居于十分边

---

[1] Jürgen Habermas: "Struggles for Recognition in the Democratic Constitutional State", Multiculuralism: Examining the Politics of recognition, edited and introduced by Amy Gutmann, Princeton, N. J.: Princeton University Press, 1994, p.137.

[2] 汪晖：《文化与公共性》导论，见《文化与公共性》，北京：三联书店，1998，第1—56 页。

缘的地位。但关注少数民族移民的人类学家早就注意到：彝族、藏族、回族、朝鲜族、维吾尔族甚至汉族等各族经营者和打工者在不同语境遭遇的困境其实十分相似，从新疆移居各地的公民面临的问题并不是孤立的现象。

8

早在冷战结束后的二十世纪九十年代，围绕新一波移民浪潮和文化多元主义思潮，查尔斯·泰勒（Charles Taylor）与尤尔根·哈贝马斯（Jürgen Habermas）就这一问题展开辩论。在所谓"文化多元主义失败"的语境中，我们不妨检讨他们的各自立场，探讨究竟在哪些方面、由于哪些条件，这些思考未能提供解决之道。

这场讨论的核心问题是：一，现代社会能否在某些情况下把保障集体性权利置于个人权利之上？二，现代社会是"程序的共和国"，还是应当考虑实质性的观点？[1] 提出这一问题的前提是：按照传统观点，保证平等对待公民所享有的各种尊重与保护公民不会由于种族、性别和宗教信仰等因素而遭致不平等对待是完全一致的，但当代"承认的政治"提出的是一种新的诉求，即一些民族或社群要求保存其特性的愿望与要求享有某种自治的自主性形式直接关联，按照这一诉求，支持某个民族群体的集体目标很可能对同一社会内其他公民的行为和权利构成约束和限制。

---

[1] Charles Taylor: "The Politics of Recognition" Multiculuralism: Examining the Politics of recognition, p. 21.

实际上，泰勒的问题源自他对魁北克问题的思考，其核心是：在主权国家范围内，如何对待在特定区域占据多数的少数民族群体的领土性自治诉求？与此不同，哈贝马斯面对的是冷战结束后的大规模移民潮。因此，前者的"承认的政治"与后者开放移民但同时维持法律程序主义的主张各有侧重，论辩双方的立场源自不同的语境。就泰勒的"承认的政治"而言，"领土化"（territorialization）即便不是思考的唯一前提，也是基本前提之一；但对哈贝马斯所讨论的欧洲移民问题而言，大规模移民潮对于社会福利国家的价值、法律和安全构成了挑战，从而"非领土化"与民族国家的关系才是问题的根本。

当代中国的民族问题既是区域性的，也是流动性的，两个方面相互联系，但并不完全一样。从历史的角度看，民族区域本身就是流动的结果，如今许多被当作民族身份标记的特征其实是长期流动与混杂的产物，新疆地区的佛教化、伊斯兰化及其与其他地区的长期交往和渗透，为这个区域的多重文化特性打下了历史的烙印。

"民族区域"概念将自然（在漫长演化中形成的地理、气候和其他区域条件）与人类的生活和流动结合起来；稳定、变迁、多样性的内在化（自然化）和持续的开放性构成了区域的特征。因此，区域的形成是社会史的一部分，也是自然史的一部分，区域的自主性（它必然是多样的）不能单纯地从人类中心主义及其各种表现形式的角度加以界定。这一概念也包含着对于构成区域的自然要素的理解和尊重。在漫长的历史演进中，草原、山脉、河流、海洋、沙漠、戈壁以及与地理位置相互关联的气候构成了人类生活的基础条件，人们的生活方式、信仰、习俗和社会关系也正是适应着相应的自然条件而发展的。自然不是一成不变的，人类的活动正是促进自然变迁的一个内部因素。[1]

在当代语境中，民族区域自治从两个方面被瓦解，即一方面，民族区域自治中的自治因素（差异因素）大规模消失，以致自治概念实际上无从界定，另一方面，民族区域自治中的民族区域概念被简化为民族概念，以致多样性平等的内涵被排他性的、单面的认同政治所裹挟——认同政治将人及其社群的丰富性全部凝聚于族群或宗教身份的单一性，从而以另一种方式——甚至是多元主义的方式——将人单面化。

上述两个方面都是在以经济为中心的发展逻辑主导整个社会体制的过程中发生的。社会体制及其多重价值被经济的逻辑控制并取代，而认同政治作为一种对抗方式又以身份建构为特征。人与社群的单一性是这两种逻辑的归宿。正是在这个意义上，危机需要在两个层面加以解决：第一个层面即将对独特性的承认纳入平等实践之中（其中包含了对身份的承认），第二个层面则是通过批判民族主义、族群主义政治而确认多样性的平等。文化问题不是抽象的身份政治，而是与每一个人（不是抽象的个体，而是镶嵌在具体的历史脉络、价值体系和归属感之中的个人）的具体生活实践和社会关系密切相关。人或文化的独特性只有在交往关系的特定时刻才能被界定。

"民族区域自治"与公民的平等权利不是相互矛盾的：公民不只是抽

---

[1]　关于区域、民族区域的概念，请参见拙著《跨体系社会与区域作为方法》《东西之间的"西藏问题"》等文，见汪晖著《东西之间的"西藏问题"（外二篇）》（北京：三联书店，2011），英文论著则见 Wang Hui: The Politics of Imagining Asia (Cambridge, MA: Harvard University Press, 2011)。

象的概念，也是一些生活于具体的历史、习俗和文化条件下的有着各自癖好的人，从而公民可以与某种集体自治的形式相互连接。在今天，多样性平等的概念不仅涉及人类社会的平等问题，而且也涉及生态问题，它提出的是一个与市场竞争和发展主义截然相反的平等概念，即一个能够将经济、政治、文化和社会的平等融合其中的平等概念，一种拒绝经济的同质化，也同时拒绝文化认同的单面化的多元平等观，一种将自然、生态和生活方式的保护纳入平等观念内部的"齐物平等"的思想。

9

在讨论民族区域问题时，我曾经建议用"跨体系社会"取代传统的"多元文化"概念。至少在字面的意义上，"多元文化"概念将族群、文化等视为多元并置的结构，而"跨体系社会"则试图将族性、信仰、性别、语言等要素视为混成与流动的存在——即便一个家庭或一个个体，也都是跨体系的。"体系"之别不同于"你我"之别，因为个体、家庭、族群、区域、社会、国家或者说所有的"你我"全部都是"跨体系的"。

每一种集体性认同都不过是凸显其体系内的某一种因素的方式。这是一个社会，而非多个社会的集结；这是一个个体，而非许多人；但这里所谓"一个"意味着本质上的"多"，从而"一个"的多重方面是开放性的。在这个意义上，"跨体系社会"的概念不仅可以应用于民族区域，而且也同样可以应用在其他地区。

当代城市生活的"跨体系性"是一个醒目的存在。因此，"承认的政治"不应被简化为对于社会群体或个体的某一个方面的承认，而应该通过扩展个人权利的多重内涵来促进社会的团结。社会团结既不是建立在同质性（彻底同化）的基础上，也不是建立在异质性（寻求差异）的基础上，而应该建立在一种承认独特性的平等概念之上。独特性不是产生于单面的认同政治，不是将族性、信仰等因素本质化的结果，独特性是人类社会本质上的跨体系性和能动性的产物。如前所述，独特性是在交往和关系中的特定交叉点上被界定的，从而独特性不是相互孤立、对峙、疏离的特征，而是交往、对话和形成内在关系的前提。

　　在高度流动的社会条件下，民族生活的独特性不能仅仅被解释为与现代社会的主导逻辑相互隔离的文化特征。民族成员参与政治、经济和其他生活实践，宗教生活或某些民族习俗只是其中的一项内容。将认同从其他实践中割裂开来，仅仅聚焦于宗教信仰或民族身份，无论从否定的角度还是肯定的角度，都是对人的生活多重维度的扭曲。只有当现实的个人不仅在宗教生活和民族身份的意义上提出自己的自主性需求，而且在自己的劳动和相互关系中提出普遍性的平等诉求的时候，创造一种平等的社会形式才是可能的。在这种社会形式中，人可以作为自身生活来源的主人而呈现自身。这个真正的人本身是"多元一体"的，或者说，是"跨体系的"独特个体。

10

有关民族问题与移民的争论聚焦于如何理解普遍平等的原则。我们可以从中概括出两种不同的观点：一种观点以公民概念为中心，认为平等尊重的原则就是一视同仁的原则，即将平等尊重建立在忽略人与人差异的普遍人的概念或公民概念之上。另一种观点将平等尊重与文化承认联系起来，认为即便在流动的条件下，如城市生活中，也应该考虑民族区域曾经实施的"承认的政治"。"前者指责后者违背了非歧视性原则。后者指责前者将人们强行纳入一个对他们来说是虚假的同质性模式之中，从而否认了他们独特的认同。"[1]但这两种观点果真是无法调和的吗？

《我从新疆来 Ⅱ：我从哪里来》不是一部理论著作，但库尔班江通过采访，以人物自述的形式，对这些问题做出了具体生动的回答。从作者的第一部著作《我从新疆来》到这部续作，个体命运与集体身份错综复杂的关系正是推动作者思考、写作和呼吁的动力。这些人物的真实经历和故事从不同的角度证明：尽管用社会学的分类概念描述这些群体不可避免，但每一个人的命运因个体因素而各自不同，也由于地域、族群、语言和文化上的差异而际遇有别。这些不同和有别不能固化在单一的社会学分类范畴之内。

---

[1] Charles Taylor: "The Politics of Recognition", Multiculuralism: Examining the Politics of recognition,p.43.

正由于此，尽管两部著作都讨论了与新疆这一独特地域有关的人和事，但作者的思考一步步超越单一身份，而试图勾勒出每一个个体的人生轨迹。正是这种突出个体人生经历的方式体现出他们每一个人生活和命运的"跨体系性"。这些来自新疆地区的移民，或与新疆发生了关联的人们，族群不同，散落在中国的四面八方，甚至奔波于中国与其他国度之间，但他们并未抹去自己的"来历"，又持续不断地与不同的地域、不同的人群、不同的文化相互遭遇、交错、疏离、接近，以致融为一体。但即便是融为一体，也并不等同于抹去了各自的独特性，恰恰相反，命运的独特性正是一次次遭遇的产物。

这是一曲由声调各异的个体命运构成的错综旋律，他们从不同的角度拒绝那些将集体身份投注于个人或个体公民之上的观念或偏见。库尔班江实际上是在用不同的个人命运的故事探索我们社会的公共性。公共性即对世界的共同拥有。用一位哲学家的话说，事物的世界处于共同拥有这个世界的人之间，就正如一张桌子被放置在围着它坐在一起的人之间一样。如同每一个中介事物，世界同时将人联系起来与分离开来。[1]公共性存在于不同的视点的相互关系之中，无论是视点的单一化，还是这种相关性的消失，都会导致公共性或我们共同生活的世界的毁灭。"共同世界借以呈现自身的无数视点和方面的同时在场，而对于这些视点和方面，人们是不可能设计出一套共同的测量方法和评判的标准的。……被他人看见和听见的意义在于，每个人都是站在一个不同的位置上来看和听的。这就是公共

---

[1]　Hanna Arendt, The Human Condition, Garden City & New York: Doubleday Anchor Books, 1959, p. 48.

生活的意义。……当共同世界只能从一个方面被看见，只能从一个视点呈现出来时，它的末日也就到来了。"[1]

11

所谓文化冲突和身份政治其实不过是公共性危机的症候。那么，到底是哪些因素使得我们的共同世界"只能从一个视点呈现"呢？

首先，在市场经济条件下，社会流动性大规模提高，但国家与人民之间的距离反而扩大了。国家对于民族区域的支持是长久的，但由于公共政策中的官僚主义，许多政策和措施未能有效地改变当地群众的生活问题，有时还会造成新的社会矛盾。因此，改变雇佣劳动者的依附地位，让所有公民拥有参与社会公共事务的平等权利，是创造一个安全、正义和幸福的社会的基本前提。不平等的宏观条件需要通过再分配和创新发展模式来加以调节，进而从根本上消除极端主义和恐怖主义的社会基础。

其次，由于社会流动的扩大，原有的社会治理方式不能适应新的社会条件。例如，如何合理安置移民，给予他们平等的市民待遇，就是一个复杂但急需解决的课题。如果移民只是"被管理"的对象，而无权参与当地政府的公共决策过程和当地社会的公共事务，社会矛盾和冲突就难以避免。更为经常的情况是：由于恐怖暴力现象，内地城市的管理者常常在雇佣、居住、安检等方面对于来自特定区域的旅行者、移民或拥有某些民族身份的公民给予"特殊对待"，其结果是社会政策为恐怖行为所绑架，进一步

[1] 同上，第 53 页。

将族群身份和宗教身份固化为公民之间的身份界限。这些措施的动机虽然是社会安全，但违背平等的社会原则；从长远的角度看，很可能为新一轮社会冲突埋下伏笔。

其三，在市场力量与政治权力的交错作用下，媒体权力无限扩张却又极端扭曲，能够提供不同观点对话、交流和辩论的公共空间不断被扭曲或压抑。社会冲突经常以宗教矛盾或族群冲突的方式呈现，不同族群内部的批判声音逐渐萎缩，以致人们常常不得不被压缩在两极化的对立关系中表达自身。以我个人的观察，在 2009 年之前，不同族群内部不同声音的表达更为自由，而在此之后，族群内部的批判声音或不同观点常常受到抑制，其结果是有关民族问题的讨论常常以族群身份为界，固化为两极格局。如果公共领域的声音是两极化的，或仅仅代表官方的，那么，视点的单一化就不可避免。

最后，重建公共性的前提是重新界定平等原则，并发展出能够适应当代世界变迁的新的平等观及其相应的尊严政治。从法国革命开始，平等已经成为现代世界的基本价值和原则，但也正由于此，现代社会的危机集中地表现为平等危机，即与现代社会的合法性原则相互冲突的危机。为了弥合持续不断的社会危机，不同的理论家基于不同的视角发展出了不同的平等观和正义论，我们可以概括出三个主要的平等概念，即机会平等的概念、分配平等的概念和能力平等的概念。我们有必要在这三组平等概念的基础上，发展出能够综合独特性与平等的新型范畴，即一种多元平等的观念，或者更准确地说，"齐物平等"的观念。

这一尊重独特性的平等观念不能从人类中心主义的视角内部独立地

发展出来，还需要发展一种能动的物的视野，以避免将平等的概念异化为一种关于商品（作为物的单面化的产物）的再分配的概念。机会平等概念中的机会只能在物的商品属性的意义上被界定，再分配的平等也只能在物质（商品）分配的角度加以诠释，甚至能力平等概念中的能力也只能在能力作为商品进入交换过程的意义上才能被承认为能力（即凡无法兑现为商品的能力即不能称之为能力）。上述所有的平等概念均从属于市场交换和国家计划的法则。

公共领域若仅仅服从于市场法则就不可能是真正的公共领域。"齐物平等"强调"以不齐为齐"，有力地支撑了多样性的概念，但它并不同于通常所谓的文化多元主义及其差异政治。"齐物平等"是对"物"的单一性的否定，也是对"物"的解放，即将物从其"物化"过程中解放出来。通过族群认同以强化差异政治，其后果常常是用一种单一性的力量对抗另一种单一性的力量，不但无助于文化多样性和生态多样性的保护，而且也无助于平等的实践。

因此，探索文化与公共性的关系实质上是在探索一种新的平等实践。在这种新的平等实践中，文化以其独特性和丰富性来形成公共空间。这里的文化不是认同政治的根据，而是创造性的源泉。人的物化（同质化、单面化）是以对"物"的占有逻辑为前提的。只有将生产、消费置于社会、文化和自然的网络之内，纯经济的逻辑才能得到限制，人才能获得自由，人的内在的多样性或"跨体系性"才能充分地呈现。在这个意义上，对"我"从哪里来的追问，包含着对一个开放的、动态的和跨体系的"自我"的确认：这个"人"既不能用个人本位的权利理论加以界定，也拒绝将自我的认同和承认的政治限制在由单一的文化认同或宗教认同所界定的集体模式之中。

这是新社会的萌芽，值得我们为之奋斗的人类可能的未来。

2016 年 7 月 20 日

于托斯卡纳

我从哪里来

库尔班江·赛买提

如果两年前你问我最想表达什么，我会说："我从新疆来。"当我做完一个图片故事，做完一本书，做完一部纪录片，我最想表达的是"我从哪里来"。

2015 年 9 月，我在美国十二所高校做了主题为"很远的新疆，很近的新疆人"的交流活动，这个交流活动是在"全美中国学生学者联合会"的带动下进行的。说实在的，我直到出发前心中都是有疑问的，为什么他们想做这次活动？为什么他们觉得《我从新疆来》是值得向海外华人留学生还有当地的美国人介绍的一本书？毕竟，在国内，新疆都算一个有些特别的词语，外国人怎么会对这本书感兴趣？

每一场交流结束后，我都会和学生会的同学及当地的华人朋友讨论这个问题。他们都说，看到这本书里一百多个主人公的故事，就想到了自己的经历，想起自己从国内走出来，走到其他国家，凭借自己的勤奋和努力学习喜欢的知识和技能，在一个不同的文化社会寻找和证明自己价值的过程。同时，他们也承受着偏见，这种偏见不仅来自美国社会，更来自国内的舆论。回国后，我看了很多文章和评论，发现国内对留学生和华人的偏见非常严重。2015年发生了几次海外留学生出现人身安全问题，甚至不幸遇难的事件，网上几乎全在谴责一个已经离开人世的普通人，怪他有自己的国家不好好待着，非要跑到别的地方找罪受，或者直指死者就是家里钱多、自己作死。我在《我从新疆来》这本书里写过一句话：当你从家乡走出来，你就会成为多数中的少数。这句话原本是用来描述新疆人的状况的，却意外收获了海外留学生和华人的共鸣。

少数并不代表特殊，环境变了，不代表人的本质就不一样了。对海外留学生和华人来说，他们靠自己的努力找到了自己适应的环境，争取着适合自己的生活，因为外貌、文化和语言上的差异成了另一个国家的少数，遭遇种种不解和不公，但每个人都还是积极面对着人生，在异国他乡争取着自己的地位和权利。《我从新疆来》已经不是简单的新疆人的经历了，它引起的这种共鸣意味着这成了一个更大的人类命题，无论我们来自哪里，都没有什么不同，我们要思考的是"我从哪里来，我到哪里去，我是谁"。

如果我们让少数决定多数，那我们应该如何形容新疆人？如果我们让少数决定多数，又应该如何形容中国人？随手扔垃圾,随地大小便,不排队,飞机一延误就打架,马路一堵车就撞人,老人都爱碰瓷儿,儿童都是熊孩子……虽然这些事情每天都会出现在新闻里，但这就是中国人吗？我们能这样定义中国人吗？如果我们以少数来定义普遍的人性，还会有爱吗？那是不可能的。自私、贪婪、纵欲、暴力、胆小等最可怕的词就会成为人性的代言。

新疆人是一个有两千多万人口的群体，同时也是中国近十五亿人口的一部分，更是这个地球上七十亿人口的一部分。除去少数暴恐分子，新疆人还是两千多万人，新疆人还是中国人的一部分，从没有变过。民族是人类文化的衍生品，地域是政治产物，都是我们认识世界的一种结构或类别，不应成为划分人群的方式。

凡·高说，每个人心中都有一团火，路过的人只看到烟。我将我心中的火释放了出来，有人被吸引，有人觉得迷眼。这两年，网络上对我的评论也是褒贬不一，大部分朋友认为我做的是件好事，也是这个社会需要实现的一种价值观；也有一些朋友直指我只是个卖书的，靠民族情感卖自己的土特产。虽然我很想告诉他们，我其实是个玉石贩子，玉石是无价之宝，在网上也卖不出的。也有拉帮结伙的"喷子"，在每次我对特殊安检进行批评的时候，成群结队地出来批评和辱骂我。我很想告诉他们，他们所持的极端思想和那些暴恐分子真没什么两样，所以到底是谁在做啦啦队呢？我从来没有回复过他们，网络是个虚拟到很容易产生错觉的空间，你真的不知道键盘那一头儿坐的是谁，不知道他们是男是女，更不知道他们到底是什么目的。几乎所有回复喷子的人都会成为他们的攻击对象，被攻击的人不停地回骂，给了喷子们无限的可发挥素材。

在无休止的网络对骂中，人们最爱用的就是"你们"和"我们"。我这两年才明白的一件事就是，这里真的没有"你们"和"我们"之分。来自不同城市的好人会有什么区别吗？在不同城市从事着诈骗生意的人会有什么不同吗？不同民族的人在拐卖孩子，他们会不一样吗？说不一样的，是对我们自己国家都不了解的人。我们从孩子在幼儿园的时候就告诉他们

中国的基本情况，在基础教育中就细致地讲过我们国家就是有五十六个民族的多元国家，这并不代表着我们有五十六类完全不同的人，而是代表着我们有融合和平等的多元文化。在五千年的历史和文化的演变中，在千百次割据和统一轮番上演之后，我们国家直到近代才真正独立。和平年代至今也不过六十六年，但五十六个民族早已成为中国同一种文化下的共同体。好人都一样，坏人也都一样，不一样的只有狭隘的人心。

人类的历史就是一棵大树，最初只是有两片嫩叶的树苗。随着历史的发展和变迁，慢慢有了部落，有了民族，有了宗教信仰，这棵树也随之慢慢长大。民族、宗教等人类行为的群体特征形成了这棵树丰富的枝丫和茂密的树叶。人总是急于成长，急于站在大树的顶端看到更远的地方，却忘记了能让人类成长，能让这个社会进步，能让这棵大树保持生命力、保持新鲜的是这棵大树的根，也就是人的本性。

文明的发展让我们有了不同的语言、不同的宗教信仰和不同的文化，但从没有说过我们是不同的人。生活在世界各个角落的人只有语言和文化的不同，人心是相同的，人性也是相通的，都有喜怒哀乐，都有悲欢离合。我们都在说长不长的人生中努力着，就像攀登喜马拉雅山，攀登的线路有很多种，每条线路的难度和途经的风景也都不一样，每个人都只能根据自己的情况来选择最适合自己登顶的方式。人们可以在同一条线路上相互扶持，也可以在不同的路上彼此遥望，但谁都不应该阻碍他人攀登的路。

很多人期待着从纪录片《我从新疆来》里看到大美新疆，但很遗憾，这不再是一部描写新疆大美风景和民俗风情的纪录片了，也终于有一部不再以大美风景和民俗风情来描述新疆的纪录片了。在这里，新疆人就是新疆元素，他们从新疆走到中国各个城市的经历就是中国社会发展的过程，他们在追逐自己梦想过程中的喜怒哀乐和悲欢离合，就是中国人的中国梦。每个人的故事都带着在家乡成长的痕迹，都带着和社会发展的摩擦，都是中国经济高速发展过程中努力生存、努力生活、努力坚持梦想的人的缩影。

我想我终于完成了这样一部期盼了多年的纪录片，一部真实表达了我对社会的认识、对世界的看法和对人生的态度的纪录片。我也希望这部纪录片和这些文字可以留在每个人的心中，更期待每个人都可以为这个社会创造爱的蝴蝶效应。

如果人生可以回放，哪儿才是你出发的地方？你是否还记得最初的梦想？